Krischan Koch
Dreimal Tote Tante

Das Frühjahr bringt mordsmäßig Aufregung in das verschlafene nordfriesische Örtchen Fredenbüll: Im Jauchebecken von Schweinezüchter Schlotfeldt tauchen die Leichen zweier vermisster Frauen auf. Und Pensionswirtin Renate wird nach dem abendlichen Landfrauentreffen entführt und findet sich angekettet in einem dunklen Kellerverlies wieder. Das passt gerade gar nicht, wo doch die neuen Gäste anreisen. Was will dieser Verrückte überhaupt von ihr?
»Dat is wie in den Skandinavien-Krimis«, meint Piet Paulsen, Landmaschinenvertreter a. D. und Stammgast an Stehtisch Zwei in »De Hidde Kist«, »und die dänische Grenze is ja nich weit weg. Da kann schon mal wat rüberschwappen.« Für Dorfpolizist Thies Detlefsen ist jedenfalls klar: Ein wahnsinniger Frauenmörder geht um in Fredenbüll und er muss ihn finden, bevor es noch mehr Opfer gibt!

Krischan Koch wurde 1953 in Hamburg geboren. Die für einen Autor üblichen Karrierestationen als Seefahrer, Rockmusiker und Kneipenwirt hat er sich geschenkt. Stattdessen macht er Kabarett und Kurzfilme und schreibt Filmkritiken u. a. für »Die Zeit« und den NDR. Koch lebt mit seiner Frau in Hamburg und auf der Nordseeinsel Amrum. Mit seinem Helden, dem Dorfpolizisten Thies Detlefsen, verbindet ihn die Liebe zur Nordsee, zu Krabbenbrötchen und einem chronisch krisengeschüttelten Fußballverein.

Krischan Koch

Dreimal Tote Tante

Ein Küsten-Krimi

dtv

Von Krischan Koch
sind bei dtv außerdem erschienen:
Flucht übers Watt
Venedig sehen und stehlen
Ruhe oder es knallt!

Die Fredenbüll-Reihe:
Rote Grütze mit Schuss
Mordseekrabben
Rollmopskommando
Backfischalarm
Pannfisch für den Paten
Mörder mögen keine Matjes
Friedhof der Krustentiere
Der weiße Heilbutt
Mord im Nord-Ostsee-Express
Schnappt Scholle
Krieg der Seesterne

Originalausgabe 2016
7. Auflage 2024
© 2016 dtv Verlagsgesellschaft mbH & Co. KG, München
Umschlaggestaltung: dtv unter Verwendung
eines Bildes von Gerhard Glück
Gesetzt aus der Garamond 10/13·
Gesamtherstellung: Druckerei C.H.Beck, Nördlingen
Printed in Germany · ISBN 978-3-423-21633-3

Für meine Tanten
Hanna, Else und Thea

»Irgendwann komme ich hier raus.«
Jussi Adler-Olsen, ›Erbarmen‹

I

Ihre silbrig violetten Fingernägel aus dem »Salon Alexandra« kratzen auf dem rostigen Eisen der Fußschellen. Ihre Hände zittern. Sie schiebt einen Fingernagel unter den eingerosteten Verschluss der eisernen Fußfessel. Das Metall lässt sich keinen Millimeter bewegen. Der Nagel des Zeigefingers bricht sofort ab. Beim zweiten Versuch mit dem Mittelfinger bleibt sie in dem Metall klemmen und versucht den Verschluss ein kleines Stückchen aufzuhebeln. Aber auch dieser Nagel bricht ab. Entsetzt blickt sie auf die Splitter, die jetzt in der Eisenfessel hängen. Erst gestern hat sie sich im »Salon Alexandra« schön machen lassen, neue Dauerwelle, neue Strähnchen und erstmals auch die Fingernägel. Die silbrig schillernden Nägel mit der schilfähnlichen Struktur, die alle Frauen in Fredenbüll haben. Und jetzt das! Es ist wirklich ein Jammer.

Sie hockt auf dem kalten feuchten Betonboden und starrt verzweifelt auf das schwere Fußeisen, das normalerweise bei der Schafschur oder beim Viehtransport eingesetzt wird. Die Fessel ist über eine Kette an der Wand befestigt und der Eisenring schneidet ihr in das rechte Fußgelenk, genau in die Operationsnarbe. Der schimmlige Geruch um sie herum nimmt ihr den Atem. Das Klebeband über den Augen hatte man ihr

wenigstens wieder abgenommen, bevor sie hier rein-
geschubst wurde.

Anfangs war der Raum stockdunkel gewesen. Aber
inzwischen hat sie sich an die Dunkelheit gewöhnt.
Außerdem fällt durch einen kleinen Riss in dem vergilbten Zeitungspapier, mit dem das Kellerfenster abgeklebt ist, ein dünner Lichtstrahl. Sie erkennt mehrere Eierpappen, mit denen ein Teil der Wände beklebt
ist, und Regale mit verstaubten Einmachgläsern mit
Quittengelee, Apfelmus und Sauerfleisch. Auf mehreren der Fleischkonserven meint sie unter der Staubschicht die Jahreszahl 2007 zu erkennen. Ja, jetzt sieht
sie die Zahlen ganz deutlich: 2007.

An der gegenüberliegenden Wand steht eine große
Sperrholzplatte mit einer Modelleisenbahn. Die Gleise,
Schranken und Signale, die Lokomotiven und der
Bahnhof, die Häuser, die kleinen Menschen und Mo-
delltiere zwischen den Hügeln aus beklebtem Kunst-
stoff sind von einer dicken Staubschicht überzogen.
Eine Faller-Landschaft, die in einen Dornröschen-
schlaf gefallen ist, mitten im Leben erstarrt, wie nach
einer atomaren Katastrophe.

Sie hat keinen blassen Schimmer, wie sie hierhergekommen ist. Sie war gestern Nacht auf dem Weg zurück von einem Treffen der Landfrauen. Im Dunkeln
am Deich hatte sie plötzlich einen dumpfen Schlag
am Kopf gespürt und war in ein tiefes schwarzes Loch
gefallen. Ganz weich. Auf der Zunge hatte sie den Geschmack von Blut und ganz in der Nähe hinterm
Deich hörte sie eine Eiderente auffliegen, drei scharfe

Flügelschläge, schapp-schapp-schapp. Dann war alles still. Irgendwann später war sie in diesem feuchten Keller wieder aufgewacht.

Aus dem Nebenraum hört sie ab und zu ein Brummen wie von einer anspringenden Tiefkühltruhe. Verdammt noch mal, wohin hatte man sie verschleppt? Und vor allem: Wer macht so etwas und warum? Sie muss hier sofort wieder raus. Sie zerrt panisch an der Eisenkette und atmet in kurzen hektischen Zügen. Sie will schreien, aber in ihrer Verzweiflung bekommt sie keinen Ton heraus. Sie fühlt ihr Herz bis zum Hals schlagen, schapp-schapp, wie gestern bei der auffliegenden Ente. War das gestern? Sie hat jegliches Zeitgefühl verloren. Sie wischt sich einen Blutstropfen von dem eingerissenen Nietnagel. Vor ihren Füßen krabbeln zwei Asseln über den kalten feuchten Betonboden Richtung Modelleisenbahn.

2

»Dreimal Tote Tante«, ruft Postbote Klaas Imbisswirtin Antje unternehmungslustig über den Glastresen des Stehimbisses zu und reibt sich die Hände. »Immer noch frisch heute Morgen. Da können wir gut 'n Kleinen zum Aufwärmen vertragen, wat Piet?«

Piet Paulsen mustert ihn skeptisch über seine Gleitsichtbrille hinweg, dann nickt er Antje mürrisch zu. »Ja, ja, is ja gut, ich trink einen mit! Ich will mal nich so sein.« Der Landmaschinenvertreter im Ruhestand schiebt sich die schwere Gleitsichtbrille auf die Nase zurück. Piet Paulsen kann die plötzliche Begeisterung für das nordfriesische Nationalgetränk nicht ganz nachvollziehen. Der Kakao mit Rum und Sahnehäubchen war in den letzten noch kühlen Frühjahrswochen der Renner in der »Hidden Kist«. Und das liegt allein an Mandy.

Für Paulsen war es ein regelrechter Schock, als eines Tages neben dem Postboten eine fremde Frau an Stehtisch Zwei stand.

»Moin, moin, wat machen Sie denn hier?«, hatte der Rentner gebrummt und wollte die auswärtige Dame gerade von seinem Stammplatz verscheuchen, als Klaas verlegen herumdruckste und in seiner Postjacke mächtig ins Schwitzen kam.

»Ja, also … dat ist Mandy«, platzte es schließlich aus ihm heraus. »Die kommt hier jetzt öfter.«

Klaas hat also neuerdings eine »Bekannte«. »Aus 'm Internet, angeblich«, behauptet Antje hinter vorgehaltener Hand. Seitdem ist in der »Hidden Kist« die Welt aus den Fugen. Statt Jägermeister gehen reihenweise Tote Tanten über den Tresen, und statt Fußball flimmerte kürzlich die WM im Eiskunstlauf über den Großbildschirm, der gegenüber der Dunstabzugshaube hängt. Die flotte Mandy aus dem Erzgebirge war in den Achtzigern schließlich viermal sächsische Meisterin im Eistanz.

Mandy ist erst seit wenigen Wochen in Nordfriesland. Aber sie hat sich schon bestens akklimatisiert. Die Frisur mit Strähnchen und geföhnter Außenwelle im Farrah-Fawcett-Look und die Fingernägel mit der kunstvollen Schilfstruktur stammen unverkennbar aus dem »Salon Alexandra«. »Guudn Mohrschn« hat sie längst aus ihren Sprachgebrauch gestrichen. Das »Moin, moin« geht ihr schon erstaunlich flüssig und fast ohne sächsischen Akzent über die Lippen. Seit zwei Wochen kellnert Mandy im »Café Wattblick« in Neutönninger Siel, für die Hauptsaison hat sie einen Job in einem Sylter Eiscafé in Aussicht. Dabei hat die Erzgebirglerin ein paar schwierige Jahre hinter sich. Nach ihrer aktiven Zeit im Eissportzentrum Karl-Marx-Stadt hatte sie es nach der Wende im Showgeschäft versucht. Als »Dornröschen on Ice« war sie allerdings nach mehreren rollengerecht verschlafenen Wurfsalchows recht unsanft in den Kulissen gelandet und prompt aus der Showtruppe geflogen. Auch das folgende Engagement als Eislauf-Kokommentatorin der MDR-Sendung »Sport im Osten« war, nachdem der eigentliche Moderator kaum mehr zu Wort kam, gleich wieder eingestellt worden. Doch diese kleinen Rückschläge hatten Mandys Optimismus nichts anhaben können.

Ihr sächsisches Temperament hatte den nordfriesischen Postboten gleich bei ihrem ersten Treffen regelrecht umgehauen. Das Rendezvous hatte im Erlebnismuseum »Sturmflutenwelt Blanker Hans« in Büsum stattgefunden. Und ehe Klaas sich versah, stand die ehemalige Eisprinzessin mit drei Riesenkoffern bei ihm vor der Tür und war in seine kleine Junggesellenwohnung über dem ehemaligen Fredenbüller Postamt eingezogen.

In der »Hidden Kist« tönt seitdem Barry Manilows »Mandy« aus dem verölten Radiorecorder auf Antjes Gewürzbord. Stones-Fan Klaas und selbst »Stormy Weather«-Gitarrist Bounty schluchzen die Schnulze inzwischen sogar mit. In dem Stehimbiss hat sich Mandy bereits bestens eingeführt. Mit ihrer Begeisterung für den Eiskunstlauf konnte sie die Fredenbüller Imbissrunde zwar noch nicht anstecken, aber ihre Trinkfestigkeit hat nicht nur Klaas, sondern auch der restlichen Stammbesetzung schwer imponiert. Zur Kür im Paarlaufen hatte Antje vier Runden Tote Tante serviert und zwischendurch, zum Verteilen, immer mal ein paar rote Genever. Klaas und den ebenfalls anwesenden Althippie Bounty hatte es angesichts der gleichzeitig über den 46-Zoll-Bildschirm fliegenden Sprungkombinationen von Doppelaxel und dreifachem Toeloop fast von den Beinen gehauen. »Aber die Deern hat die vierfache Tote Tante sauber gestanden«, musste selbst Piet Paulsen konstatieren.

»So, hier kommt ganz was Feines.« Antje stellt drei dampfende Becher auf den Glastresen und setzt den drei Toten Tanten das finale Sahnehäubchen auf.

»Nu, da gommen ja unsere Doden Danden. Härrlisch.« Mandy lässt sich von Antje ein Tablett geben und übernimmt das Servieren an Stehtisch Zwei.

Piet Paulsen schiebt sich grimmig sein blaues Basecap von der Nordfriesischen Raiffeisenbank aus der Stirn. »Antje, aber mach mir mal gleich 'n Pils zum Nachspülen.«

»Wenn dir das mit dem Kakao zu viel wird, nehm ich dir die Tante ab«, kommt Bounty von Stehtisch Eins dem Landmaschinenvertreter a.D. zu Hilfe. »Kommt echt gut zu dem Kokos.« Der Althippie gluckst in sich hinein und reißt das Papier von einem Schokoriegel. Imbisshündin Susi, seit einer üblen Fleischvergiftung überzeugte Vegetarierin mit einer ausgeprägten Vorliebe für Süßigkeiten, sieht erwartungsvoll zu Bounty hoch.

»Wat is mit dir, Thies? Tote Tante?«, ruft Klaas dem Fredenbüller Polizisten Thies Detlefsen zu, der grade »De Hidde Kist« betritt.

»Nee, nee, Freunde, ich bin im Dienst.« Thies setzt seine wichtige Miene auf.

»Dienst ist gut«, kichert Bounty. »Ist doch seit anderthalb Jahren nix passiert in Fredenbüll.« Piet Paulsen reicht ihm seinen Kakaobecher mit dem Sahnehäubchen von Stehtisch Zwei herüber.

»Ach, Bounty, hör doch auf«, ranzt Thies ihn an.

»Thies, wie immer? Coffee to go?«, funkt Wirtin Antje dazwischen.

»Ja, Antje, aber wie immer, einen zum hier trinken.«

In der letzten Zeit verbringt Polizeiobermeister Thies Detlefsen fast den ganzen Tag in der »Hidden Kist«. Und seit seine Frau Heike die vegane Küche praktiziert, nimmt er meistens auch die Mahlzeiten bei Antje ein. Aus Protest hat Thies in den letzten Monaten das Wintergrillen entdeckt.

»Dat Problem is allerdings, du hast längere Grillzeiten als im Sommer.« Thies hat sich voll in die Materie eingearbeitet. »Dat Grillgut kühlt dir schnell aus … also nie ohne Deckel, und statt Kohle brauchst du Briketts.«

Bei Piet Paulsen erntet Thies mit seinem Grillchinesisch nur Kopfschütteln. »Wat sollen wir uns im Winter draußen einen abfrieren, wenn wir hier bei Antje schön im Trockenen sitzen.«

Im Frühjahr ist die Wintergrill-Saison ohnehin zu Ende. Im Edeka-Markt von Hans Jürgen Ahlbeck sind die letzten Bestände an Grillbriketts aus dem Vorjahr aufgebraucht. Die meiste Zeit sitzt Thies also wieder im Imbiss. Die Mordfälle und die spektakuläre Schießerei im Edeka-Markt im Herbst vor anderthalb Jahren hatte seine kleine Wache an der Dorfstraße vor der Schließung bewahrt. Aber seitdem war tatsächlich nicht viel passiert in Fredenbüll. Eigentlich gar nichts. Außer den üblichen Falschparkern am Deich und den notorischen Beschwerden des Eppendorfer HNO-Arztes Müller-Siemsen über den Treckerlärm vom Biohof war mal wieder nichts gewesen. Thies' Schreibtisch in der kleinen Wache in dem roten Backsteinbau an der Dorfstraße ist beängstigend leer.

Aus lauter Langeweile hat er im Winter schon eine Fortbildung besucht: »Täterprofile. Theorie und Praxis des Profilings«. Jetzt wartet Thies ungeduldig auf eine Gelegenheit, die erworbenen Kenntnisse anwenden zu können. Vorläufig bleibt ihm nur, bei Kaffee und »Croque Störtebeker« in der Imbissrunde über den »psychosozialen Kontext von Straftaten« zu dozieren.

»Bei deinen Parksündern am Deich hilft dir dat aber auch nich weiter«, meint Piet Paulsen.

Thies schlürft seinen heißen Kaffee. Klaas und Bounty kämpfen noch mit der Sahnehaube auf der Toten Tante. Mandy und Piet Paulsen zieht es derweil zum Rauchen nach draußen. Mit ihrem neuen nordseeerprobten Sturmfeuerzeug mit der Gravur »Für Mandy von Klaas« gibt sie dem Landmaschinenvertreter a. D. Feuer. Piet qualmt genüsslich sein Zigarillo und Mandy eine »Slim Line Gold«. In dem Moment läuft ein dynamisches Rentnerpaar in wattierten Anoraks im quietschbunten Partnerlook über die Dorfstraße auf »De Hidde Kist« zu und betritt den Imbiss. Die beiden Rentner aus dem Westfälischen bleiben zunächst etwas unentschlossen zwischen den beiden Stehtischen stehen.

»Gibt dat hier eigentlich auch Frühstück?«, fragt der Mann in breitem Ruhrpott-Dialekt.

»Wir haben nämlich kein Frühstück bekommen«, schießt die Frau in vorwurfsvollem Ton gleich hinterher.

»Ja, da können wir aber jetzt nix für!« Antje schiebt eine Schale mit Kartoffelsalat unter ihren Glastresen und sieht die beiden Touristen fragend an.

»Wir hatten aber eigentlich mit Frühstück gebucht«, beschwert sich die Frau. »Wir sind hier in der Pension bei Frau … ähhh …«

»Bei Renate«, erklärt Thies.

»Auch erst mal 'ne Tote Tante?« Klaas setzt den Becher ab und hat jetzt einen Sahnetupfer auf der Nasenspitze.

»Gann isch nur empfählen«, schwärmt Mandy. »Escht läcker.« Sie drückt dem Postboten einen dicken Kuss auf die Wange.

»Dat iis doch mit Rum drin, und dat am frühen Morgen«, gibt die Frau zu bedenken.

»Aber hauptsächlich Kakao, oder?« Ihr Mann scheint nicht abgeneigt.

»Hauptsächlich Kakao«, grinst Bounty und kredenzt Imbisshündin Susi die Hälfte seines Schokoriegels.

»Is aber schon merkwürdig, dat Renate heute kein Frühstück gemacht hat.« Thies zeigt Ansätze seines Kuhblicks. »Is eigentlich nich ihre Art.«

3

Es ist ein kühler, aber klarer sonniger Vormittag. Nur
ein paar milchige Wolken schwimmen in dem hell-
blauen Himmel. Man kann über die Wiesen bis zum
Deich sehen. Ein paar Möwen ziehen lachend gen
Nordsee und Inseln. Mehrere Osterlämmer machen
auf dem Deich übermütige Bocksprünge und halten
ihre puscheligen Ohren in die laue Frühlingsbrise. In
den Vorgärten blühen die Forsythien und Narzissen.
Doch Imke nimmt die Schönheiten der nordfriesischen Landschaft gar nicht mehr wahr. Der Stallmief,
der über dem ganzen Schweinehof Schlotfeldt liegt,
beißt ihr in der Nase. Die Lüftung aus dem großen
Stall brummt dumpf. Gedämpft ist das Grunzen und
Quieken der Tiere zu hören.

Irgendwie hatte Imke sich das anders vorgestellt, als
sie vor fünf Jahren den jungen Sören Schlotfeldt hei-
ratete. Es ging alles Hals über Kopf. Der kleine Kimi
war bereits unterwegs, ein gutes Jahr später kam dann
gleich Merle hinterher. Sören hatte gerade den Hof
übernommen, und sie hatten sich ihre Zukunft in den
schönsten Farben ausgemalt. Sie wollten von der kon-
ventionellen Schweinezucht auf ökologischen Land-
bau umstellen. Vor allem wollte Imke von der Tier-
zucht weg. Schließlich ist sie Vegetarierin. Vor der

Hochzeit hatte Sören ihr Gott weiß was versprochen. Er plane, alte Getreidesorten anzubauen, einen Hofladen einzurichten, die Direktvermarktung einzuführen. Nichts ist daraus geworden. »Imke, dat is 'n langer Weg«, hat Sören sie immer wieder vertröstet.

Erschwerend kommt dazu, dass Sören und Imke auf ihrem eigenen Hof nichts zu melden haben. Hier hat immer noch der alte Schlotfeldt das Sagen, auch wenn er den Hof offiziell seinem Sohn überschrieben hat. Er tyrannisiert die junge Familie von morgens bis abends. Ständig kommandiert er seinen Sohn herum. Und Imke kann es ihm schon gar nicht recht machen.

»Was will man von einer Beamtentochter aus der Stadt schon erwarten«, blökte Schlotfeldt sie an. »Dir fehlt der Stallgeruch, min Deern!«

Imke kommt aus Neumünster. Eine richtige Stadt ist das eigentlich nicht. Und den Stallgeruch, den wollte sie ja nun grade abschaffen. Wenigstens will sie jetzt ihre Vorstellungen von artgerechter Haltung durchsetzen. Eine Vegetarierin auf einem Schweinehof, das klingt doch wie ein blöder Witz.

Auf der Wiese hinter dem großen Stall darf Imke drei Schweine im Freien halten. Sau Helene und ihre beiden Ferkel Max und Moritz werden nur mit den besten Küchenabfällen gefüttert. Sie suhlen sich mit Blick auf den Deich im Dreck und grunzen fröhlich. Doch der alte Schlotfeldt bekommt Wutanfälle, wenn er von Imkes hochtrabenden Ideen nur hört oder wenn sie mit ihm eine Diskussion über industrielle Tierhaltung anfängt.

»Wenn du dir für unsere normalen Schweine im Stall zu fein bist, dann heuer doch im Bioladen in Hamburg an und friss deinen Tofu.« Sobald jemand ein Widerwort wagt, rastet er regelmäßig aus und droht mit Mistforken oder dem Holzknüppel, den er fast immer bei sich trägt und mit dem er sonst die Schweine in ihre Kastenstände oder die Viehtransporter treibt. Einmal hat er mit seinen verdreckten Holzpantoffeln aus dem Stall nach den kleinen Kindern geworfen. Da war Imke zur Abwechslung mal ausgeflippt.

Schlotfeldt war ein notorischer Choleriker. Seine Frau hatte, kurz bevor Imke und Sören sich kennenlernten, die Flucht ergriffen. Sie hatte es nicht mehr ausgehalten. Angeblich hatte er sie immer wieder geschlagen. Mit seinem Holzknüppel hatte er sie einmal so schwer am Bein verletzt, dass eine bleibende Behinderung blieb. Eines Abends war sie von einem Treffen der Landfrauen einfach nicht mehr nach Hause gekommen. Im Ort kursierten die wildesten Gerüchte. Einige behaupteten, dass sie inzwischen eine Kängurufarm in Australien betreibe.

Auch für Imke entwickelte sich dieser Schweinehof in der nordfriesischen Walachei immer mehr zum Albtraum. Der ekelhafte Gestank aus dem Stall und dem nur wenige Meter vom Wohnhaus entfernten Jauchebecken ist allgegenwärtig. Sobald im Stall die Lüftung läuft, muss man die Fenster geschlossen halten. Draußen riecht es nach Schweinestall und drinnen nach der Ölheizung, die im Wohngebäude mit untergebracht ist. Sören und Imke hatten sich die alte Tenne in dem großen Fachwerkhaus ausgebaut und vergrößert. Der alte Schlotfeldt wohnte in der seit Jahrzehnten unveränderten neonausgeleuchteten Wohnküche im Hinterhaus.

Anfangs hatte Imke sich die Wohnung nach ihren Vorstellungen einrichten können. Doch irgendwann veränderte sich das. Plötzlich hing dann ein ausgestopftes Eichhörnchen oder ein Marder an der Wand. Sören und sein Vater tapezierten gnadenlos alle Wände mit ihren Jagdtrophäen, mit Geweihen und sonst wie erlegten Tieren, Frettchen, Bisamratten, Fischottern und ganzen Vogelschwärmen. Imke hatte keinen blassen Schimmer, ob die Männer das wirklich alles selbst geschossen hatten, und es interessierte sie auch nicht. Die Jagd und das Präparieren der toten Tiere, dieses seltsame Hobby, das Vater und Sohn verband, waren ihr unheimlich. Wenigstens hat sie ihre schicke neue Einbauküche aus dem Husumer Küchenstudio von Schlotfeldts Tierleben bislang noch freihalten können.

Imke raspelt Wurzeln für einen Gemüsegratin in eine Auflaufform. Kimi fährt mit seinem Gokart Slalom zwischen den Jaucheplacken auf dem geteerten Hof. Seine kleine Schwester Merle sitzt auf ihrem Dreirad und sieht ihm bewundernd zu. Zwischendurch wirft Imke immer mal einen Blick durch das Küchenfenster. Der fünfjährige Kimi wird zunehmend unternehmungslustiger. Letzte Woche war er auf die Sofalehne gestiegen, um das große Hirschgeweih an der Wand zu erklimmen. Sören und vor allem sein Vater hatten das glücklicherweise nicht mitbekommen. Jetzt turnt er schon wieder auf der Leiter am Jauchebecken herum. Kimi hat ein Faible für verbotene Kletterpartien. Der alte Schlotfeldt ist schon mehrmals ausgerastet.

»Imke, verdammte Scheiße, pass bloß auf. Eines Tages fällt der Jung noch in die Jauche. Das war's dann.« Ausnahmsweise hat ihr Schwiegervater da mal recht. Imke hat schon einige Male von tödlichen Unfällen in Jauchegruben gelesen.

Panisch reißt Imke das Küchenfenster auf. »Kimi-i-i!! Komm da runter!«

Kimi dreht sich freudestrahlend um. Stolz lächelt er seiner Mutter zu. Merle pest freudig quiekend auf ihrem Dreirad ebenfalls Richtung Jauchebecken.

»Kimi-i-i-i-i!!!« Kimi erklimmt die nächsten beiden Stufen der Stahlleiter.

Augenblicklich lässt Imke Gemüseraffel und Wurzel fallen und rast in Schürze und Hausschuhen auf den Hof.

»Kimi, komm da sofort runter!!!« Je lauter sie schreit, desto schneller versucht sich der Kleine die Leiter hochzuziehen. Sein blonder Schopf leuchtet in der Sonne vor dem betongrauen Becken. Imke stürmt über den Hof. Merle düst auf dem Dreirad durch die Jauche und juchzt. Inzwischen hat Kimi den Beckenrand erreicht.

»Mama, guck ma', da schwimmt einer!«, ruft er begeistert, aber gleichzeitig auch etwas irritiert.

»Nicht bewegen!«, schreit Imke inzwischen völlig hysterisch. »Bleib da, wo du bist!« Imke hat jetzt auch die Stahlleiter des Beckens erreicht und hastet keuchend die Leiter hinauf. Nach der Geburt der beiden Kinder hat sie etwas zugelegt. Seitdem ist sie nicht mehr so gut in Form. Früher war sie sportlicher. Kimi steht auf der obersten Sprosse und zeigt in das Becken.

»Was erzählst du da für einen Quatsch! Du kommst da sofort runter!« Imke hat jetzt den Beckenrand erreicht, greift Kimi an den Trägern seiner Latzhose und klemmt sich ihren Sohn unter den Arm. Sie ist fast schon wieder auf dem Weg nach unten, als sie wie in einem Traum ganz kurz so etwas wie ein Gesicht aus dem Jauchebrei auftauchen sieht. Ehe sie das richtig realisiert, ist sie mit Kimi nach unten geklettert, setzt ihn unten ab, um dann allein wieder hinaufzusteigen. Imke traut ihren Augen nicht. Aus der bräunlich grünen Gülle ist ein bleiches Gesicht aufgetaucht. Ein Gesicht ist es eigentlich nicht, eher ein Schädel, der von dem dicklichen Jauchebrei überzogen ist. Undeutlich meint sie die Umrisse eines Körpers zu erkennen. Aus der stinkenden Brühe ragen jetzt auch noch vorsichtig die Füße mit Schuhen heraus – wie bei einem Rückenschwimmer. Imke hat mit einem Würgereiz zu kämpfen.

4

»Dat is 'ne Riesensauerei«, warnt Thies die Kollegen
gleich, als er bei der Mordkommission in Kiel anruft.
»Ihr müsst euch Gummisachen mitbringen. Unbedingt.«

Die Nachricht von dem grausamen Fund in der Jauchegrube erreicht den Fredenbüller Polizeiobermeister auf dem Weg nach Hause. Thies ist mittags ausnahmsweise mal auf zwei Tofu-Frikadellen bei seiner
Familie reingeschneit. In der Wache war mal wieder
nichts los. Aber jetzt ist er vollkommen aus dem Häuschen. Endlich ein neuer Mordfall! Die neuen Riesen-
ostereier im Eingang und die zwölf mit der Motor-
säge rustikal ausgesägten Holzhasen, die Heike heute
Morgen grad im Vorgarten aufgestellt hat, übersieht
Thies glatt. Er hatte Nicole Stappenbek gleich am
Telefon, und die Leiterin der Kieler »Mord Zwei«
wollte sich mit ihrem Team sofort auf den Weg machen.

»Thies, dat darf nich war sein. Nun hatten wir grad
mal 'n büschen Ruhe, und schon tanzt deine blonde
Oberkommissarin hier wieder an. Ich hab mich auf
schöne Ostern gefreut.« Heike Detlefsens Stimmung
ist sofort auf dem Nullpunkt. Ärgerlich zieht sie das
Haargummi stramm, mit dem sie den blonden Heu-

wagen auf ihrem Kopf bändigt. Während Thies schon wieder die Polizeijacke übergezogen hat und im Stehen eine Tofu-Frikadelle in sich hineinschlingt, pfeffert seine Frau eine Ladung geschrotete Leinsamen auf die restlichen veganen Klöpse. Wenn Nicole Stappenbek in Fredenbüll anreist, ist Heike regelmäßig auf achtzig. Thies schwärmt ein bisschen zu offensichtlich für die Kieler Kollegin in der lässig abgeschabten Vintage-Lederjacke mit den verwegenen Nieten.

»Heike, du solltest dich freuen. Wir haben endlich wieder 'n Mordfall.« Thies richtet seinen Frontigel. Nach einem vorübergehenden Frisurenexperiment – zur letzten WM hatte Friseurmeisterin Alexandra Thies eine Marco-Reus-Bürste verpasst – hat der Fredenbüller Polizist jetzt wieder seine alte Frisur: kurz geschnitten mit kleinem Strubbelspoiler vorne.

»Die Leiche im Jauchebecken bei Schlotfeldt is 'n echter Glückstreffer. Heike, die Kriminalitätsstatistik des letzten Jahres ist eine einzige Katastrophe. Und dir sollte klar sein: Ohne Kriminalität ist meine Wache hier weg!«

Seine Frau sieht ihn sprachlos an.

»Ja, Heike, und dann bin ich auch weg.«

»Thi-i-ies, hör doch auf, ich gönn dir deinen Mord doch«, lenkt Heike ein. »Aber schaffst du dat nich langsam mal alleine? Kann doch nich angehen, dass deshalb immer gleich diese oberschlaue Nicole anrücken muss und dich verrückt macht.«

»Ich hab jetzt grad mal den Seminarschein ›Täterprofile‹, aber deswegen bin ich noch lange kein Hauptkommissar bei der Mordkommission.« Bockig knöpft Thies seine Polizeijacke zu, wischt sich ein paar Tofu-krümel vom Mund und läuft nach draußen zu seinem Wagen.

»Noch so 'n Thema«, denkt er sich verärgert. Den ersehnten neuen Dienstwagen hat Thies nämlich wie-der nicht bekommen. Er fährt immer noch seinen al-ten Privatwagen mit der improvisierten Polizeilackie-rung. Der altersschwache Escort ist mit Ach und Krach grade noch mal durch den TÜV gekommen. Die durchgerosteten Kotflügel hat Sönke, der Mecha-niker in der Schlütthörner Tankstelle, inzwischen alle in den neuen Polizeifarben Blau und Silber lackiert. Nur das Dach hat noch das alte Grün, und auch die neue Lackierung stimmt nicht ganz: Kotflügel blau, Haube silber, normalerweise gehört das umgekehrt. Bei der farblichen Gestaltung von Thies' Einsatzfahr-zeug hat Tankwart Sönke seine eigenen Vorstellungen. Aber schön ist das nicht, mit dieser alten Kiste zu ei-nem Tatort zu fahren, ärgert sich Thies.

Kriminalhauptkommissarin Nicole Stappenbek ist gleich mit der ganz großen Besetzung angereist. Ge-richtsmediziner Carstensen, KTU-Mann Mike Börn-sen und weitere Kriminaltechniker. Ein ganzer Trupp von Männern und Frauen in weißen Einmalanzügen wieselt um das Jauchebecken herum. Die meisten tra-gen wegen des Güllegestanks einen Mundschutz. Die Kriminaltechniker haben zwei zusätzliche Leitern an-gestellt. Sie brauchen eine ganze Weile, um den Toten aus der Jauche zu ziehen. Mit einer langen Teleskopstange und mit Heugabeln stochern sie in der grünlich braunen Brühe herum und schupsen die Leiche Richtung Beckenrand. Sobald die beiden Männer sie ein Stück aus der Pampe herausbekommen haben, will sich der zähe Brei den Leichnam zurückholen. Immer wieder taucht der oder die Tote kurz ab, um dann aber mit den Füßen oder dem Kopf sofort wieder an die Oberfläche zu kommen. Schließlich gelingt es Spusi-Mann Börnsen und seinem Kollegen, den Leichnam mithilfe eines Seiles aus der Gülle herauszuziehen und über den Beckenrand zu hieven. Dem blonden Spusi-Mann läuft dabei die stinkende Suppe unter seine Gummihandschuhe. Der schlammige Körper strebt kurz noch mal in die Jauche zurück, dann fällt er mehrere Meter hinab auf den Betonboden. Die Gliedmaßen federn beim Aufprall einmal nach oben und zerfallen dann in mehrere Teile. Die braune Gülle spritzt. Darunter kommen Teile eines Skelettes zum Vorschein. Thies, der die Bergung der Leiche überwacht, geht in Deckung. Börnsen hat mit dem Brechreiz zu kämpfen. Nicole hastet hinter den Stall und muss sich tatsächlich übergeben.

Schlotfeldt senior und auch sein Sohn Sören stehen mit versteinerter Miene und aschfahlem Gesicht vor dem toten Körper und starren ihn an. Der Leichnam ist über und über mit der grünbraunen Schlacke überzogen. Es ist nur noch ein Skelett, an dem gülledurchtränkte Reste von Kleidung oder eines Körpers kleben, die die einzelnen Knochenteile bisher zusammengehalten haben. Auch das Gesicht ist nicht mehr zu erkennen. Nur noch ein schlammüberzogener Totenschädel.

»Echt lecker!« Mike Börnsen wendet sich ab und zieht sich mühevoll die Gummihandschuhe von den Fingern. »Gibt's hier irgendwo fließend Wasser?«

»Ach so, ja!« Sören Schlotfeldt überlegt. »Klein Moment, ich kärcher euch eben ab. Dat ham wir gleich.« Der Junior holt den Hochdruckreiniger aus einem Schuppen.

»Sieht irgendwie nach 'ner Frau aus, oder?«, überlegt einer der Kriminaltechniker mit Blick auf die Körperform. Um den Hals schimmert ein rotes Tuch unter dem Schlamm hervor. Oder ist das vielleicht doch eine Krawatte?

Während Börnsen und seine Kollegen ihre Gummianzüge von dem jungen Schlotfeldt abspritzen lassen, steuert Gerichtsmediziner Carstensen, heute ebenfalls im weißen Einmaloverall, mit einem Leichensack auf den stark verwesten Leichnam zu. Der Gokart des Jungen steht daneben. Die Kinder, die Imke sofort ins Haus gebracht hat, kleben mit den Nasen am Küchenfenster. Imke steht in Schürze dahinter und zieht die dreijährige Merle vom Fenster weg.

»Moin Thies«, begrüßt Carstensen den Fredenbüller Dorfpolizisten. »Wo ist unsere Hauptkommissarin denn abgeblieben?«

»Ja … mal eben hintern Schuppen«, sagt Thies zögerlich. »Aber da kommt sie schon wieder.« Nicoles Gesichtsfarbe tendiert ins Grünliche.

29

»Willst hier noch mal 'n Blick drauf werfen, ehe ich einpacke?«, fragt Carstensen.

Genau das will Nicole vermeiden. Sie wendet sich stattdessen an Schlotfeldt. »Aber ich will vor allem, dass Sie hier einen Blick drauf werfen«, sagt die Kommissarin mit ungewöhnlich leiser Stimme. »Sind Sie hier der Eigentümer?«

»Jo.« Der Schweinebauer starrt abwesend auf den Leichnam, dann sieht er Nicole an. »Jo, dat ist mein Hof.« Er schiebt sich den Schirm der grünen Bauernmütze in die Stirn.

»Na ja, eigentlich ...« Sören Schlotfeldt, der inzwischen dazugekommen ist, will offenbar etwas einwenden, lässt dann aber nur ein kleinlautes, fast lautloses »Jo, egal« heraus.

»Wer ist das? Kennen Sie den oder die Tote?«, fragt die bleiche Kommissarin. Aber gleichzeitig merkt sie, wie unsinnig die Frage ist. Dieses halb verweste gülleüberzogene Etwas ist wirklich nicht zu identifizieren.

»Dat ist meine Frau«, sagt Schlotfeldt, ohne lange zu überlegen. Aber dann zuckt er die Achseln.

»Ihre Frau?« Nicole staunt.

»Mutti? Nee!« Schlotfeldt junior ist überhaupt nicht überzeugt, und auch der alte Schlotfeldt glaubt selbst nicht mehr, was er da gerade eben gesagt hat.

Der kleine Kimi kommt schon wieder aus dem Haus gestürmt. »Ich hab ihn zuerst gesehen«, schreit er. Imke läuft hinterher. Sie schnappt sich ihren Sohn sofort und zieht ihn zurück ins Haus.

»Herbert, wie willst dat denn erkennen?« Thies blickt skeptisch erst auf die Tote, dann auf den Schweinebauern. Der alte Schlotfeldt hat immer diesen starren Blick aus seinen wasserblauen Augen, die unter dem Schirm der grünen Bauernmütze hervorstechen. Jetzt ist sein Blick noch starrer. Schlotfeldt sagt gar nichts und stiert nur auf die Schuhe. Thies und Nicole sehen ebenfalls kurz hin.

»Herbert, hörst du mich?«, fragt der Fredenbüller Polizist.

»Die Schuhe«, stößt Schlotfeldt fast lautlos heraus.

Thies sieht auf die Überreste hochgeschlossener Schnürschuhe, die verdreckt, halb zerfallen, aber im Gegensatz zu allem anderen vergleichsweise gut erkennbar sind.

»Dat sind Gesundheitsschuhe, oder?«, stellt er fest.

Nicole wird schon wieder leicht grünlich. »Herr Schlotfeldt, wir müssen uns nachher mal in Ruhe unterhalten. Lassen Sie die Kollegen hier erst mal weitermachen.« Sie schnappt nach Luft und schiebt sich die Sonnenbrille ins Haar. Thies mustert sie kritisch.

Nicole und er haben sich eine ganze Weile nicht gesehen. Beruflich ergab es sich ja leider nicht. Allerdings waren Nicole und Mike Börnsen vor ein paar Monaten zu Bountys »Stormy Weather«-Party in dem renovierten Übungsraum im alten Dorfkrog aus Kiel herübergekommen. Kann es sein, dass sich Nicole seitdem irgendwie verändert hat? Vielleicht hatte sie ein bisschen zugelegt?

»Thies, ich bin mal wieder ohne Frühstück los. Ich brauch unbedingt erst mal 'n Kaffee und was zu essen.« Sie schnieft.

Mit ihren Allergien hat sie jedenfalls immer noch zu tun.

Als Nicole in der »Hidden Kist« das Duftgemisch aus frittierten Pommes und eingelegten Rollmöpsen entgegenschlägt, kehrt schlagartig die normale Farbe in ihr Gesicht zurück. Im Imbiss wird die Kieler Kommissarin gleich mit großem Hallo empfangen. Bei ihren Fredenbüller Mordfällen hat sie ihre Mahlzeiten stets bei Antje eingenommen. Nicole begrüßt die Stammbelegschaft, und Klaas stellt ihr seine Bekannte vor. Nicole staunt.

»Moin, isch bin die Mandy.« Klaas' neue Freundin streckt ihr die Hand mit den violett lackierten Fingernägeln entgegen und schüttelt die mehrfarbige Sturmfrisur. Nicole kann sich angesichts des sächsischen Moin und der in Fredenbüll obligatorischen Fingernägel aus dem »Salon Alexandra« ein heimliches Grinsen nicht verkneifen. Bounty grüßt ebenfalls grienend und Schokoriegel kauend von Stehtisch Eins herüber. Allein der Imbisshund, Schäfermischling Susi, hat nur Augen für den Althippie, mit dem er sich grade einen Kokosriegel teilt.

»Freut uns, dass du mal wieder da bist … na ja …« Antje macht eine Pause und räumt aus Verlegenheit eine Schale mit Kartoffelsalat vom Tresen in die Glasvitrine. »Is natürlich immer kein so schöner Anlass, muss ja wohl schlimm aussehen, aber … Wie sieht's aus, erst mal 'n Croque?«

»Rollmops-Burger!«, bestellt Nicole wie aus der Pistole geschossen.

»Und vielleischt och 'ne Dode Dande?«, flötet Mandy, die über die Stützung der Frauenquote in der »Hidden Kist« offenbar ganz froh ist. »Kann isch nur emfählen.«

»Lass mal, Mandy, die tote Tante hatten wir heute Morgen schon«, winkt Thies ab.

Nicole lässt sich den morgendlichen Latte macchiato und das Fischbrötchen schmecken, gleich darauf ein zweites. Sie strahlt. Ja, sie hat tatsächlich ein bisschen zugelegt. Aber steht ihr, findet Thies.

»Dat schmeckt dir aber, min Deern«, brummt Paulsen. »So 'n Toter am Morgen macht wohl ordentlich Appetit.« Die Männer staunen über Nicoles Appetit, und Antje mustert sie eindringlich.

»Hört bloß auf«, protestiert Thies. »Von der oder dem Toten war nich mehr viel zu erkennen in der ganzen Jauche«, erklärt der Fredenbüller Polizist. »Sah schlimm aus, dat Gesicht war praktisch nich mehr da.« Dabei läuft ihm selbst noch einmal ein leichter Schauder über den Rücken, aber ein bisschen genießt er es auch, seine Imbissfreunde zu schockieren.

»Gru-u-uselisch«, stöhnt Mandy.

»Fast wie in einem von diesen Dänen-Krimis«, findet Piet Paulsen. »Da geht dat ja immer ganz schön brutal zur Sache. Muss ich mich manchmal wundern.«

»Na ja, wir sind schließlich ganz nah dran«, konstatiert Thies. »Dat sind keine fünfzehn Kilometer zur
Grenze.«

5

Wütend räumt Huberta von Rissen zwei leere Wein-
flaschen und ein halb volles Glas vom Kirschholztisch-
chen. Durch die hohen Räume des Gutes klimpert ein
Chopin-Tanz. Seit ihr Mann Onno überraschend vorzeitig aus der Psychiatrie entlassen wurde, stehen die
leeren Bordeauxflaschen wieder überall herum. Ihr
litauisches Hausmädchen muss regelmäßig Rotweinflecken von dem gestreiften Bezug des Biedermeier-
sofas und aus dem Orientteppich entfernen.

Huberta von Rissen, im obligatorischen taillierten
Tweedjackett mit den Lederflicken auf den Ellen-
bogen, in Reithose und mit Perlenkette, holt sich
selbst ein Glas Weißwein aus der Küche. Seit Onno
wieder da ist, ist sie wie gelähmt. Sie versteht einfach
nicht, dass man ihren Mann jetzt schon entlassen hat.
Vier Jahre ist es her, dass er den schönen Biobauern
Jörn Brodersen, mit dem Huberta ein Verhältnis hatte,
ins Jenseits befördert hat. Nachdem er auch noch für
einen weiteren Mord verantwortlich war, wollte er
sich selbst eine Kugel in den Kopf jagen. Er war dann
für schuldunfähig erklärt worden, das hatte das psych-
iatrische Gutachten ergeben, das sein Anwalt durchgesetzt hatte, aber das konnte doch eigentlich kein
Grund sein, ihn vorzeitig auf freien Fuß zu setzen.

Huberta von Rissen schätzte ihren Mann immer noch als gefährlich ein, und wenn es nach ihr gegangen wäre, hätten sie ihn gern noch ein Weilchen in der Flensburger Psychiatrie behalten können. Diese Entlassung hatte ebenfalls sein Hamburger Anwalt Doktor Cordt Brookmann durchgesetzt. Und Brookmann hatte jetzt die alte Mühle am Koogdeich gekauft und kreuzte hier neuerdings dauernd mit seinem schwarzen Porsche oder diesem Motorrad-Oldtimer auf.

Huberta hatte die Zeit genossen, in der Onno weg gewesen war. Sie war wieder zum Reiten gekommen. Sie hatte sich um die beiden Pferde und um den großen Garten gekümmert, und der Kontakt zu dem Eppendorfer HNO-Professor Müller-Siemsen, der mittlerweile von seiner Frau getrennt lebte, war intensiver geworden. Zusammen mit Müller-Siemsen organisierte sie auf dem Gut Kammerkonzerte und mal eine Kunstausstellung oder Lesung. Sie hatten das schon immer gemacht, aber in Onnos Abwesenheit war das deutlich mehr geworden. Der alte von Rissen hatte sich immer alle Mühe gegeben, ihre Kulturveranstaltungen zu boykottieren. Jetzt hatte sie diese kleinen Events mal richtig genießen können. Denn neben den auftretenden Künstlern war immer sie der Mittelpunkt, und der schrullige Hamburger Professor und auch die Kulturinteressierten, die aus dem ganzen Landkreis anreisten, hofierten sie.

Auf den ersten Blick wirkt Huberta immer etwas streng. Ihr dunkler Typ, die grauen ungefärbten Haare und die Perlenkette, die sie auch zur Gartenarbeit nicht abnahm, lassen sie etwas unnahbar erscheinen. Aber bei ihren Kulturevents kann die Dame mächtig aufdrehen. Nach einem dieser Konzerte hatten sie und der smarte Biobauer Brodersen damals in der Speisekammer des Gutes die Gurkengläser auf dem Regal zum Tanzen gebracht. Und kürzlich hatte sie den verwegenen Bratschisten eines russischen Streichquartetts auf dem unbequemen Biedermeiersofa verführt.

Jetzt suchte sie das Sitzmöbel nach Rotweinflecken ab, die ihr Mann regelmäßig hinterlässt. Den Tag über lungert Onno schlecht gelaunt im Haus herum und verdirbt auch ihr die Laune. Dann sitzt er neuerdings stundenlang am Computer, und wenn sie den Raum betritt, klickt er hektisch mit der Maus herum, bis der Bildschirmschoner mit dem Familienwappen erscheint. Abends nach der zweiten Flasche Bordeaux begibt er sich dann auf eine seiner Spritztouren, was Huberta auch gleich wieder die Laune verdirbt.

Er hatte sich schon früher betrunken ins Auto gesetzt und war nachts in der Landschaft herumgegurkt. Aber nicht mit dieser Regelmäßigkeit. Früher war er ab und zu ins Spielcasino nach Travemünde gefahren. Mit seiner Spielsucht hatte er sie fast ruiniert. Aber das ist es jetzt nicht mehr. Für Travemünde ist er zu schnell wieder zurück. Was macht er, wenn er in seinem alten Landrover nachts auf den weiten nordfriesischen Landstraßen den Deich entlangschlingert? Wo fährt er hin? Lauert er womöglich Anhalterinnen auf? Diese neue sächsische Bedienung aus dem »Wattblick« soll er neulich mitgenommen haben und das Fräulein aus der Schlütthörner Bank. Das hatte sie ihr selbst erzählt. Beim Friseur hatten sie so seltsame Bemerkungen gemacht, als hätte Onno sich der rothaarigen Chefin Alexandra unsittlich genähert, nachdem er sie an der nächtlichen Landstraße aufgelesen hatte. Der Postbote will seinen Wagen kürzlich neben diesem alten Wohnmobil mit dem rosaroten Neonherz hinter der Windschutzscheibe gesehen haben. Und dann war seit gestern auf einmal die Fredenbüller Pensionswirtin Renate verschwunden. Renates Gäste waren im Gutshof aufgekreuzt und hatten gefragt, ob sie auch Zimmer vermiete.

Huberta hat auf einmal ein ausgesprochen schlechtes Gefühl.

6

»Mandy, zwei Friesen, ein Rhabarber, ein Butterkuchen, zweimal Kännchen, eine Tote Tante, ein Bier,
das geht alles an Tisch Fünf.« Der rot gelockte Kellner
Robert Rusk zeigt auf das Tablett und spießt lila Be-
stellzettel auf einen dafür vorgesehenen Dorn auf dem
Tresen. Herr Robert, wie er von allen genannt wird,
nickt Mandy freundlich zu. Sie stemmt das Tablett
und serviert an Tisch Fünf. »Soo, zwei Gännschen
Gaffee ... wer ist die Friesendorde?«, fragt Mandy, die
im Dienst ihre Farrah-Fawcett-Außenwelle mit einer
Haarklammer bändigt, munter in die Seniorenrunde.

»Die Friesentorte bin ich«, meldet sich eine der älteren Damen. Der einzige Mann in der Runde trinkt Pils
zum Butterkuchen.

Das »Café Wattblick« liegt gleich hinter einer klei-
nen Brücke, die über einen Bewässerungskanal führt.
Hundert Meter weiter kommt man zur Badestelle
Neutönninger Siel mit dem weiß gestrichenen DLRG-
Häuschen. Der Ort Neutönninger Siel besteht ei-
gentlich nur aus der Badestelle, dem Café und einem
Schleusenhäuschen des Wasserwirtschaftsamtes. Aus
den Fenstern des Gastraumes hat man einen schönen
Blick über den Deich, auf dem unzählige Schafe ste-
hen, und über das Deichvorland, hinter dem sich die

Nordsee erahnen lässt. Die grobmaschigen, dreiviertellangen Häkelgardinen allerdings erschweren den Blick. Im »Café Wattblick« hat sich in den letzten dreißig Jahren wenig verändert. Die Eichentische und Stühle mit den grün-braun gestreiften Kunstsamtbezügen stammen noch original aus den Siebzigern, ebenso die dicken Häkeltischdecken, in denen die Kaffeekännchen und Biergläser versinken und immer umzukippen drohen.

»Irgendwie zeitlos«, findet Wirtin Bertha Bessen, und die Mehrheit ihrer Stammgäste teilt ihre Meinung. Auch die Karte ist bodenständig: Eisbecher »Steife Brise«, Eis mit Roter Grütze, Friesentorte, Friesenwaffeln, Schwarzwälder Kirsch und Butterkuchen stehen seit Ewigkeiten auf der Karte. Nur die Preise werden ab und zu überklebt. Abgesehen von den friesischen Spezialitäten auch nicht so viel anders als damals in der DDR, denkt sich Mandy, mit dem einzigen Unterschied, dass es die Sachen von der Karte tatsächlich gibt.

Bertha Bessen, die das »Wattblick« bereits in der zweiten Generation betreibt, verlässt die Küche praktisch nicht, sie backt Butterkuchen und Bienenstich, und, wenn jemand etwas Warmes will, macht sie ein paar Würstchen heiß. Um die Gäste kümmert sich Herr Robert, seitdem er wieder hier ist. Auch Mandy wurde von ihm eingearbeitet. Robert Rusk war früher Kellner im Reusenbüller Krog. Nachdem der alte Gasthof im Jahr 2007 dichtgemacht hatte, ging Rusk ins Ausland, um dort eine Stelle als Kellner anzunehmen. Seit einem halben Jahr ist er wieder in Nordfriesland und seitdem im »Café Wattblick«. Herr Robert ist der geborene Kellner. Alle kennen ihn immer nur in seinem abgetragenen, leicht speckigen schwarzen Kelleranzug mit den breiten Revers, die jetzt schon wieder in Mode sind. Auch sonst verströmt der Ober mit seinen längeren rot gelockten Haaren und den breiten Koteletten den leicht schmierigen Charme der Siebzigerjahre. Die älteren Damen lieben Herrn Robert, der immer ein kleines Kompliment parat hat und sich die Beine ausreißt, um den Gehbehinderten unter den Gästen behilflich zu sein.

Seitdem auch Mandy im »Wattblick« bedient, sind sie im Service fast ein bisschen überbesetzt. Denn in der Woche ist hier kaum etwas los. Eigentlich gar nichts. Nur der alleinstehende Kurt Krösing, pensionierter Beamter des Wasser- und Schifffahrtsamtes Nord, sitzt jeden Nachmittag an seinem Stammplatz am Fenster, bestellt zwei Stücke Bienenstich und trinkt sein Kännchen Kaffee Hag und anschließend ein Pils. Dann blickt er unter den Häkelstores hindurch auf die Schleuse, für die er neben vielen anderen sein ganzes Beamtenleben verantwortlich war. Krösing trägt immer dasselbe unmoderne cremefarbene Trevira-Jackett und einen altmodischen Schlips, der verdächtig nach Polyester aussieht. Im »Wattblick« tragen die Herren noch Krawatte. Krösing spricht nicht viel. Nur mit Herrn Robert und neuerdings mit Aushilfskellnerin Mandy tauscht er sich kurz über das Wetter und die aktuellen Wasserstände aus.

Am Samstag und am Sonntagnachmittag herrscht im »Café Wattblick« dann plötzlich Hochbetrieb. Die Altbauern fahren in ihrem Diesel mit ihren Frauen auf dem Beifahrersitz im Schritttempo zum Kaffeetrinken. Die Jungbauern bugsieren Oma samt Rollator die paar Treppen über den Deich zum Café, während die Enkelkinder die mit neonfarbenen Zahlen besprayten Schafe streicheln. Heute sind neben dem Platz von Kurt Krösing immerhin zwei weitere Tische besetzt.

»Kann ich das Gännschen schon mitnehmen, Herr Grösing?«, fragt Mandy und dann routinemäßig: »Und jetzt 'n schönes Bierschen?«

»Ist ja heute richtig was los bei Ihnen, Fräulein Mandy.« Kurt Krösing spießt mit der Kuchengabel ein letztes vom Bienenstich abgefallenes Mandelblatt auf.

»Nu, so soll's sein. Wenn nüschd los is, is och nix.« Sie nimmt das Kännchen vom Tisch und blickt den pensionierten Schleusen- und Wasseramtmann fragend an.

»Eine gute Idee, Fräulein Mandy, dann nehm ich gern ein Pils.« Es klingt, als wäre dies eine ganz verwegene Idee und als würde Krösing dies zum ersten Mal bestellen. Er legt die Kuchengabel auf den Teller und widmet sich dem Wasserstand in der Schleuse.

Herr Robert bugsiert derweil Seniorin Frau Bandixen mit ihrem Rollator Richtung WC. »Soll ich mitkommen, Mutti?« Die Schwiegertochter ist von der Kaffeetafel aufgesprungen.

»Das bekommen wir schon allein hin, was, Frau Bandixen? Wir sind ja noch gut zu Fuß.« Der Kellner stützt die Rentnerin und starrt dabei, seine Zähne bleckend, erst auf den Rollator und dann auf ihre Füße.

»Der Herr Robert macht dat schon«, schreit Frau Bandixen durch den Gastraum, ohne sich zu ihrer Familie umzudrehen. »Er war ja schließlich bei den Johannitern!«

Während ihres Aufenthaltes auf der »Wattblick«-Toilette zapft Herr Robert Krösing sein Pils. Als der Ober die Seniorin zurück an ihren Tisch bringt, betritt das Touristenpaar aus dem Ruhrpott das Café.

»Na, hier ist ja ausnahmsweise offen«, stellt die Frau unfreundlich fest.

»Aber sicher haben wir offen.« Robert Rusk liefert Frau Bandixen in ihrer Familienrunde ab.

»Nu, da sind Sie ja wieder«, stellt Mandy erfreut fest.

»So selbstverständlich ist dat niich«, motzt die Urlauberin aus dem Ruhrgebiet.

»Die Herrschaften ham heut Mohrschn keen Frühstück begommen«, erklärt Mandy. »Sie sind Pensionsgäste, hier bei …«

»Renate«, schreit Frau Bandixen.

»Bekommen wir bei Ihnen denn wenigstens einen Kaffee?«, mault die Frau. Der Mann steht stumm daneben.

»Nehmen Sie doch erst mal Platz, wir sind gleich bei Ihnen.« Herr Robert klingt nicht mehr ganz so freundlich. Er streicht sich mit der Hand eine rote Locke aus dem Gesicht und richtet die Krawatte, die bei der Toilettentour mit Frau Bandixen verrutscht ist. Durch die Häkelgardinen fällt die Frühlingssonne herein. Die Krawatte leuchtet in den nordfriesischen Farben Gold-Rot-Blau.

7

Während Thies schon in Polizeijacke im Stehen seinen Kaffee trinkt, ist seine Frau noch im Jogginganzug. Heike ist übermüdet. Gestern gab es im Fernsehen wieder ihre neue Lieblingssendung, die »Gänsehautnacht« mit den gruseligsten Morden der Filmgeschichte. »Tiere darf man nicht mehr töten, aber die Filme können gar nicht blutig genug sein«, kommentiert Thies Heikes neueste Leidenschaft für harte Krimikost. Schlecht gelaunt rührt sie Sojamilch in ihr veganes Müsli.

»Thies, bevor du gleich wieder abschwirrst, musst du mal 'n Machtwort sprechen.«

»Schon wieder wat mit der Schule?«

»Nee, Telje will zum Husum Harbour!«

»Husum … wat?«

»Husum Harbour. Dat Festival. Open Air und so.« Heike macht eine Kunstpause. »Sie will mit ihrem Freund dorthin.«

»Wie bitte? Telje hat 'n Freund?« Thies verschluckt sich an dem heißen Kaffee. »Erzähl doch nix!«

»Da siehst du mal wieder, wie dat Familienleben an dir vorbeigeht.«

»Und wat is mit Tadje?«

»Wat soll sein, die hat keinen Freund, kennst doch

Tadje.« Äußerlich gleichen sich die Detlefsen-Zwillinge noch wie ein Ei dem anderen. Aber sonst entwickeln sich die beiden in der Pubertät jetzt immer mehr auseinander. Die dösigere Tadje war schon immer etwas hinterher. Sie geht weiterhin im Nachbarort Schlütthörn zur Schule, hört Shakira und geht ganz bodenständig mit den Fredenbüller Jungs zum Grillen am Deich. Schwester Telje besucht das Husumer Theodor-Storm-Gymnasium und hat neuerdings den Poetry-Slam und Independent-Bands entdeckt. »Aber Telje und Tjark nehmen Tadje immer mal mit.«

»Tjark? Die Zwillinge teilen sich den Freund? Dat wird ja immer schöner.«

»Na ja, ich weiß auch nich, manchmal geht das wohl 'n büschen durcheinander. Aber zum Husum Harbour will Telje allein, und dat sind so ganz wilde Bands. Da gibt's doch bestimmt auch Drogen.« Heike blickt ihren Mann besorgt an.

»Da musst du gar nich erst nach Husum, die gibt's auch hier in Fredenbüll!«

»Wie bitte?«

»Na ja, bei Bounty im Garten. Und jetzt muss ich los, wir müssen ermitteln.«

Nicole Stappenbek sitzt in der »Hidden Kist« bei einem üppigen Frühstück. Zu ihrem allmorgendlichen Latte macchiato hat sie heißhungrig schon wieder Antjes halbes Heringssortiment durchprobiert. Jetzt schlingt sie grade einen mit Bismarckhering und Gur-

ken mit Antjes süß-saurer Spezialmayonnaise beleg-
ten »Croque Störtebeker« in sich hinein. Antje zwinkert ihr zu und beobachtet sie fasziniert. Auch die
sächsische Servicekraft Mandy ist vor Dienstbeginn
bereits in der »Hidden Kist« und genehmigt sich
schnell noch eine Tote Tante. »Aber Antje, mit we-
nisch Rum!« Auch ihr fällt Nicoles außerordentlicher
Appetit auf, selbst Imbisshündin Susi blickt staunend
zu der Kieler Kommissarin auf. Nur die anwesenden
Männer scheinen unbeeindruckt. Klaas sortiert bei
einem Latte macchiato auf Stehtisch Zwei die Post, Piet
Paulsen blickt versonnen in die Blume seines ersten
Morgenbierchens, und Bounty zupft penibel das Papier vom Kokosriegel.

»Na, Thies, auch erst mal 'nen Coffee to go?«, ruft
Antje Thies zu, als er den Imbiss betritt.

»Ja, nee, Antje, keine Zeit, wir müssen ermitteln«,
lehnt er mit wichtiger Miene ab und sieht dann die
Kommissarin erwartungsvoll an. »Wat is Nicole, wollen wir mal los? Wir ham schließlich 'n Mordfall.«

»Vielleicht eher 'n Coffee to run«, gluckst Bounty
an Stehtisch Eins. »Für die ganz Eiligen zum Mitnehmen.«

»Wär mal wat anderes«, krächzt Paulsen.

»Aber mich lasst ihr noch in Ruhe meinen Croque
aufessen, oder?«, protestiert Nicole.

»Genau, Nicole, immer mit der Ruhe. Habt ihr denn
mein neues Schild mit der Schnecke an der Eingangs-
tür gar nich gesehen: Slow Food. Dat is' der neuste
Trend«, verkündet Antje und jongliert gleichzeitig mit

Frittierkorb und Wurstzange. »Wir sind der erste Slow-Food-Imbiss im Norden!«

»Antje, dann mach mir aber vorher schnell noch mal 'n Bier«, brummt Piet Paulsen.

»Und isch nähm uf de Schnelle noch ne Dode Dande, aber ohne Rum«, ordert Mandy noch mal ihr Lieblingsgetränk.

»Dat is dann aber keine Tote Tante mehr.« Paulsen mustert die Eisprinzessin kritisch über seine Gleitsichtbrille hinweg. »Dat ist dann einfach 'n Kakao.«

»Nu?!« Mandy zuckt mit den Schultern und strahlt den Landmaschinenvertreter a. D. an.

»Hat eigentlich jemand wat von Renate gehört?«, fragt Thies in die Runde.

»Renate is wohl immer noch abgetaucht«, bemerkt Antje mit ernster Miene. »Ich mach mir langsam Sorgen.«

»Gestern Nachmittag waren ihre Pensionsgäste bei mir im Café«, berichtet Mandy. »Die hatten sie den ganzen Tag nich gesehen. Glücklicherweise hatten sie 'n Schlüssel, dass sie wieder in die Pension reinkamen.«

»Dat is wirklich merkwürdig«, überlegt Klaas und verstaut die sortierte Post in seiner Tasche. »Angeblich war sie vorgestern wohl noch bei ihren Landfrauen. Die treffen sich ja immer Dienstagabend. Bei Dörte, bei Sandra oder neuerdings im Salon bei Alexandra. Danach hat sie keiner mehr gesehen. Komisch, ist eigentlich nich ihre Art.«

»Gibt es eine Vermisstenanzeige?«, fragt Nicole Stappenbek mit dem letzten Heringsbissen im Mund.

»Nee, Renate lebt ja allein«, meint Klaas. »Wer soll sie vermissen … na ja, ihre Pensionsgäste. Sie nennt dat ja neuerdings ›Bed and Breakfast‹. Wenn dat dann kein Breakfast gibt, fällt dat natürlich auf.«

Nicole hebt die Augenbrauen.

»Und bei den Landfrauen geht dat wohl neuerdings hoch her.« Piet Paulsen wischt sich den Bierschaum von der Oberlippe und bleckt die zu groß geratenen dritten Zähne.

»Woher willst du dat denn wissen?« Klaas wundert sich.

»Na ja, als wir hier neulich Nacht noch die WM im … ähh … Schlittschuhtanzen gesehen haben, bin ich ganz normal zu Fuß nach Hause. Da seh ich im Friseursalon noch Licht brennen. Vorne im Laden keine Menschenseele. Aber aus dem hinteren Raum, wo früher dat Solarium stand, hör ich so Geräusche.«

»Wat denn für Geräusche?«, will Thies wissen.

»Na ja … so Stöhnen.«

»Ich sag's doch, Alexandra lässt nix anbrennen«, gluckst Bounty. »Das ist doch nicht der Erste, den sie auf ihrem Friseurstuhl vernascht.«

»Nee«, wendet Paulsen ein. »Dat waren mehrere Frauenstimmen.«

»Frauenstimmen?«, Antje staunt.

»Die Landfrauen?« Klaas wundert sich. »Kann doch nich sein!«

»Die hab'n nicht nur gestöhnt, die haben auch geredet«, krächzt der Landmaschinenvertreter a. D.

»Wat hab'n sie denn gesagt?«, will Thies wissen.

»Ja, weiß auch nich mehr so genau … *ich bin so heiß* oder so ähnlich.« Paulsen rutscht vor Aufregung seine Gleitsichtbrille von der Nase.

Klaas wird in seiner Postjacke jetzt auch warm, Mandys Tote Tante dagegen wird auf dem Stehtisch kalt. Antje hat Wurstzange und Frittierkorb aus den Händen gelegt. Von Coffee to run kann keine Rede mehr sein. Der Imbissbetrieb ruht.

»Ja, Piet, und weiter?«, drängelt Klaas.

»Wat hab'n sie noch gesagt?«, will Thies wissen.

»Jo, nich viel, noch mal *ich bin so heiß*, und dann hab'n sie wieder gestöhnt. Ich bin denn auch langsam weiter. War ja spät geworden hier mit dem Schlittschuhlaufen.« Paulsen schiebt sich nervös die Brille auf die Nase zurück.

»Ist ja toll, was bei euch in Fredenbüll wieder los ist.« Nicole leckt sich die restliche Mayonnaise von den Lippen.

»Ist ja wirklich 'n Ding.« Bounty knüllt umständlich das Schokoladenpapier zusammen. »Als ich neulich nachts so durch die Fernsehprogramme zappe, da gibt's doch diese Privatsender mit der schnellen Nummer am Telefon. *Null-hundertachtzig-sechs-sechs-sechs, Ruf mich an!* Oder so.«

»Wat ihr so alles guckt?«, wundert sich Antje. Nicole muss grinsen.

»Gibt's nachts och noch was anderes als Eiskunstlauf?«, lacht Mandy.

»Ach was, nur so durchgezappt.« Bounty zieht nervös das Haargummi seines dünnen grauen Pferde-

50

schwanzes stramm. »Mir fällt das jetzt grad wieder ein. Da gab es so einen Spot mit so 'ner Lady im Bunny-Kostüm …«

»Bugs Bunny, oder wat?« Klaas hat sich die Postjacke jetzt ausgezogen.

»Nee, eher Schweinchen Dick«, kichert der Althippie. »Keine Ahnung, die Lady mit den Hasenohren kannte ich nich, aber die Stimme kam mir irgendwie bekannt vor. So 'n rollendes R.«

»Und wat hat sie gesagt, Bounty, mach's nich so spannend«, drängt Thies.

»Rrrassige Frrauen aus deiner Rrrregion … Rrrruf mich an!«

»Oma Ahlbeck?«, schlägt Klaas vor.

»Ach komm, hör doch auf! Nee, nich ganz so reif. Wer r-r-rollt noch das R?«

Thies, Klaas und Piet Paulsen sehen sich fragend an.

Dann platzt es aus Antje raus: »RENATE!«

8

Der Himmel ist strahlend blau, kein Wölkchen ist zu sehen, aber die Luft ist immer noch kalt. Ein großer Schwarm Eiderenten zieht im Formationsflug laut schnatternd über das Deichvorland hinweg Richtung Inseln. Über der Dorfstraße liegt der Duft der ersten Kastanienblüten. In den Vorgärten verlieren die Tulpen in den gewagtesten Farbkombinationen gerade ihre Blütenblätter. Der Schweinehof Schlotfeldt wirkt wie ausgestorben, als Thies und Nicole den Wagen vor dem großen Tor parken. Kein Schweinebauer, keine Kinder, nur aus dem großen Stall ist gedämpft das Quieken der Schweine zu hören. Die beiden Polizisten haben sofort den beißenden Gestank der Gülle in der Nase. Das Jauchebecken ist mit rot-weißem Plastikband abgesperrt. Der Gokart des Jungen parkt noch immer daneben. Ein Stück weiter steht eine Schubkarre mit leeren Papiertüten einer Tierarznei, die eindeutig auf konventionelle Tierhaltung hindeutet. Der ganze Hof wirkt wie in Schockstarre gefallen. Nicole fröstelt und zieht den Reißverschluss ihrer Lederjacke bis zum Hals. Sie fasst sich demonstrativ an die Nase. »Puh, das ist ja noch mal schlimmer als gestern.«

»Ja, Schweinehof mieft immer 'n büschen«, stellt Thies nüchtern fest.

»Wir müssen mit allen reden«, instruiert die Kommissarin ihren Kollegen, als sie über den Hof gehen. »Aber vor allem mit dem alten Schlotfeldt.« Thies hat seine Kollegin natürlich inzwischen über die schwierigen Familienverhältnisse, über Schlotfeldts cholerische Ausfälle und seine Neigung zu Handgreiflichkeiten in Kenntnis gesetzt. »Aber schon seltsam, dass er gestern spontan seine Frau erkannt haben will«, flüstert Nicole.

Thies klopft an die Tür. »Sören … Imke … hallo?! Jemand da?« Thies wird lauter. »Hier spricht die Polizei!« Nicole muss das Grinsen unterdrücken. Er öffnet die Tür, auf der draußen der Schlüssel steckt. »Sören! Herbert! Ich bin dat, Thies!« Die beiden Polizisten machen einen Schritt in die ehemalige Tenne, wo die jungen Schlotfeldts wohnen. Nicole blickt staunend nach oben, als sie die ausgestopften Greifvögel über sich entdeckt. »Vorsicht, Gefahr von oben«, flüstert sie Thies lachend zu.

»Die Jagd, dat is so 'n Hobby von den Schlotfeldts.« Thies rollt die Augen.

Im selben Moment steht der alte Schlotfeldt hinter ihnen in der Tür, in der Hand den obligatorischen Holzknüppel. Er kommt nicht aus dem Haus, sondern auch von draußen, irgendwo vom Hof. »Wat macht ihr denn hier?!«, bellt er die beiden an. Nicole bekommt richtiggehend einen kleinen Schreck, und auch Thies zuckt kurz zusammen.

»Ja, Herbert, wir haben da noch 'n paar Fragen.« Schlotfeldt starrt die beiden ungläubig aus seinen wasserblauen Augen unter der Schirmmütze hervor an.

»An Sie und auch an Ihre Kinder. Ihr Sohn und seine Familie sind wohl gar nicht zu Hause, oder?« Nicole sieht ihn prüfend an.

»Nee!«, blafft Schlotfeldt knapp.

Nicole richtet ihren Blick gleich wieder auf die Vogelwelt über ihr. »Sie haben hier ja ordentlich Beute gemacht.«

»Jo.« Mehr fällt dem Schweinebauern zu dem Thema nicht ein. Nicoles Bemühungen, die Situation etwas zu entkrampfen, fruchten nicht recht.

»Wo sind Sören und Imke denn?«, will Thies wissen. »Und wann kommen sie wieder?«

»Woher soll ich dat denn wissen. Die sind zu Imkes Eltern nach Neumünster gefahren. War hier wohl alles 'n büten veel.«

»Vor allem wollten wir auch Sie sprechen. Wie Thies schon sagt, es gibt da ein paar offene Fragen.«

Schlotfeldt bleibt in der Tür stehen und sieht die Kommissarin nur an.

»Müssen wir das hier besprechen?« Nicole zieht geräuschvoll Luft durch die Nase.

»Ja, dann gehen wir am besten zu mir rein.« Thies und Nicole trotten hinter Schlotfeldt her zum Nebeneingang an der Seite des Hauses gegenüber vom Schweinestall. In dem kleinen Flur ist es eiskalt. Die Wohnküche dagegen, in der Schlotfeldt sich vorwiegend aufhält, ist massiv überheizt. Der Ölofen steht direkt neben dem Herd in der Küche. Im ganzen

Raum steht der Ölgeruch, fast wie an einer Tankstelle. Obwohl Sonnenlicht durch das Fenster fällt, brennen an der Decke Neonröhren. An den Wänden hängen die unvermeidlichen Geweihe, und neben einer verblichenen Luftaufnahme des Hofes blinzelt dem Besucher ein ausgestopfter Marder entgegen. Auf dem Tisch stehen ein Teller mit einem angebissenen Wurstbrot und ein seit Längerem nicht abgewaschener Kaffeebecher. Auf der Sitzbank liegen eine Wolldecke und ein großes Kissen mit einem Bettbezug. Es wirkt, als würde Schlotfeldt in dieser urgemütlichen Wohnküche auch schlafen, fast so, als hätten die beiden Polizisten ihn eben geweckt.

»Echt lauschig«, raunt Nicole Thies leise zu. Die beiden Polizisten bleiben etwas unschlüssig stehen. Schlotfeldt bietet ihnen keinen Platz an, aber es gibt eigentlich auch keine rechte Sitzgelegenheit.

»Herr Schlotfeldt ...« Nicole Stappenbek sieht sich immer noch suchend um. Aber zum Sitzen ist wirklich kein Platz. »Als wir gestern die oder den Toten, so ganz genau wissen wir das ja noch gar nicht, aus Ihrem Jauchebecken geborgen haben, glaubten Sie spontan, Ihre Frau erkannt zu haben.«

»Ja ... nee.« Schlotfeldt blickt jetzt starr auf das halb gegessene Wurstbrot. Den beiden Polizisten bricht in der Hitze der Schweiß aus. Thies reißt sich die Polizeimütze vom Kopf. Nicole zieht den Reißverschluss ihrer Lederjacke auf und muss niesen. »Ja oder nee?«

»Nee, muss ich mich wohl getäuscht haben, dat kann eigentlich nich sein.«

»Sie sagten gestern, dass Ihnen die Schuhe bekannt vorkamen, vielmehr das, was von ihnen übrig war.«

»Viel war dat ja nich«, muss auch Schlotfeldt einräumen.

»Herbert, gestern hast du gesagt, dat sind Hedis Schuhe«, schaltet sich Thies jetzt ein. »Sie hatte ja so spezielle Schuhe.«

»Ja, Gesundheitsschuhe … sie hatte dat ja mit 'm Fuß.« Schlotfeldt starrt Thies an. »Aber da muss ich mich wohl getäuscht haben.«

»Wie kommen Sie darauf«, fragt die Kommissarin.

»Na ja, weil sie ja weg is … schon seit Jahren.«

»Das ist ja vielleicht gar kein Widerspruch«, bemerkt Nicole vorsichtig.

Schlotfeldt geht gar nicht darauf ein. »Sie wollte damals zu den Landfrauen, aber da is sie nie angekommen. Ich weiß dat noch genau, dat war 2007, der Dienstag vor Ostern. Da war hier Hochbetrieb, alle am Güllefahren, und damit wollten wir zu Ostern durch sein.« Beim Gülle-Thema wird der Schweinebauer etwas gesprächiger.

»Landfrauen?!« Nicole wird hellhörig.

»Ja, dat is immer Dienstag«, erklärt Thies. »War schon immer so.«

»Hier, wie heißt sie?« Schlotfeldt fällt der Name nicht gleich ein. »… Sandra, die ist auch bei den Landfrauen, die behauptet ja, Hedi hat 'ne Kängurufarm da unten in Australien, oder so.«

»Wie kommt sie darauf?«

»Dat müssen Sie Sandra fragen. Ich halt dat ja für 'ne Schnapsidee.«

»Sandra?« Nicole wird langsam ungeduldig, vor allem wird ihr immer wärmer.

»Sandra ist 'ne Freundin von Heike«, bemerkt Thies.

»Ich hab von meiner Frau ja noch 'ne Postkarte aus Hamburg bekommen.«

»Ihre Frau hat Ihnen geschrieben? Einen Abschiedsbrief?«

»Nee, wie gesagt, 'ne Karte. Mit so einem alten Stich drauf. Wartet mal, die Karte müsste ich noch irgendwo haben.« Schlotfeldt geht an den alten Küchenschrank und kramt in der Schublade. Nach längerem Suchen zieht er aus einem Durcheinander von Scheren, Heftpflaster, Tankquittungen und allerlei vergilbten Papieren eine Postkarte mit einer historischen Hamburgensie heraus: »Der Jungfernstieg mit dem alten Alsterpavillon von 1825«.

Die Postkarte ist an Herbert Schlotfeldt adressiert. Der Text ist knapp. »Werde gleich das Schiff in meine ‹neue Welt› besteigen. Leb wohl. Hedi.«

»Kurze und knappe Abschiedsworte«, kommentiert Nicole. »Ist das die Handschrift Ihrer Frau?«

»Ja, wieso?«

»Das spricht natürlich dagegen, dass es sich bei dem Leichnam in Ihrem Jauchebecken um Ihre Frau handelt. Dürfen wir die Karte mal mitnehmen?«

»Ja, ich brauch die nich mehr«, poltert Schlotfeldt, der inzwischen einen hochroten Kopf unter seiner Mütze bekommen hat.

Die Kommissarin lässt die Karte in eine Plastiktüte gleiten. »Und dann müssten wir noch wissen, bei welchem Zahnarzt Ihre Frau in Behandlung war.«

»Wieso dat denn?« Die beiden sehen, wie es in dem Schweinebauern arbeitet. »Ach so, an den Zähnen könnt ihr sehen, ob ... also, wer dat bei mir in der Anlage is.«

»Genau«, bestätigt Thies.

»Dat war ja noch die alte Zahnärztin in Bredstedt ... die sie ermordet haben ... Christiansen ...«

»Butz-Christensen«, korrigiert Thies prompt und sieht seine Kollegin an. »Nicole! Unser letzter Mordfall!«

»Aber ihr Nachfolger müsste die Unterlagen ja noch haben. Was sagen Sie, seit wann ist Ihre Frau nicht mehr da?«

»Ja, wie gesagt: 2007.«

9

Ob Tag oder Nacht ist, kann Renate nur an dem schmalen Riss in der alten Zeitung erkennen, mit dem das Kellerfenster abgeklebt ist. Am Tag fällt Licht durch den schmalen Schlitz, und wenn die Sonne scheint, dann zerschneidet eine dünne Lichtscheibe den ganzen Raum. In dem Licht schwirren dann unzählige Staubteilchen. Wenn sie zum Fenster sieht, wird sie geblendet. Die Ränder des Schlitzes fransen im Gegenlicht aus. Für einen Moment kann sie dann nichts mehr sehen, bis sich ihre Augen wieder an die Dunkelheit gewöhnt haben. Von draußen hat sie aus der Ferne ein paar Mal das Geräusch vorbeifahrender Autos gehört. Da draußen ist die Welt. Aber wo ist sie hier? In Fredenbüll? Schlütthörn oder Neutönninger Siel? Oder sogar weiter weg? Wo ist dieser feuchte Keller, in dem sie hier gelandet ist?

Jetzt ist es dunkel um sie herum. Durch die eingerissene alte Zeitung fällt kein einziger Lichtstrahl mehr. Renate hat geschlafen, aber sie weiß nicht wie lange. Sie hat jegliches Zeitgefühl verloren. Sie betastet ihren gefesselten Fuß. Die Operationsnarbe an ihrem Bein ist durch die rostige Fußfessel aufgescheuert und sie hat das Gefühl, dass die Wunde sich entzündet hat. Genau das, was nicht passieren darf. In ihrem Fuß pocht es, und in ihrem Kopf ist dieses Hämmern. Sie kann keinen klaren Gedanken fassen. Der Schimmelgeruch nimmt ihr den Atem. Im Nebenraum springt wieder brummend eine Gefriertruhe an. Und dann fällt es ihr siedend heiß ein: Verdammt noch mal, sie hat Pensionsgäste! Ihre Gäste haben kein Frühstück bekommen und die Zimmer sind nicht gemacht! Der Gedanke macht sie vollkommen verrückt. In zwei Tagen sollen neue Gäste kommen. Die haben noch nicht mal einen Schlüssel. Und sie sitzt hier angekettet – verschleppt von einem Irren!

Sie ist sich mittlerweile ziemlich sicher, dass es ein Mann ist. Sie hatte die Stimme immerhin schon gehört, eine blecherne Stimme aus einem Lautsprecher, irgendwo aus Richtung der elektrischen Eisenbahn. Ihr war so, als käme die Stimme aus dem lang gestreckten Modellbahnhof. Ein mattes Licht flackerte dabei im Innern des Bahnhofs. Sie konnte die kleinen Fenster des Bahnhofsmodells leuchten sehen. Es waren nur wenige Worte, die er gesagt hatte.

»Du wirst einige Zeit hier bei mir bleiben! Wie wir miteinander auskommen, hängt ganz von dir ab.« Dann hatte der Unbekannte ihr eine Bettpfanne durch eine Luke in der Wand geschoben, darin eine Plastikflasche mit Wasser. Die Sachen kamen wie aus dem Nichts. Diese seltsame Klappe war ihr vorher gar nicht aufgefallen, obwohl sie nun wirklich lange genug Zeit hatte, sich in dem Raum umzusehen. Für eine Katzenklappe war die Luke zu groß, und mit landwirtschaftlicher Tierhaltung hat das auch nichts zu tun. Das würde sie kennen. Sie wohnt schließlich schon ihr ganzes Leben auf dem Lande. Diese eiserne Fußfessel wird normalerweise beim Schafscheren benutzt, das weiß sie.

Bisher war sie eher wütend auf diesen Idioten, der sie hier gefangen hielt. Aber jetzt wird sie langsam panisch. Was hat dieser Irre mit ihr vor? Renate spürt, wie die Angst in ihr hochkriecht, und die Angst ist schlimmer als die Schmerzen in dem verletzten Bein.

In ihrer Verzweiflung beginnt sie zu rufen, zu schreien. Sie schlägt mit den Fäusten auf den Boden, bis ihr die Hände wehtun. Sie setzt sich in die Hocke, sie zwingt sich, aufzustehen. Die Fußfessel schneidet ihr in die Gelenke. Das rechte Bein mit der Wunde schmerzt, das linke ist eingeschlafen, vollkommen taub. Sie kommt kurz hoch, dann verliert sie das Gleichgewicht und fällt. Sie schlägt mit der ganzen Seite auf den kalten feuchten Boden. Mühselig setzt sie sich wieder auf. Es ist dunkel und ihr ist kalt, trotz ihrer Fleece-Jacke, deren Reißverschluss sie bis unter das Kinn hochgezogen hat. Die Kittelschürze, die sie immer trägt, hatte sie auf Befehl der Stimme sofort ausziehen müssen. Sie verstand nicht, warum. Aber wenigstens hatte man ihr die Jacke gelassen. Renate merkt erst jetzt, dass sie am ganzen Körper zittert. Von draußen dringt kein einziges Geräusch in den unheimlichen Kellerraum.

Dann durchfährt sie plötzlich ein furchtbarer Schreck. Die verschiedenen Lichter in der Eisenbahnanlage leuchten auf, und wie von Geisterhand kommt auf einmal Leben in das verstaubte Faller-Universum. Ein Signal springt um, im Bahnhof flackert das Licht, die kleinen Glühbirnenscheinwerfer einer Lokomotive glimmen für einen Moment auf. Irgendwo in der Anlage gibt es ein Surren, so als gäbe es gleich einen Kurzschluss oder der Strom würde einfach ausfallen. Dann kommt ein Knacken aus dem Lautsprecher. Sie glaubt ein Atmen zu hören. Aber die Stimme bleibt zunächst stumm. Stattdessen öffnet sich kurz darauf die Luke in der Tür. Hinter der Öffnung ist ein schwaches Licht zu erkennen. Es leuchtet unregelmäßig, vielleicht eine Taschenlampe. Direkt hinter der Öffnung muss jemand sitzen und ihr die Sachen durch die Luke schieben.

Zuerst kommt wieder ein Nachttopf. Das emaillierte Blech kratzt auf dem Steinboden. In dem Topf liegen eine Wasserflasche und eine Rolle Klopapier. Dann folgt ein Päckchen in Alufolie. Etwas zu essen, vermutet Renate. Sie kämpft sich mit kleinen Hüpfern in Richtung Luke, die sich sofort wieder schließt. Als sie die Bettpfanne und das Alupäckchen erreicht, gibt es ein Kratzen in dem Bahnhofslautsprecher.

»Wenn dein Nachttopf geleert werden soll, musst du ihn mir hinstellen.« Die blecherne Stimme klingt wie ein Roboter. Es klingt nicht vorwurfsvoll, nicht ärgerlich, sondern vollkommen emotionslos, unverbindlich wie eine Bahnhofsdurchsage.

Renate hatte die Bettpfanne nicht an die Klappe zurückgestellt, sondern nur ein kleines Stück von sich weggeschoben. Vielleicht brauchte sie den Topf noch, und der Geruch hielt sich in Grenzen. Bisher hatte sie nur pinkeln müssen, außerdem hat der Topf einen Deckel. Und dann hatte sie die Idee, ihren Peiniger zu zwingen, zu ihr in den Raum zu kommen. Sie wollte endlich wissen, wer ihr Entführer war. Oder waren es mehrere? Unter Schmerzen hoppelt sie zurück und tauscht den benutzten Nachttopf gegen den neuen aus. Die Fußfesseln scheuern unerträglich. Auch der gesunde Fuß ist mittlerweile verletzt. Ihr kommen vor Schmerz die Tränen.

Sie hatte überlegt, dass es vielleicht besser ist, zu schweigen. Aber dann platzt es doch aus ihr heraus. »Ich muss hier raus! Ich hab Gäste. Ich hab 'ne Pension!! … also jetzt Bed and …«

»Deine Gäste kommen ohne dich aus. Jetzt bist du mein Gast.« Die Stimme klingt auf einmal ein bisschen hämisch.

»… Breakfast«, bringt sie den Satz kleinlaut zu Ende. »Was willst du. Ich hab kein Geld! Das Ganze muss eine Verwechslung sein.«

»Ich will kein Geld«, tönt die blecherne Stimme aus dem Faller-Bahnhof. »Du hast jetzt sehr viel Zeit, dir zu überlegen, warum du hier bist. Die Antwort musst du selbst finden.« Darauf verstummt der Lautsprecher in dem Modellbahnhof. Ein kurzes Flackern geht durch die Anlage, dann ist alles dunkel. Aus einem Nebenraum ist ein Türschlagen zu hören, danach herrscht vollkommene Stille. Nach einer Weile setzt wieder das Brummen der Gefriertruhe ein.

Renate hat keinen Appetit, aber sie hat Durst, unbeschreiblichen Durst. Sie setzt die Plastikflasche an die Lippen und lässt gierig das lauwarme Wasser in sich hineinlaufen. Ein Teil des Wassers rinnt ihr aus den Mundwinkeln, den Hals herunter in ihre Fleecejacke. Sie wickelt das Päckchen aus. Es ist dunkel, aber so viel kann sie doch erkennen, und sie glaubt, sie sieht nicht richtig. Das ist ein »Croque Störtebeker« aus »De Hidde Kist«. Sie beißt in das Brot. Das ist eindeutig Antjes leckere Spezialsoße. Der Geschmack ist ihr vertraut. Ihr kommen fast die Tränen.

Dieses Monster, das sie hier gefangen hält, holt das Essen für sie aus der »Hidden Kist«. Fredenbüll ist also nicht weit weg. Verdammt noch mal, wo ist sie hier nur?

10

Die Stimmung im »Salon Alexandra« ist an diesem Abend einigermaßen gedrückt. Alexandra, Marret, Dörte und Sandra machen sich die größten Sorgen um Renate. Seit ihrem letzten Treffen hat sie keiner mehr gesehen.

»Sie hätte doch was gesagt, wenn sie weg will.« Alexandra blickt ungewöhnlich ernst.

»Und sie konnte gar nicht weg.« Dörte ist sich ganz sicher. »Renate hat Pensionsgäste!«

»Da is wat passiert. Dat hab ich im Gefühl.« Marret blickt prüfend in den Spiegel und begutachtet ihre neue Frisur in der Trendfarbe »Kupfer« und mit dem überdimensionierten Pony, den Alexandra ihr grade zurechtföhnt.

»Aber Unfall oder so, da hätte man doch was gehört«, gibt Dörte zu bedenken.

»Ich hab das vorhin bei Thies und seiner Kommissarin gemeldet. Thies hat alles aufgenommen. Aber die wussten natürlich auch längst Bescheid.«

»Dann wird Renate jetzt ganz offiziell gesucht mit Vermisstenanzeige und so.« Marret kann es noch gar nicht glauben.

Alexandra schaltet den Föhn ab. »Die blonde Nicole ist ja wieder da … und Heike ist begeistert!« Die

Salonbesitzerin stößt ihr kehliges Lachen aus und sieht die anderen sensationsheischend an.

»Dass Heike eifersüchtig ist, dat ist ja nu nix Neues.« Marret blickt weiter gebannt auf ihr Spiegelbild.

»Ihr wisst es wirklich noch nicht, oder?«, wundert sich die Friseurin.

»Was wissen wir nicht?« Dörte ist auf einmal hellwach.

»Die blonde Nicole hat 'n büschen zugelegt. Is euch das noch gar nich aufgefallen?« Ihre Freundinnen sehen Alexandra fragend an. »Und in ‹De Hidde Kist› bestellt sie die Heringsbrötchen gleich im halben Dutzend.«

»Du meinst …?«, überlegt Sandra.

»Wirklich?« Marret fällt vor lauter Aufregung die Föhnfrisur vor die Augen. »Und wer ist jetzt …?«

»Das hab ich Antje natürlich auch gleich gefragt.« Alexandra gestikuliert mit dem Föhn in der Hand. »Aber sie weiß auch nich, wer der Vater is. Da macht die Dame wohl 'n mächtiges Geheimnis draus.«

»Das sagt doch nu auch schon viel«, findet Sandra. »Also ich kann Heike verstehen.«

»Meinst du wirklich, dass Thies …«, wundert sich Dörte. Marret staunt und fasst sich ungläubig in den voluminösen Pony in Kupfer.

»Ich will nix gesagt haben.« Alexandra setzt eine demonstrative Unschuldsmiene auf und schmeißt den Föhn wieder an.

»Wat machen wir jetzt nur ohne Renate?«, fragt

Sandra. »Dat mit dem rollenden R kriegen wir alle nich so hin.«

»Sag das nich, da kommt vielleicht unsere Rettung.« Marret zeigt zum Schaufenster des Salons, vor dem gerade ein Wohnmobil vorfährt.

Marret und Alexandra waren vor ein paar Jahren schon mal »Dreimal die Dreizehn«, die »Heißeste Nummer im Norden«. Damals waren noch drei andere Landfrauen mit im Boot. Sandra und Dörte kamen erst später dazu. Doch die Frau des Schlütthörner Schornsteinfegers lebt inzwischen in Eckernförde. Auch Birgit Böhnke, die als Serviererin im »Reusenbüller Krog« gearbeitet hatte, war nach der Schließung des Gasthofes unbekannt verzogen. Und Hedi Schlotfeldt war angeblich nach Australien ausgewandert.

Alexandra und Sandra hatten den heißen Draht für einsame Männer im Norden erst vor einiger Zeit wiederbelebt. Von den schwindenden Mitgliedsbeiträgen bei den Landfrauen konnten sie nicht mal mehr den jährlichen Trachtentanz finanzieren, und die Dauerwellen im Salon waren auch seit Jahren rückläufig. »Man muss mit der Zeit gehen«, hatte Alexandra gesagt. Andererseits wollten sie es auch nicht übertreiben. Vom Internet lassen die Damen bisher noch die Finger. Die moderne Technik ist dem Fredenbüller Landfrauenquintett nicht ganz geheuer. Ein schüchterner pickeliger Bastler aus der Abteilung für Satellitenschüsseln im Flensburger Media Markt hatte ihnen die Telefonhotline mit mehreren Rufnummern installiert. Der junge Mann gehört zu Alexandras Kunden im Friseursalon. Sandra war von der neuen Geschäftsidee sofort überzeugt, Dörte und Renate mussten etwas überredet werden. Und Heike wurde gar nicht erst gefragt. Sie ist schließlich die Frau des Polizisten.

So treffen sich die Frauen mehrmals die Woche. Alexandra macht ihren Freundinnen nebenbei die Haare. Dann bringen sie sich mit einem kleinen Prosecco in Stimmung und üben fleißig Lustschreie und proben Sätze, die sie bei einer Surftour über die einschlägigen Internetseiten sorgfältig recherchiert haben. Erst dann geht es ans Telefon.

Den Satz »Ich bin so heiß« bringt Dörte mit ihrem zarten Piepsstimmchen allerdings immer noch nicht sehr überzeugend an den Mann. Auch ihre Aufforderung »Komm! Schnell! Ich will es ganz ohne Vorspiel« geht den meisten Kunden dann doch etwas zu fix.

Die routinierte Alexandra hat da schon das bessere Timing. »Meine Freundin und ich, wir haben so schreckliche Langeweile«, raunt Alexandra mit heiserer Stimme in das neu erworbene Headset, während sie Sandra oder Dörte energisch die Lockenwickler in die frisch shampoonierten Haare dreht, die daraufhin prompt auch ein paar Stöhnlaute beisteuern. »Meine Freundin und ich machen uns gerade die Haare«, haucht die rassige Friseurmeisterin lasziv. »Ich drehe gerade die Wickler rein. Unsere Haare sind noch ganz feucht!«

Die anderen können das Kichern nur mit Mühe unterdrücken. Die Damen haben richtig Spaß bei der

Arbeit. Über fehlende Beachtung bei der Männerwelt kann sich Friseurmeisterin Alexandra ja ohnehin nicht beklagen. Mit der wilden roten Mähne, ihren unter dem Po eingerissenen Jeans und dem Lederbeutel mit dem Friseurwerkzeug, das ihr wie ein Westerncolt an der Hüfte hängt, hat sie schon etliche Fredenbüller Männer verrückt gemacht. Beim Telefonsex ist sie ganz auf ihre erotisch heisere Stimme angewiesen. Doch allein ihr rauchig gegurrtes »Jaaaaahhh« erfreut sich großer Beliebtheit bei der Kundschaft.

Die mit Abstand meisten Anrufe bekommt allerdings zur Überraschung aller die bodenständige Renate, die nicht nur ihre Pensionsgäste, sondern auch die Telefonkunden in ihrer Kittelschürze mit dem Muschelmuster bedient. Die »R-r-r-rassige r-r-reife Fr-r-r-rau aus der R-R-Region« hat auf Anhieb eine regelrechte Fangemeinde erobert. Grade eben noch hatten zwei Anrufer nach ihr verlangt, die nur von ihr bedient werden wollten. Nachdem Sandra sich ein paar kratzige R-Laute abgerungen hat, wurde am anderen Ende der Leitung enttäuscht aufgelegt.

»Dat die alle immer nur Renate wollen, kann doch nich angehen. Renate ist nu mal nich da«, ereifert sich Sandra leicht beleidigt. »Als ich neulich wegen Nebenhöhle beim Arzt war, da war auch nur die junge Vertretung da, weil der Doktor zum Skifahren war. Nützt ja nu nix.«

»Ja, Sandra, so ist dat eben mit Stammkunden«, weiß Marret. »Wie damals dieser eine Kerl von Birgit Böhnke, als die noch da war. Wie hieß der noch? Kevin, oder so. Der hat doch permanent angerufen und wollte immer nur Birgit.«

Gerade als das Telefon erneut klingelt, betritt Angelique, die Dame aus dem Campingbus mit dem roten Neonherz hinter der Windschutzscheibe, im pinkfarbenen Jogginganzug den Salon. Angelique kommt aus Weißrussland, sie heißt in Wahrheit Irina Bereshnaja und lässt sich schon seit Längerem von Alexandra die Haare machen. Die Geschäfte an der B 5 nach Husum gehen in letzter Zeit auch nicht mehr, wie sie sollten. So plaudert Angelique neuerdings im Salon Alexandra stundenweise mit ein paar Stammkunden, die es »russisch« bevorzugen. Auch Irina hat schließlich ein rollendes R im Repertoire und bringt außerdem eine gewisse Professionalität mit.

»Warte, mein Süßer«, haucht Alexandra ins Telefon. »Einen Moment, sie ist gleich für dich da.«

»Hat wohl noch ’n andern Kunden in der Leitung«, nölt der Anrufer.

»Nein, nein, sie ist nur für dich da.« Dann drückt die Friseurmeisterin die Stummtaste.

»Irina, übernimm du doch mal den Kunden von Renate!«, überfällt Marret die weißrussische Angelique.

»Komm hier, kriegst vorher noch schnell ’n Prosecco.« Alexandra reicht ihr ein Sektglas.

»Wir kriegen dat mir diesem R nich hin«, erklärt Sandra. »Bei dir klingt dat irgendwie natürlicher.«

Irina leert das Glas in einem Zug und schnappt sich unternehmungslustig das Headset. »Mach dir gemüttlich, mein Süssser«, gurrt sie augenblicklich los. »Ich habbe mir grad ausgezoggen, richtig heiß hier.« In Wahrheit hat sie natürlich immer noch ihren obligatorischen rosa Jogginganzug und darüber zusätzlich eine Steppweste, ebenfalls in Rosé, an.

»Warte mal … also …« Die Stimme am anderen Ende der Leitung klingt ein bisschen irritiert.

»Nix warten, Süssser, dir nix schrecklich heiß? Was is loss bei dir in Hosse?«

»Moment mal?!« Der Herr in der Leitung ist offenbar irritiert und will nicht recht in Stimmung kommen. »Wat is mit dir denn auf einmal los?«

»Was loss ist? Mir noch heißer als sonst!« Irina macht es sich auf einem der Friseurstühle bequem.

»Noch heißer … von wegen. Du bist gar nich hier aus der R-R-Region?!« Der Kunde rollt das R genauso schön wie Renate.

»Doch, doch …«, erklärt Angelique. »Nur ebben andere Region.«

»Komm, hör doch auf!«, beschwert sich der Typ. »Verarschen kann ich mich alleine. Dat ist r-regel-r-rechter Betr-r-ug.« Er legt wütend auf.

Irina zuckt die Achseln. »Alexandra, darauf ich brauch noch eine Prosecco!«

»Ihre Kunden kennen Renate eben ganz genau«, stellt Sandra resigniert fest.

Marret nickt zustimmend. »Wat bloß mit Renate is?«

11

Die vier Kilometer nach Schlütthörn geht Marret zu Fuß. Sandra hatte ihr angeboten, sie zu fahren. Aber Marret hat nach dem vielen Prosecco ein dringendes Bedürfnis nach frischer Luft. Es ist spät geworden mit ihren Freundinnen im Salon. Die Frühlingsnacht ist klar und immer noch recht kühl. Ein paar Hundert Meter hinter dem Ortsschild von Fredenbüll ist es jetzt stockdunkel. Marret schlägt den Kragen ihrer Jacke hoch. Der Mond steht kreisrund hoch über den Wiesen, und die Milchstraße wölbt sich deutlich sichtbar über die ganze Landschaft hinweg. Von der See ist das schrille Piepen der Austernfischer zu hören. Doch trotz der Uhrzeit ist erstaunlich viel los. Auf den Wiesen vor dem Deich und auf dem großen Kohlacker leuchten in der Ferne die Scheinwerfer eines Treckers. Marret wundert sich. Vor wenigen Wochen ist doch gerade erst Jauche auf die Wiesen aufgebracht worden. Da wird doch jetzt nicht schon wieder Gülle gefahren?

Auf der Landstraße mitten zwischen Fredenbüll und Schlütthörn wird das ferne Tuckern der Trecker plötzlich vom Röhren eines Sportwagens übertönt. Die Reflektoren der Leitpfosten leuchten vor ihr auf und ziehen zwei schnurgrade Leuchtbänder durch die

Nacht. Als Marret sich umdreht, bremst ein Auto und kommt mit einem Rutscher neben ihr zum Stehen. Es ist ein schwarzer Porsche, soweit sie das in der Dunkelheit so schnell erkennen kann. Das Fenster auf der Beifahrerseite senkt sich mit einem Summen. Der Fahrer lehnt sich über den Beifahrersitz zum Fenster hinüber. Marret erkennt ihn sofort. Es ist Sönke, der Mechaniker der Schlütthörner Tankstelle. Wenn Sönke ein interessantes Auto bei sich in der Werkstatt zur Reparatur hat, macht er damit nachts gern mal eine kleine Spritztour den Deich entlang. Oder er fährt ein kleines Rennen mit dem Schimmelreiter Hauke Schröder, der mit seinem getunten Ford Mustang das nächtliche Deichvorland eigentlich als sein alleiniges Revier betrachtet.

»Ach, du bist dat Marret. Na, wie sieht's aus, kleine nächtliche Spritztour im Porsche?« Sönke trägt den üblichen ölverschmierten blauen Overall, und auch sonst wirkt er ziemlich blau. In seinem Mundwinkel hängt eine brennende Zigarette. »Na, neue Frisur?«, ruft er aus seinem Auto heraus. Der schüchterne Schrauber muss sich immer etwas Mut antrinken, bevor er Frauen anspricht. Alexandras Jungfriseurin Janine, der er auf dem letzten Feuerwehrfest wiederholt an den wohlgeformten Busen gegrapscht hat, behauptet, er wäre ein ganz schlimmer Finger. Marret reagiert gar nicht auf ihn. In schnellen Schritten geht sie unbeirrt weiter. Der neue, zu lange Pony fällt ihr immer wieder vor die Augen. Blöde Frisur, die Alexandra ihr da aufgeschwatzt hat, denkt sie. Aus den

Augenwinkeln hat sie währenddessen den Porsche, der im Schritttempo neben ihr her fährt, die ganze Zeit im Blick. Als sie sich kurz zu ihm umdreht, sieht sie, dass der Tankwart eine Schondecke auf den Lederbezug gelegt hat.

Sönke tritt aufs Gas. Der Porsche, der von Rissens jungem Anwalt aus Hamburg gehört, beschleunigt röhrend. Nach ein paar Metern bremst er und öffnet vom Fahrersitz aus die Beifahrertür. Marret macht einen großen Bogen um das Auto. Sie bleibt dabei mit ihrer Jacke fast an einem Stacheldraht, mit dem die Schafsweide eingezäunt ist, hängen.

»Los komm, steig ein«, grölt Sönke. »Wolltest doch immer schon mal Porsche fahren. Ich kenn euch doch!«

Marret hetzt im Eilschritt auf der weißen Fahrbahnbegrenzung weiter. Sie muss plötzlich an Renate denken. Sie hört hinter sich die Tür schlagen. Dann fährt der schwarze Sportwagen an ihr vorbei und bremst erneut ein paar Meter vor ihr. Sie hastet an dem Auto vorbei. »Hau ab, Sönke. Los, zieh Leine!«, ruft Marret, ohne sich umzudrehen.

Er fährt noch eine Weile mit offenem Beifahrerfenster neben ihr her. »Blöde Tusse, mach bloß nich solche Zicken«, schimpft er. Sein Gesicht kann Marret aus den Augenwinkeln in der Dunkelheit nicht erkennen, nur die Glut der Zigarette. »Kannst dir ja noch mal überlegen … ich cruise hier gleich noch mal längs.«

Sie hätte sich doch von Sandra nach Hause fahren

lassen sollen, denkt Marret, als die Reflektoren der Leitpfosten erneut aufleuchten und das nächste Auto an ihr vorbeirauscht. Es ist wirklich erstaunlich, was nachts auf der Bundesstraße nach Schlütthörn noch los ist. Der alte Landrover fährt erst an ihr vorbei, dann bremst er. Diesmal steigt der Fahrer aus. Es ist Onno von Rissen. Seine gelbe Steppjacke leuchtet im Mondlicht.

»So ganz allein unterwegs … auf der einsamen Landstraße.« Die blecherne Stimme hallt über die nächtliche Landstraße. »Kann ich Sie ein Stück mitnehmen, Fräulein … ähhh Frau … Marret, richtig? Darf ich doch sagen?«

»Ja … also …« Marret zögert noch einen Moment. Aber dann ist sie froh, von der Landstraße wegzukommen. »Nur das Stück nach Schlütthörn.« Sie muss fast eine Stufe hinaufsteigen, um den altmodischen Landrover zu entern. »Das ist nett. Man ist hier nachts auf der Landstraße ja tatsächlich nicht mehr sicher.« Sie will den Sicherheitsgurt anlegen, aber der funktioniert nicht.

»Brauchen Sie bei mir nicht.« Von Rissen stößt ein paar meckernde Lacher aus. Unter seiner Steppjacke trägt er ein groß kariertes Tweedjackett und dazu neuerdings rote Hosen. Sein Gesicht leuchtet ebenfalls rot. Der adlige Herr hat eine ziemliche Fahne. Von Rissen ist für seine Trinkerei bekannt und dafür, dass er sich weinselig ans Steuer setzt. Schon bereut Marret, dass sie zu ihm ins Auto gestiegen ist.

»Na, haben Sie sich im Salon Alexandra eine schicke

neue Frisur verpassen lassen?« Auch von Rissen ist ihr neuer Pony in Kupfer offenbar gleich aufgefallen. Er schaltet in einen höheren Gang, das Getriebe grüßt knirschend.

Marret ist die Situation ein bisschen peinlich. »Ja, Alexandra hat mich da so ein bisschen überredet.«

»Und offenbar eine Nachtschicht eingelegt.« Er lacht meckernd und wirft ihr einen vieldeutigen Blick zu. Oder bildet sie sich das nur ein? Weiß von Rissen etwa von ihren Telefonaktivitäten? Ist er vielleicht sogar einer der Anrufer? Marret wird die Situation immer unangenehmer.

»Was meinen Sie, wollen wir beiden Hübschen noch einen kleinen Drink nehmen. Ich lade Sie ein.« Von Rissen dreht den Hals in dem zu engen Kragen. »Hier in der Nähe bekommen wir ja nichts. Jämmerlich! Aber dann düsen wir beiden schnell nach Flensburg rüber. Was meinen Sie, Fräulein Marret?«

Jetzt ist er schon wieder bei diesem blöden »Fräulein«. Wenn sie ihn am Telefon hätte, würde sie diesem Kotzbrocken schon Bescheid stoßen. Aber dazu ist sie in diesem Moment gar nicht aufgelegt. Die Mischung von Rotweinfahne und Haarspray verursacht bei ihr auf einmal stechenden Kopfschmerz.

»Seien Sie mir nich böse, Herr von Rissen …« Marret klingt auf einmal ziemlich kleinlaut. »Es war ein anstrengender Tag …«

»Im Friseursalon?!« Von Rissens Ton klingt jetzt hämisch, und Marret wünscht sich, sie wäre zu Sönke in den Porsche gestiegen. Der Schlütthörner Tankwart in seinem blauen Overall ist doch vergleichsweise harmlos gegen diesen durchgeknallten Gutsherrn, der mehrere Menschen auf dem Gewissen hat. Aber jetzt ist es zu spät. Jetzt sitzt sie hier nachts mit einem Irren im Auto.

12

Die Blütenstände der Erle vor dem Fredenbüller Friedhof schaukeln in der leichten Nordseebrise. Die Weidenkätzchen schimmern zartgelb vor dem blauen Himmel. Es hatte in Nordfriesland wieder einmal gar keinen richtigen Winter gegeben. Aber das Frühjahr war dann kühl. Kurz vor Ostern hatte es sogar noch mal ein bisschen geschneit. Seitdem ist es sonnig, aber es will nicht recht warm werden. Die Tulpen und die Krokusse auf dem Deich halten sich ewig. Haselnuss und Weide blühen seit Wochen vor sich hin. »So haben wir Allergiker ein bisschen länger was vom Frühling«, stöhnt Nicole Stappenbek. Die Kieler Kommissarin hat ihr Nasenspray im Dauereinsatz.

Seltsamerweise wirkt auch Thies' Gattin Heike auf einmal schwer verschnupft. Aber das hat nichts mit den Weidenkätzchen zu tun. Heike steht am Morgen mit hochrotem Kopf in ihrer Einbauküche aus dem Flensburger Möbelcenter und pfeffert wütend einen Körnercocktail aus Leinsamen, Kürbiskernen, Sesamkörnern und verschiedenen Nüssen in mehrere Müslischalen. Ein Großteil der Körner geht daneben und hüpft über die Arbeitsplatte der Küche. Heike wischt sie mit einer wütenden Geste auf den Boden. Telje sitzt mit nassen Haaren auf einem der Tresenhocker und rührt lustlos in ihrem Müsli.

»Telje, bitte! Nicht rühren, sondern essen!«, giftet Heike ihre Tochter an.

»Wat is dir denn für 'ne Laus über die Leber gelaufen?«, fragt Thies, der seine Frau seit dem Auftauchen der Leiche noch gar nicht wieder gesprochen hat.

»Das fragst du noch?!« Heike bombardiert den Körnerbrei mit einer Extraladung Rosinen, die zur Hälfte auch wieder danebenfliegen. Thies sieht sich das fassungslos an.

»Sag mal, Mama, wie wär's, wenn du die Rosinen zur Abwechslung mal in die Schale schmeißt?«, nölt Telje und packt nebenbei ihren Rucksack für die Schule.

»Du hältst dich da mal schön raus, wenn dein Vater und ich wat zu besprechen haben.«

»Hallo? Geht's noch?« Telje ist jetzt in das Alter gekommen, in dem sie sich von ihrer Mutter nichts mehr sagen lässt.

»Ich will sowieso lieber so 'n Croque wie in ›De Hidde Kist‹!«, quakt Zwillingsschwester Tadje.

»Papa, was ist denn nun mit ›Husum Harbour‹?«, will Telje, die schon halb aus der Küchentür ist, die günstige Gelegenheit nutzen.

»Husum? Harbour?«

»Ich will auch mit zum ›Husum Harbour‹!«, nölt Zwillingsschwester Tadje.

»Tadje, du kommst nicht mit. Wir haben nur zwei Karten, und ich geh mit Tjark.«

»Nu is aber Schluss«, fährt Thies dazwischen, obwohl er sich, was das Frühstück betrifft, mit seiner Tochter einig ist. »Wat heißt überhaupt Husum Harbour?«

»Mann, Papa, das Rockfestival!«, Telje verdreht die Augen.

»Entweder gehen beide oder keiner«, schlägt Thies vor.

»Sag mal, Thies, wieso muss ich das eigentlich erst bei Alexandra erfahren?« Heike sieht ihren Mann wütend an. Mehrere Strähnen ihres blonden Heuwagens, den sie mit einer Zopfspange mitten auf dem Kopf fixiert hat, hängen ihr ins gerötete Gesicht.

»Was, bitte, willst du bei Alexandra erfahren haben?« Thies weiß gar nicht mehr, wo ihm der Kopf steht und wird langsam sauer. »Wat hab ich mit euerm Friseurtratsch zu tun.«

»Nun stell dich bitte nicht dümmer als du bist.« Heike wischt sich die Haarsträhne mit einer fahrigen Bewegung aus dem Gesicht.

Thies versteht nichts mehr. »Heike, ich hab keine Zeit. Ich hab 'n Mordfall. Endlich. Ich muss los. Nicole wartet bestimmt schon in der Wache.« Thies zieht seine Jacke an.

»Sag mal, Thies, dat kann nich angehen, alle wissen Bescheid, nur dir hat sie's noch nicht erzählt?«

»Heike, wovon redest du?« Thies sieht seine Frau verstört an.

»Thi-i-ies, deine Superkommissarin ist schwa-a-n-ger!«, schreit Heike in einer Lautstärke, dass die

Nachbarn aus dem Bett fallen. Thies schließt vorsichtshalber das gekippte Fenster.

»Und was soll Papa damit zu tun haben?«, stellt Telje die entscheidende Frage.

»Ja, das frag deinen Vater mal!«, giftet Heike.

»Ach, hör doch auf.« Thies donnert seinen Kaffeebecher auf den Küchentresen. Er winkt ab. »Erzähl doch nich solchen Quatsch!«, schreit jetzt auch Thies. Die Zwillinge sind verblüffend still und sehen ihren Vater mit großen Augen an. Thies schnappt sich seine Polizeimütze und stampft zu seinem Dienstfahrzeug im Carport.

Thies ist bei dem morgendlichen Streit der Schweiß ausgebrochen. Auf der Fahrt zur Wache kurbelt er das Fenster herunter und lässt den Fahrtwind ins Auto strömen. Von Frühlingsdüften merkt man heute allerdings nicht viel. Nicht nur auf dem Schweinehof Schlotfeldt, sondern über dem ganzen Deichvorland liegt ein beißender Gülledunst. Thies und Nicole haben das Ablassen des Jauchebeckens auf dem Hof der Schlotfeldts veranlasst. Die Kriminaltechnik hofft noch auf ein paar zusätzliche Hinweise im Zusammenhang mit dem Leichenfund. Wonach sie genau suchen, wissen sie selbst nicht. »Aber wir müssen es einfach versuchen«, hatte Nicole gesagt. Die Jauche wird nach und nach abgelassen, gefiltert und dann Tank für Tank gleich auf die Wiesen gespritzt. Die ganze Nacht ist schon Gülle gefahren worden. »Dat ist eigentlich 'n büschen reichlich«, hatten die Fredenbüller Landwirte gemeint. Sie hatten ja vor Kurzem grade gedüngt. Aber Schlotfeldt hatte ihnen allen keine Wahl gelassen. »Ich kann dat nirgendwo zwischenlagern, wie stellt ihr euch dat vor?«

Als Thies die Fredenbüller Wache betritt, sitzt Nicole bereits an ihrem provisorischen Schreibtisch und scheint von dem Gestank nicht viel mitzubekommen. Sie wird heute Morgen von diversen Niesattacken geplagt. Sieht irgendwie ein bisschen fertig aus, findet Thies.

»Nicht besonders geschlafen«, schnieft sie, als Thies sie so kritisch mustert. In der Pension bei Renate, wo sie bei ihren früheren gemeinsamen Fredenbüller Fällen untergekommen war, konnte Nicole diesmal nicht übernachten. Renate ist schließlich vermisst gemeldet. Ein Zimmer ist sowieso belegt, die Pensionsgäste laufen mehrmals am Tag in der »Hidden Kist« auf. Und das zweite Zimmer soll wohl auch gebucht sein, behauptet Antje. So wollte sich Nicole zumindest für eine Nacht erst mal die Liege in der kleinen Zelle im hinteren Raum der Wache zurechtmachen. In ihrer eigentlichen Funktion ist die Zelle in all den Jahren höchst selten benutzt worden, eher mal für spontane Übernachtungen. Und dann war Postbote Klaas letztes Jahr nach einem spektakulären Fahrradsturz mit doppeltem Salto und umgehängter Posttasche auf der Zellenpritsche ärztlich notversorgt worden.

Jetzt liegt das Bettzeug, das Antje ihr mitgegeben hat, unbenutzt da. Und auch Nicoles auffällige Reisetasche, die wie ein alter Seesack aussieht, scheint nicht gebraucht worden zu sein. Wo hatte Nicole übernachtet? Und warum erzählte sie das nicht? Hatte Nicole hier in Fredenbüll neuerdings einen Freund? Kann doch eigentlich nicht sein, das hätte Thies doch mitbekommen. Wer sollte das sein? Etwa der junge Anwalt Cordt Brookmann mit seinem schwarzen Porsche, der jetzt immer bei Sönke in der Schlütthörner Tankstelle stand? Auf Bountys Party im letzten Winter, als sie mit »Stormy Weather« den Übungsraum im alten Krog wieder eingeweiht haben, hatte sie mit dem gelackten Schnösel aus der Stadt ziemlich eng getanzt. Mit Thies allerdings auch und mit Börnsen und sogar mit Bounty. Aber als ernsthafter Kandidat kam doch eigentlich nur der Anwalts-Fuzzi infrage. Irgendwie ist Thies fast ein bisschen erleichtert.

Nicole sortiert mehrere Papiere auf ihrem Schreibtisch. Sie hält ein Fax in der Hand. »Thies, der Befund vom Zahnarzt ist da.«

»Na, Nicole, lass mich raten … Hedi Schlotfeldt?«

»Ja, bei dem Skelett, das wir da aus der Jauche gefischt haben, handelt es sich tatsächlich um Hedi Schlotfeldt.«

»Kein Irrtum möglich?«

»Nee, Carstensen hat auch mit dem Nordsee-Klinikum in Husum Röntgenbilder ausgetauscht. Frau Schlotfeldts Fuß ist dort operiert worden. Die Röntgenbilder stimmen mit denen aus unserer Gerichtsmedizin überein.«

»Und wat is mit dieser Postkarte mit dem Hamburger Jungfernstieg? Schon komisch, oder?«, findet Thies.

»Die Postkarte kann jeder geschrieben haben. Wir wissen nicht einmal, ob das ihre Handschrift ist.«

»Herbert Schlotfeldt hat sie erkannt.«

»Das behauptet er. Theoretisch könnte er die Karte geschrieben haben ... oder auch jemand anders. Vermutlich war es der Täter, der die Spur seines Opfers verwischen wollte.«

»Aber Herbert?« Thies ist noch nicht so überzeugt.

»Thies, wir müssen uns Schlotfeldt auf jeden Fall noch mal vornehmen.«

»Ich weiß nich recht. Mal gesetzt den Fall: Wenn du deine Frau ermordest ...« Nicole sieht Thies prüfend an. »... dann fährst du in Wald oder hintern Deich und vergräbst die da. Aber du entsorgst die doch nicht bei dir direkt vor der Haustür in der Jauchegrube. Dat ist doch nich normal.«

Nicole kommt aus dem Staunen gar nicht raus. »Sag mal, Thies, haben sie dir das in deinem Profiling-Seminar beigebracht?«

»Klar. Dat ist echt interessant. Du musst dich unmittelbar in den Täter reindenken«, erklärt Thies wichtig.

»Na ja, streng genommen wissen wir noch nicht mal, ob es überhaupt einen Täter gibt, ob es wirklich Mord war. Viel mehr als das Skelett hat Carstensen nicht. Das Skelett weist lediglich eine Fußverletzung auf. Aber daran ist sie nicht gestorben, zumal der gebrochene Fuß längst wieder zusammengewachsen war.«

»Haben wir sonst irgendwelche Hinweise auf den Täter?«

»Sieht schlecht aus.« Nicole atmet laut. »DNA und auch andere Spuren können wir in der Gülle vergessen, hat Börnsen gleich gesagt.«

»Sag ich doch, da bleibt uns nur dat Profiling.« Thies fährt sich nachdenklich durch den Struppelspoiler.

Die Kommissarin nickt und holt ihr Nasenspray heraus. Thies sieht seine Kollegin wieder prüfend an. Irgendwie ist er mit seinen Gedanken gar nicht richtig bei dem Fall.

»Sag mal, Nicole, mal wat ganz anderes …« Thies windet sich.

Es entsteht eine Pause. Nicole scheint zu ahnen, was er wissen will. Sie grient ihn etwas verlegen an.

»Kann dat sein …?«

»Na, was denn, Thies?«

»Ja, also, wie soll ich sagen … kann das sein, dass du schwanger bist?«, platzt es aus ihm heraus.

»Hast du das auch schon mitgekriegt?« Sie grinst.

Thies bekommt seinen Kuhblick.

»Antje und ich haben schon Wetten abgeschlossen, wann du es endlich merkst.«

»Und? Welcher Monat?«

»Vierter.« Nicole muss niesen.

Thies rechnet im Kopf die Monate zurück. In seinen Kuhblick mischt sich Panik. Exakt vor vier Monaten war diese wilde Party im Übungsraum von »Stormy Weather«, und er hat keinen blassen Schimmer, was da alles so passiert ist. Sie hatten alle ziemlich getrunken. Und dann stand da diese Schale mit Bountys Keksen. Das Tanzen zu der Musik von »Stormy Weather« ging danach wie von selbst. Angeblich soll Thies mit Bounty zweistimmig ›Stairway to Heaven‹ gesungen haben. Und er soll Nicole geküsst haben. Bei ihrem ersten gemeinsamen Fall vor ein paar Jahren hatten sie sich auch schon mal geküsst – im Mondschein auf dem Deich. Daran erinnerte sich Thies noch sehr genau. Aber diesmal hat er einen totalen Blackout. Da war doch nicht mehr passiert? Eigentlich ist er sich sicher. Sogar vollkommen sicher. Oder etwa doch nicht? Thies wird mulmig.

»Hast denn jetzt 'n Freund?«, will er wissen.

»Nö.« Jetzt grient Nicole ihn herausfordernd an. »Muss ich das?«

»Na ja, also normalerweise …«

»Normalerweise was?« Nicole hebt die Augenbrauen.

»Also ich weiß schon, alleinerziehend gibt es auch bei uns. Fredenbüll ist ja nu auch nich hinterm Mond.«

Jetzt muss Nicole lachen, geht aber nicht weiter darauf ein. Thies weiß nicht, was er davon halten soll. Und die entscheidende Frage traut er sich schon gar nicht zu stellen: Wer ist der Vater?

13

Seit dem Fund der Leiche vor zwei Tagen hält sich die Kriminaltechnik ununterbrochen auf dem Schweinehof auf. Mike Börnsen und ein Kollege überwachen das Abpumpen der Jauche. Das Jauchebecken und der halbe Hofplatz waren mit mehreren provisorischen Strahlern grell ausgeleuchtet gewesen. Immer wieder kamen die Traktoren mit den Gülletanks. Inzwischen ist die Jauche fast vollständig abgepumpt. Eben gerade ist noch mal ein Trecker mit einem Tank vom Hof gefahren. Jetzt steigt Börnsens Spusi-Kollege in seinem weißen Einmalanzug und Gummistiefeln gerade auf einer Strickleiter in das Innere des Beckens.

Imke Schlotfeldt ist mit den beiden Kindern gestern Abend spät von ihren Eltern zurückgekommen. Sie musste auf den Hof zurück. Alleine schon wegen ihrer drei Schweine. Ihr Schwiegervater weigert sich, ihre Tiere zu füttern. Imke hat den alten Schlotfeldt vielmehr in Verdacht, dass er ihre Schweine mit seinem Industriefutter vergiftet. Und auch Sören scheint Max und Konsorten überhaupt nicht auf der Rechnung zu haben. Imke ist total sauer auf ihn. In letzter Zeit streiten sie sich immer häufiger. Sören wird seinem Vater immer ähnlicher.

Imke sieht müde aus heute Morgen. Sie hat Ringe

unter den Augen. Ihre blonde Kurzhaarfrisur ist völlig aus der Form. Trotzig stapft sie in Gummistiefeln mit dem großen Eimer voller Küchenabfälle über die Wiese, wo sich ihre drei Schweine im zerwühlten Matsch suhlen. Der kleine Kimi trottet hinter ihr her. Die Schweine haben sie längst gesehen und kommen ihr gleich fröhlich quiekend entgegengelaufen. Max und Moritz stürzen sich sofort auf den Mix aus altem Brot und Gemüseresten, werden aber von der alles andere als frommen Helene energisch zur Seite geschubst. Moritz protestiert laut quiekend. Imke tätschelt das kleine Ferkel am Hals, worauf es sich gleich grunzend an ihre Beine schmiegt.

Sören kommt ebenfalls mit einem Eimer aus dem Stall zu ihr herüber. Imke fällt auf einmal auf, dass er denselben schwankenden Gang wie sein Vater hat.

»Na, bist schon wieder bei deinem Hobby?« Sein höhnischer Unterton ist für sie unüberhörbar.

»Blödmann!«, giftet sie ihn an. »Nun guck dir bitte mal diese fröhlichen Schweine an ... und dagegen die kasernierten und degenerierten Viecher in den Boxen. Dat ist doch Tierquälerei!«

»Ach, Imke, nich schon wieder diese Leier.«

»Sören, sieh dich doch mal um. So hab ich mir das Landleben nich vorgestellt. Tag und Nacht fahren hier die Güllewagen. Es stinkt wie die Pest und die Schweine knabbern sich vor lauter Panik gegenseitig die Ringelschwänze an.«

Max und Moritz drängeln vergeblich an den großen Plastikeimer, während Sau Helene grunzend alle Küchenabfälle in sich hinein schlingt. Kimi ist inzwischen zu Börnsens Kollegen hinübergelaufen. Die Arbeit der Kriminaltechnik ist dann doch faszinierender als die Schweinefütterung.

»Imke, dat ist ganz normale Intensivhaltung«, brummt Schlotfeldt junior. »Wir haben doch jetzt schon 'n Teil auf Laufställe umgerüstet.«

»Laufstall?! Das ist doch 'n Witz. Da ist doch überhaupt kein Platz zum Laufen.« Sie hält jetzt Max und Moritz den Eimer hin, die sich hektisch über die letzten Kartoffelschalenreste hermachen. »Und dein Vater wird mir auch immer unheimlicher.«

»Wieso dat denn?« Sören sieht sie provozierend an.

»Als ich gestern Nacht nach Hause kam, stand er oben auf der Leiter und starrte in dat Güllebecken. Polizei war nachts weg, und Güllewagen waren auch grad nich da. Nur dein Vater … und starrt in das Becken … dat ist doch nich normal.«

»Na ja, Vadder will auch sehen, wie die Arbeiten vorangehen.«

»Mitten in der Nacht?«

Aus dem Inneren des Beckens heraus ruft der Kriminaltechniker nach seinem Kollegen. Jetzt steigt auch Mike Börnsen die eiserne Trittleiter an dem Jauchebecken hinauf. Der kleine Kimi will ihm hinterherklettern. Als Imke das sieht, lässt sie sofort den Eimer mit dem Schweinefutter fallen und stürmt zu dem Becken.

»Kimi!!! Komm da sofort wieder runter! Wie oft hab ich dir das schon gesagt! Kimiiii!« Der Junge quietscht freudestrahlend. »Kannst du vielleicht auch mal 'n Auge auf deinen Sohn haben«, ruft sie ärgerlich sich zu Sören umdrehend.

»Is eben schon 'n richtiger Landwirt.«

»Hör doch auf!«

Börnsen sieht von oben zu ihnen herunter. Dabei fallen ihm seine blonden Haare ins Gesicht. »Oder vielleicht doch lieber Kriminaltechniker.« Er grinst etwas bemüht. Dann steigt er weiter die Eisensprossen hinauf. Oben bleibt er wie angewurzelt stehen. »Nehmen Sie den Jungen sofort weg von der Leiter hier!«, ruft Börnsen ungewöhnlich ernst hinunter. Fassungslos sieht er zu seinem Kollegen hinunter in die inzwischen leere Jauchegrube.

Sören greift sich seinen Sohn von der Leiter, während Börnsen in das Innere des Beckens hinuntersteigt. Sein blonder Schopf verschwindet am Rand des Beckens.

»Was ist denn da?«, fragt Imke verstört. »Haben Sie was entdeckt?« Die beiden KTU-Leute reagieren nicht. Jetzt steigt auch Imke die Leiter zum Beckenrand hoch. Es ist wie ein Déjà-vu.

»Imke! Komm da runter!«, schreit Sören. Aber seine Frau starrt wie gebannt in das leere Betonbecken. Dort stehen die beiden KTUler und beugen sich gerade über die Überreste eines Körpers. Es ist eigentlich wieder nur ein Skelett. Und dann sieht Imke noch ein zweites Skelett. Das ist kein Mensch, sondern ein Tier: ein Schwein, vermutet sie. Verstörend.

»Imke, wat is?«, ruft Sören von unten. Er hält Kimi,

der seiner Mutter schon wieder hinterherklettern will, am Arm fest.

Börnsens Kollege ist über das menschliche Skelett gebeugt. Es ist von grünlich braunem Schlamm überzogen. Am rechten Fuß hängt ein halb zerfallener Klumpen, wie von einem Gipsbein. Und um den Hals ist ein Tuch zu erkennen. Es sieht aus wie eine gebundene Krawatte. Aus der braunen Pampe schimmern undeutlich die nordfriesischen Farben Gold-Rot-Blau heraus. Börnsen untersucht vorsichtig mit seinen Plastikhandschuhen den Unterarm des Skeletts. Über den Handknochen scheint dreckverschmiert ein Armband zu hängen. »Kennen Sie einen Kevin?«, ruft er zu Imke hinauf.

»Kevin?« Sie überlegt einen Moment. »Nee. Kennst *du* einen Kevin?«, fragt sie zu Sören auf ihrer Seite des Beckens hinunter.

»Nee, wieso?«, mault der Jungbauer.

Börnsen lässt ein jaucheverschmiertes Armband in einer Plastiktüte verschwinden. »Das hat so eine Gravur: *Kevin – In Love*.«

91

14

Klaas holt sich die Post aus dem Edeka-Markt ab. Seit sie vor ein paar Jahren das kleine Fredenbüller Postamt in dem Backsteinbau neben der Wache geschlossen haben, hat der Supermarkt von Bürgermeister Hans-Jürgen Ahlbeck einen kleinen Postservice übernommen, den Verkauf von Briefmarken und die Zwischenlagerung nicht zugestellter Päckchen. Außerdem bekommt Klaas täglich aus der Hauptpost seine Briefe und Päckchen für die weitere Zustellung dorthin geliefert. Für Klaas gehört das zum normalen Tagesablauf. Er holt seine Post beim Edeka-Markt raus, dann radelt er in die »Hidde Kist« und sortiert dort beim »Ladde macchiato« die Post.

Heute liegen gleich drei Päckchen bereit, alle von »Gastro-Quick Nord«, einem Versand für Gastronomiebedarf. Klaas hat diese Päckchen immer wieder in seiner Post. Er erkennt sie sofort an dem Logo, einem rasenden Kochlöffel mit Rädern. Nicht nur Antje, vor allem auch der andere noch verbliebene Gastronomiebetrieb im Umkreis, das »Café Wattblick« bestellen bei dem »lokalen Schnellservice für die Lokale«, so der Slogan des Gastronomiebedarfshändlers. Er beliefert die ganze Gegend. Huberta von Rissen bestellt dort Geschirr für ihre Kammerkonzerte auf dem Gut.

Der alte Röpke, der Wirt des Reusenbüller Krogs lässt sich Jahre nach der Schließung seines Lokals immer noch seine Kleidung von »Gastro-Quick« liefern, und sogar Automechaniker Sönke, dessen gastronomisches Angebot in seiner Tankstelle sich auf ein paar eingeschweißte Trockenwürste beschränkt, bestellt bei dem Service. Das Angebot ist tatsächlich umfassend. Es reicht von der Eiswürfelmaschine bis zum Spritzschutzgitter für die Fritteuse, vom schwarzen Kellneranzug bis zum zwölfteiligen Messerset.

Das Päckchen, das Klaas heute für Röpke dabeihat, fühlt sich nach einem Kleidungsstück an. Es ist leicht und elastisch. Klaas vermutet, der alte Röpke hat sich wieder ein Kochhemd oder Kellnersocken bestellt. Und dann hatte Horst Röpke ihn gebeten, Essen aus »De Hidde Kist« mitzubringen, gleich für mehrere Tage. »In letzter Zeit lässt sich Röpke wieder öfter von mir Essen liefern«, fällt Imbisswirtin Antje auf.

Klaas stellt sein Postfahrrad am Eingang des alten Krogs ab. Den großen Saal des früheren Gasthofs nutzen Bounty und seine Band »Stormy Weather« nach wie vor als Übungsraum. Vor zwei Jahren gab es diese spektakuläre Schlägerei mit tödlichem Ende, bei der sämtliche Instrumente der Band zu Bruch gingen. Aber zwischenzeitlich ist alles wieder einigermaßen hergerichtet und »Stormy Weather« übt wieder im alten Krog. Alle bisherigen Kaufangebote hat der Besitzer und frühere Wirt Horst Röpke strikt abgelehnt. Röpke wohnt zurückgezogen in einer Wohnung im hinteren Gebäude. Dazwischen liegt noch ein Schuppen, in dem früher Getränkereserven, Bierbänke und Sonnenschirme für den Sommerbetrieb gelagert wurden.

Manchmal scheint Röpke wochenlang abgetaucht. Bei jeder neuen Zustellung befürchtet Klaas, den ehemaligen Wirt tot in seinem Fernsehsessel aufzufinden. In letzter Zeit allerdings wurde er häufiger gesichtet. In der »Hidden Kist« hat er sich Essen geholt. Und auf dem Heimweg vom »Wattblick« hat Mandy gesehen, wie er nachts am Deich herumgeisterte. Aber ganz sicher ist sie da nicht, sie kennt ihn ja kaum.

Klaas kämpft sich durch allerlei Gerümpel hindurch. Auf dem vermoosten Plattenweg stehen nicht erst seit diesem Frühjahr mehrere Säcke mit Gartenabfällen und übereinandergestapelte Bierkästen. In den Flaschen steht das Regenwasser. Klaas arbeitet sich zum hinteren Eingang durch und klingelt. Niemand reagiert. Klaas kennt das schon, die Zustellung an Horst Röpke, Hauptstraße Nummer drei in Reusenbüll, ist nie so ganz einfach. Vor die Tür kann er ihm die Sachen schlecht stellen. Nicht, dass Päckchen und Imbisspaket dasselbe Schicksal ereilt wie die Bierkästen. Er drückt die Klingel noch einmal, diesmal länger. »Horst! Hooorst!!! Post! Ich bin dat, Klaas!« Er drückt die Türlinke. Die Tür ist nicht abgeschlossen. Klaas öffnet sie einen Spalt. Aus einem hinteren Raum ist ein Fernseher zu hören. Es klingt nach einer Gerichtssendung.

»Horst, ich hab 'n Päckchen für dich!«, ruft Klaas durch den geöffneten Spalt.

Jetzt hört er neben dem Plädoyer des Fernseh-Staatsanwalts noch ein anderes Geräusch, das Schlurfen von Pantoffeln. »Horst, bist du dat?«

»Jaaa, immer mit der Ruhe … komm ja schon«, ruft die Stimme, die genauso schleppend wie das Pantoffelschlurfen klingt. Die Tür mit dem geriffelten gelben Glas zum Flur öffnet sich langsam. Horst Röpke wirkt verschlafen. Die wenigen verfilzten Haare sind verlegen. Er trägt eine Wolljacke, die genauso verfilzt ist wie seine Frisur, dazu wie immer eine Krawatte. Ein Zipfel des Hemdes hängt aus der Hose.

»Wat gibt dat denn so Wichtiges?«, knarzt der Alte unfreundlich. Röpke war schon zu seiner Zeit als Wirt chronisch schlecht gelaunt. Ständig hat er seine Mitarbeiter gepiesackt. Nur Kellner Robert Rusk hatte es längere Zeit bei ihm ausgehalten. Auch den Gästen gegenüber zeigte sich Röpke alles andere als serviceorientiert. An der Schließung des Gasthofs war er selbst nicht ganz unschuldig, und danach hatte sich seine Laune nicht unbedingt verbessert.

»Ja, erst mal hab ich hier mehrere Croque aus ›De Hidde Kist‹ …«

»Wat kriegst dafür?«, brummt Röpke.

»Antje sagt, kannst du dat nächste Mal bei ihr im Imbiss bezahlen … und dann hab ich ’n Päckchen für dich. Wieder von diesem …« Klaas sieht auf das Päckchen mit dem rollenden Kochlöffel. »Gastro … wie heißt dat? … Quick!«

»Hmm«, brummt Röpke ohne eine Gefühlsregung.

»Hast dir mal wieder Klamotten kommen lassen?«

»Jo, die sind unverwüstlich, die Sachen«, knurrt Röpke. »Hier der Schlips, den hab ich nu wohl auch schon zwanzig Jahre.« Der Ex-Wirt zeigt auf seine Krawatte in den verblichenen nordfriesischen Farben Gold-Rot-Blau.

15

»Sach mal, Antje«, krächzt Piet Paulsen an Stehtisch Zwei ungeduldig. »Wat bedeutet eigentlich dieses Slow Food? Dat ich auf mein Putenschaschlik jetzt doppelt so lange warten muss, oder wat?« Der Landmaschinenvertreter a. D. sieht vorwurfsvoll Richtung Fritteuse.

»Geht ja gleich los, Piet.« Antje wirft den Fleischspieß auf den Grill.

»Antje, lass disch blooß ni hetzen«, sächselt Mandy, die mit Postbote Klaas Händchen hält und zur Abwechslung mal wieder eine Tote Tante vor sich stehen hat.

»Ich find das ja gut, wenn man wieder die lokalen und die saisonalen Produkte entdeckt.« Nicole Stappenbek, die schnellstens vom Tatort geflüchtet ist, hat bereits den zweiten »Croque Störtebeker« in Arbeit. In einer Hand hält sie das Sandwich, mit der anderen streicht sie sich über den sich abzeichnenden Babybauch.

»Genau! Zutaten aus der Region und vor allem: ganz in Ruhe genießen.« Antje wendet das Schaschlik – neuerdings in Zeitlupe.

»In Ruhe genießen?« Paulsen überlegt. »Ja wieso, dat machen wir doch schon immer, wat, Klaas?« Antje reicht ihm ein frisches Pils über den Glastresen.

»Hauptsache, es schmeckt, soch isch immer.« Mandy leckt sich die Sahne von der Oberlippe und streicht Klaas die verschwitzten Haare aus der Stirn. »Was, mein Hase?« Wobei das »Hase« mehr wie »Hose« klingt.

»Lokale und saisonale Produkte? Dass ich nicht lache!«, ätzt eine Frau in Filzjäckchen und Filzkappe, die es vom Biohof auf einen laktosefreien Latte macchiato in »De Hidde Kist« verschlagen hat. »Und Sie essen hier Putenschaschlik *Hawaii*! Was hat denn das für eine Ökobilanz?!« Vor lauter Empörung verrutscht ihr die filzene Kopfbedeckung.

»Gute Frau, dat Schaschlik kommt nich von Hawaii!«, kräht Paulsen zurück. »Dat heißt nur so.«

Antje hört gar nicht hin. »Na, Thies, auch noch 'ne Kleinigkeit essen?«, ruft sie dem Fredenbüller Dorfpolizisten zu, als er vom Tatort auf dem Schweinehof Schlotfeldt in den Imbiss herüberkommt.

»Nee, Antje, nur 'n schnellen Coffee to go.« Thies hat einen hochroten Kopf unter seiner Polizeimütze.

»Schnell?« Piet blickt skeptisch über seine Gleitsichtbrille hinweg und schüttelt den Kopf. »Die Zeiten sind vorbei.«

Thies geht gar nicht drauf ein. »Kennt jemand von euch einen Kevin?«, platzt es aus ihm heraus. Er reißt sich die Polizeimütze vom Kopf und stellt sich zu Nicole.

»Kevin?« Antje dreht sich um, lässt die Grillzange sinken und blickt die anderen fragend an.

»Kevin? Wer is dat denn?«, brummt Paulsen verächtlich, als wolle er mit diesem Kevin auf keinen Fall etwas zu tun haben.

»Mike Börnsen hat an dem toten Skelett so ein Armband gefunden. Was stand da drauf, Thies?«, fragt die Kommissarin.

»Kevin – In Love!«, kommt es bei Thies wie aus der Pistole geschossen.

»Ich kenn nur Kevin Keegan«, fällt HSV-Fan Paulsen ein.

»Ach, Piet, hör bloß auf mit deinen alten HSV-Zeiten, dat ist nu bald vierzig Jahre her.« Thies pustet leicht angesäuert in seinen Kaffee.

»Nu, bei uns gob's jede Menge Gevins«, leistet Mandy ihren Diskussionsbeitrag.

»Ich kenn keinen Kevin«, konstatiert Klaas, der als Postbote einen ganz guten Überblick über die Namen im Zustellbezirk Fredenbüll und Umgebung hat.

»Da kommen wir nur mit Täterprofil weiter«, ist Thies überzeugt.

»Täterprofil?« Nicole staunt. »Thies hat ja grad 'n Seminar gemacht.« Sie muss sich ein Schmunzeln verkneifen und wendet sich wieder ihrem »Croque Störtebecker« zu.

»Um den Täter zu ermitteln, musst du seine Handschrift lesen.« Thies setzt seinen wichtigen Blick auf. Die anderen sehen ihn fragend an. »Der Serientäter neigt dazu, seine Tat zu inszenieren«, verkündet der Polizeiobermeister mit stolz geschwellter Brust.

»Serientäter?«, fragt Nicole zweifelnd.

»Ja, ist doch auffällig, dat die Skelette alle Krawatte

tragen. Hedi Schlotfeldt oder das, was von ihr übrig war, hatte doch auch schon so was um den Hals.«

»Aber in dem neuen Fall wissen wir noch nicht mal, ob es überhaupt eine Frau ist«, gibt Nicole zu bedenken. »Für 'ne Serie ist das noch 'n bisschen dünne.« Die Kommissarin muss niesen.

»Aber in Tondern drüben haben sie vor 'n paar Jahren auch 'ne Tote gefunden«, fällt Klaas ein. »Die hatte doch auch 'n Schlips um.«

»Wisst ihr, ob der Fall aufgeklärt wurde?«, will Nicole wissen.

»Ich glaub nich …«, überlegt Klaas. »Außerdem wurden mehrere Frauen vermisst. Die sind nie wieder aufgetaucht. Einfach wie vom Erdboden verschluckt.«

»Und Renate wird auch immer noch vermisst.« Antje pudert Curry über Piet Paulsen Putenschaschlik Hawaii.

»Für mich ist dat 'ne Serie.« Thies ist jetzt richtig in Schwung. Endlich kann er die Erkenntnisse aus seinem Profiling-Seminar mal anwenden.

»Gruuselisch«, findet Mandy und ergreift Klaas Hand.

»Sag ich doch, wie in diesen Dänenkrimis«, kräht Paulsen. »Habt ihr nich gelesen, in Aarhus soll ja wohl einer seine Frau in Dosen eingemacht haben. Angeblich.« Mandy stöhnt auf, Susi jault.

»Piet, du hast aber auch immer Geschichten.« Nicole legt ihren Croque beiseite.

»Der Hund weiß genau, warum er Vegetarier ist«, seufzt Antje und serviert Paulsen sein Putenschaschlik.

»Ja, jetzt schwappt dat von Dänemark hier rüber«, konstatiert Thies begeistert und fährt sich unternehmungslustig über seinen Strubbelspoiler.

»Vielleicht sollten wir tatsächlich mal den dänischen Kollegen kontaktieren«, schlägt Nicole vor. »Gibt es in Tondern überhaupt ein Kommissariat?«

»Ja, wieso, Morten Jensen …« Thies überlegt kurz. »Der is doch noch da, oder?«

»Ja …« Klaas zögert. »Aber er hat wohl ziemliche Probleme, hab ich gehört.«

»Sein Kollege, mit dem er jahrelang 'n Team war, is beim Einsatz erschossen worden«, erklärt Thies der Kieler Kommissarin. »Da ist er wohl nie so ganz drüber weg … und dann, na ja … Alkohol, Scheidung.«

»Trogisch, so was«, sagt Mandy traurig und zupft Klaas mehrere Fussel von der Postjacke.

»Ist bei den dänischen Kommissaren normal«, weiß Paulsen. »Die haben doch alle Depressionen, Probleme mit der Frau, rauschgiftsüchtige Tochter und so. Schlimm ist dat.« Er verbrennt sich fast den Mund an der heißen Currysoße.

»Ja, Jensen soll wohl den ganzen Tag im Keller sitzen und in den verstaubten Akten rumwühlen.« Klaas zuckt mit den Schultern.

16

Huberta von Rissen sieht blass aus. Ihre grauen Haare sind derangiert, die Perlenkette hängt schief. Ihre Laune verschlechtert sich schlagartig, als das donnernde Hämmern eines Motorrad-Oldtimers die Chopin-Etüde übertönt. Die Maschine gehört dem Hamburger Anwalt Cordt Brookmann. Der schnieke Hamburger Strafverteidiger liebt es, an den Wochenenden mit diesem Ungetüm von Motorrad herumzuknattern, dass die Schafe auf dem Deich die Flucht ergreifen. Und da er keine Familie hat, kommt er mit seinen häufig wechselnden Freundinnen oder auch allein immer mal beim Gut der von Rissens vorbei.

Huberta von Rissen bildet sich eigentlich etwas ein auf ihre Gastfreundschaft. Und sie hat rein gar nichts gegen flotte junge Männer. Ganz im Gegenteil. Aber dieser geölte Staranwalt Doktor Cordt Brookmann in seinem blöden nostalgischen Overall kann ihr gestohlen bleiben. Sie macht ihn allein dafür verantwortlich, dass man ihren durchgeknallten Ehegatten wieder so schnell auf die Menschheit losgelassen hat.

Jetzt kommt Onno mit steifem leicht schwankendem Gang aus seinem heiligen Weinkeller gestolpert, in der einen Hand einen Dekanter, in der anderen das große Rotweinglas, und steuert mit gerötetem Gesicht das Biedermeiersofa an. »Onno, bitte pass mit deinem Weinglas auf«, giftet Huberta ihn an, während sie den Anwalt in Motorradkluft auf den Eingang zulaufen sieht. Von Rissen stellt seinen Wein auf dem alten Garderobentisch unter einem Ölbild des Gutes im frühen neunzehnten Jahrhundert ab und öffnet Brookmann.

»Herr von Rissen, Grüße von Ihrem Zellennachbarn, hätte ich fast gesagt, haha.« Brookmann nimmt sich den nostalgischen Motorradhelm vom Kopf. »Ich meine natürlich Ihren Zimmernachbarn in der Flensburger … ähh … Einrichtung.« Das Wort Psychiatrie mag ihm nicht über die Lippen gehen. Er setzt die Fliegerbrille ab, fährt sich durch seine dunkle Tolle und stürmt sofort auf die Dame des Hauses zu. »Gnä' Frau.« Er gibt ihr einen Handkuss, den Huberta widerwillig über sich ergehen lässt.

»Na, Brookmann, nun kommen Sie erst mal raus aus Ihrer Kluft, haha«, bellt von Rissen im üblichen Kasinoton und dreht den Hals in dem notorisch zu engen Hemdkragen. In seinem nostalgischen Overall sieht der Hamburger Anwalt tatsächlich wie ein Flieger aus dem Ersten Weltkrieg aus. Brookmann quält sich umständlich aus seinem Hosenanzug.

»Was haben Sie denn mit Frauenmörder Paschke zu tun?«, will von Rissen wissen. Seine Frau blickt indigniert.

»Ja, gnä' Frau, dieser Paschke hat tatsächlich zwei Frauen auf dem Gewissen. Beide mit einer Krawatte stranguliert. Nicht zu fassen!« Brookmann demonstriert mit einer theatralischen Geste das Erdrosseln. »Dass Sie mir nicht dem guten Paschke nacheifern, haha!« Er grinst und genießt es sichtlich, Huberta von Rissen zu schockieren. »Ich hab seinen Fall übernommen. Ist ja mittlerweile fast so etwas wie mein Spezialgebiet geworden.« Brookmann lacht gequält. »Ich hoffe, ich störe Ihre Siesta nicht. Ich war grad in der Nähe.« Huberta geht gar nicht darauf ein.

»Ich hab letzte Woche grad zwei Kisten Chateau Poujeaux bekommen«, verkündet von Rissen mit blecherner Stimme. »Neuer Jahrgang, der mal verkostet werden muss. Ich hab grad ein Fläschchen dekantiert. Was meinen Sie, Brookmann?« Huberta verdreht die Augen.

»Na ja, ich bin mit dem Motorrad da … Höchstens einen kleinen Schluck.«

»Aber natürlich. Wir wollen uns ja nicht betrinken, was, Brookmann.« Von Rissen lacht meckernd. »Dann erzählen Sie mal, wie geht's dem armen Paschke denn?«

»Das darf doch wohl wirklich nicht wahr sein, dass du dich nach dem Befinden eines mehrfachen Frauenmörders erkundigst, als wäre es ein Freund aus dem Club«, zischt Huberta giftig.

Onno gießt Rotwein in ein zweites Glas, und auch seine Gesichtsfarbe nähert sich allmählich dem Bordeauxton des Weines. Sein gold-rot-blau-gestreifter Schlips droht ihm den Hals abzuschnüren. Er lockert den Knoten und dreht den Hals.

17

Der Güllegestank hat sich inzwischen verzogen. Es ziehen wieder Frühlingsdüfte über das Deichvorland. In den Knicks blüht der Weißdorn. Die Blüten der Weidenkätzchen explodieren förmlich. Neben dem Gülletank leuchten die Forsythien und Tulpen. Herbert Schlotfeldt schaukelt im Seemannsgang mit einem Plastikeimer und dem üblichen Holzknüppel über die jauchebekleckerten Betonplatten, als Thies und Nicole vor dem Schweinehof vorfahren.

»Herr Schlotfeldt, unsere kriminaltechnischen Untersuchungen haben jetzt ergeben, dass es sich bei der Toten tatsächlich um Ihre Frau handelt.« Nicole ist aus dem Auto gestiegen und muss sofort niesen. »Haben Sie irgendeine Idee, wie Ihre Frau in das Jauchebecken gekommen sein könnte?«

Schlotfeldt zuckt mit den Schultern.

»Herbert! Wir wollen wissen, wie kommt Hedi in die Gülle?!« Thies, der sich neben Nicole aufgebaut hat, wird jetzt lauter.

Der Schweinebauer starrt die beiden Polizisten aus seinen wasserblauen Augen an. »Woher soll ich dat wissen?«

»Herbert, dat ist deine Anlage! Und dat is deine Frau!« Thies wird jetzt richtig sauer.

Schlotfeldt hat immer noch diesen starren Blick und wirkt seltsam unbeteiligt, als hätte er mit den beiden Toten in seinem Jauchebecken überhaupt nichts zu tun.

»Herr Schlotfeldt, Sie hatten vorgestern doch gleich die Vermutung, dass es sich um Ihre Frau handelt.«

»Ich versteh dat nich, Hedi liegt hier in unserer Gülleanlage, und gleichzeitig schreibt sie 'ne Postkarte aus Hamburg, dat kann doch nich angehen.« Der Schweinebauer zeigt ansatzweise eine Gemütsregung.

»Herbert, dat Skelett, dat ist Hedi, das hat die KTU eindeutig ergeben«, erklärt Thies.

»Ist Ihnen an der Postkarte etwas aufgefallen?«, will die Kommissarin wissen. »Ist das denn die Handschrift Ihrer Frau?«

»Ja ... nö.« Schlotfeldt überlegt kurz. »Sie hat wenig geschrieben ... eigentlich nie.«

Thies und Nicole sehen sich an.

»Aber Sie kennen die Handschrift Ihrer Frau?«

»Na ja, wie gesagt ...«, murmelt Schlotfeldt.

»Wir haben ja weitere Funde in Ihrem Güllebecken gemacht. Haben Sie eine Idee, um wen es sich da handeln könnte?« Große Hoffnungen auf neue Erkenntnisse macht sich Nicole zwar nicht, aber sie fragt trotzdem nach. Schlotfeldt zeigt keine Regung.

»Und das andere Skelett, wat is dat?« Thies wird wieder etwas lauter. »Dat sieht mir nach 'm Schwein aus, oder?«

Auf einmal wirkt Schlotfeldt nervös.

Thies hakt sofort nach. »Herbert, wie kommt dat Schwein bei dir in die Grube?«

»Jo, weiß auch nicht.« Schlotfeldts Blick flackert auf einmal unruhig unter dem Mützenschirm. Die Polizisten können die roten Äderchen in seinen wasserblauen Augen sehen.

»Dat ist doch nicht normal«, stellt Thies fest.

»Muss da wohl irgendwie reingefallen sein.«

»Kannst du mir doch nich erzählen. Wie soll dat Schwein denn da die Leiter hochgekommen sein?«, empört sich Thies.

Nicole winkt ab. »Ich denke, das können wir im Augenblick unberücksichtigt lassen. Wir ermitteln ja nicht wegen des Schweines.«

»Und was ist mit diesen Krawatten?«, will Thies wissen. »Dat neue Skelett hat ja auch schon wieder 'n Schlips um. Gold-rot-blau.«

»Nordfriesland, nä«, knurrt Schlotfeldt.

»Die nordfriesischen Farben«, erklärt Thies.

»Ich weiß«, schnieft Nicole, und dann an Schlotfeldt gewandt: »Kommt Ihnen das irgendwie bekannt vor?«

»Ja …« Schlotfeldt macht eine längere Pause. Die beiden Polizisten sehen ihn erwartungsvoll an. »Nordfriesische Farben. Dat hab'n hier einige.«

»Herbert, kennst du einen gewissen Kevin?«, fragt Thies.

»Du meinst wegen dem Armband?« Schlotfeldts Blick ist inzwischen wieder ruhig geworden.

»Ja, haben Sie eine Ahnung, wer dieser Kevin ist,

und vor allem wer dieser zweite Tote sein könnte«, will Nicole wissen.

»Ich kenn kein' Kevin, und dat zweite Skelett kenn ich auch nich.«

Thies und Nicole sehen sich resigniert an und brechen die Befragung ab.

»Er redet nicht so viel, oder?«, stellt Nicole Stappenbek fest, als sie mit Thies wieder in seinem altersschwachen Escort sitzt.

»Nee, Herbert is nich so 'n Schnacker, eher so der ruhige Typ.« Thies wirft die Polizeimütze auf die Rückbank und startet den Wagen.

»Dem muss man ja wirklich alles aus der Nase ziehen.«

»Meinst du, dass er wat mit den Toten in der Gülle zu tun hat?«

»Erst mal müssen wir rauskriegen, wer der oder die zweite Tote ist ... Schlotfeldt benimmt sich schon irgendwie seltsam.«

»Aber wenn du deine Frau umbringst, dann entsorgst du die doch nich direkt bei dir vor der Tür ... und dann diese Krawatten? Nicole, ich weiß nich, dat sieht mir nich nach Herberts Handschrift aus.«

»So ein bisschen unruhig wurde er aber schon bei der Befragung.«

»Aber erst, als von dem Schweineskelett die Rede war. Ist doch komisch, der Tod seiner Frau interessiert ihn nicht. Und bei dem toten Schwein wird er nervös.«

»Schon ein seltsamer Typ. Schlotfeldt müssen wir

im Auge behalten.« Nicole holt ihr Nasenspray heraus. In dem Moment klimpert ihr Handy. Börnsen ist dran. Nicole lauscht, sie sagt zunächst keinen Ton und dann: »Gute Arbeit, Mike.«

»Na, wat sagt er.«

»Wir haben die Identität des zweiten Skeletts. Börnsen ist bei der Zahnärztin fündig geworden … Eine gewisse Birgit Böhnke. War auch bei Butz-Christensen in Behandlung. Sagt dir der Name was?«

»Birgit Böhnke, ja klar, die war Kellnerin bei Röpke im alten Krog in Reusenbüll.«

»Wo Bounty und seine Band ihren Übungsraum haben? Wo neulich unsere Party war?«

»Ach so, die Party, ja, genau.« Bei dem Gedanken an die ominöse Partynacht wird Thies gleich wieder leicht mulmig. »Bis vor fünf Jahren war dat 'n ganz normaler Gasthof.«

»Und da hat Birgit Böhnke als Bedienung gearbeitet?«

»Ja, eigentlich bis sie den Krog dichtgemacht haben. Dann is sie auch gleich weg aus der Gegend.« Thies überlegt. »Vorher hatte sie noch dieses Gipsbein.«

»Das deckt sich mit den Ergebnissen von Börnsen. An dem zweiten Skelett gab es doch diese Ablagerungen am rechten Bein … Sag mal, existiert dieser Röpke noch?«

»Horst Röpke? Der wohnt immer noch in seiner Wohnung im Hintergebäude des Gasthofs. War lange abgetaucht, aber in letzter Zeit ist er ab und zu in der ›Hidden Kist‹ aufgekreuzt.«

»Komm, Thies, worauf warten wir noch?«

Während er den Escort auf der Fredenbüller Dorfstraße wendet und Richtung Reusenbüll fährt, arbeitet
es in Thies Detlefsen. »Die Skelette hatten nicht nur
beide 'ne Krawatte um …«

»… sie haben auch beide eine Verletzung am Fuß«,
bringt Nicole den Satz zu Ende.

»Genau. Und weißt du, wer dat noch mit 'm Fuß
hatte?«

Nicole sieht ihn fragend an.

»Renate! OP an der Achillessehne, oder so.« Thies
wird blass um die Nase. Er überlegt. »Und außerdem
fällt mir ein: Auch Birgit Böhnke war bei den Landfrauen!«

»Genau wie Hedi Schlotfeldt … und wie Renate.«

»Nicole, ich hab dat gleich gesagt: Die Landfrauen!
Die Spur führt zu den Landfrauen. Da ist Gefahr im
Verzug!«

18

»Was ist los? Wo bin ich? Was mache ich hier?« Renate schreckt auf. Sie muss geschlafen haben, als plötzlich sämtliche Lichter der Eisenbahnanlage aufflackern und wieder Leben in die elektrische Eisenbahn kommt. Es muss früher Morgen sein. Der Spalt in der Zeitung am Fenster zeichnet sich schemenhaft ab, aber es fällt noch kein Licht in den Raum. Dann öffnet sich die Luke in der Wand. Der Nachttopf wird gewechselt und das übliche in Alufolie eingewickelte Päckchen hereingereicht. Renate steht stöhnend auf und schleppt sich mit ihrer Fußfessel zur Luke. Das Essenspaket kommt eindeutig wieder aus der »Hidden Kist«. Sie zupft an der Folie. Schon wieder ein »Croque Störtebeker«, der reichlich pappig wirkt.

Warum immer nur »Croque Störtebeker«? Antje hat doch schließlich ein abwechslungsreiches Angebot. Bei ihren speziellen Landfrauenabenden im »Salon Alexandra« holen sie sich regelmäßig einen Imbiss aus der »Hidden Kist«. Rollmops-Burger, Putenschaschlik Hawaii, Rote Grütze. Eigentlich hätte sie mal Appetit auf etwas anderes als immer nur »Störtebeker«. Aber das sagt sie natürlich nicht. Renate hat inzwischen Angst, so eine Mischung aus Panik und Wut – und vollkommener Hilflosigkeit.

»Was soll das denn hier?«, wimmert Renate verzweifelt. »Was wollt ihr von mir?«

Es bleibt erst mal still, aber einen Moment später flackert das Licht in dem Faller-Bahnhof und dann ist wieder die blecherne Stimme zu hören. »Warum habe ich dich wohl in dieses Verlies gesperrt? Darüber mach dir mal Gedanken«, scheppert die gequetschte Stimme.

»Keine Ahnung, das muss eine Verwechslung sein.«

»Eine Verwechslung?«, hallt die Stimme. »Dann denk darüber nach.« Danach gibt es eine Pause und plötzlich klingt die Stimme nicht mehr emotionslos, sondern äußerst aufgebracht. »Ihr habt es doch nicht anders gewollt! Ihr Tanten mit euern Klumpfüßen … mein ganzes Leben habt ihr mir zur Hölle gemacht … wenn der Junge nicht gehorcht hat, musste er in den Keller und immer und überall mit Schlips … dieser blöööde Kinderschlips, mit dem ihr mich fast erdrosselt habt … ihr werdet schon sehen, was ihr davon habt!«

Renate reicht es jetzt. Sie versteht kein Wort von dieser Schimpftirade, und von Ratespielchen hat sie endgültig die Nase voll. »Ich hab das ja bisher alles noch mitgemacht, aber jetzt is Schluss! So geht dat jetzt nicht mehr weiter!«, schreit sie hysterisch. »Verdammt noch mal, ich muss hier raus. Ich muss mich um meine Pension kümmern!«

Keine Antwort.

»Hallo! Ich krieg neue Gäste!« Renate hält inne und horcht. Jetzt ist ein heftiges Atmen zu hören, unverständliches Gemurmel und dann ein bedrohliches Röcheln. Dass Renate in dieser Situation lediglich an ihre Pensionsgäste denkt, scheint ihren Kidnapper erst richtig wütend zu machen. Dann geht wieder dieses Summen durch die Modellanlage, als würde gleich etwas durchbrennen. Danach ist alles still. Totenstill.

Renate kauert an der feuchten Wand. Neben ihr liegt der halb gegessene »Störtebeker«. Seit etlichen Stunden fällt grelles Licht durch den Riss am Kellerfenster. Die hell leuchtende Lichtscheibe durchschneidet wieder den Raum. Ein Lichtreflex fällt auf die Gläser mit dem eingemachten Sauerfleisch. Draußen ist strahlender Sonnenschein. Renate hat keine Ahnung, wie spät es ist. Wie lange ist sie hier wohl schon eingeschlossen? Auf jeden Fall mehrere Tage. In ihrem verletzten Fuß pocht es. Aus der aufgescheuerten Operationsnarbe suppt Wundwasser in die dünnen Söckchen, die sie in ihren Sportschuhen trägt. Der Zustand des Fußes hat sich in der letzten Nacht deutlich verschlechtert. Renate fühlt sich fiebrig heiß an, gleichzeitig friert sie. Sie fasst sich an die Stirn.

Plötzlich hört sie draußen ein Auto vorfahren. Eine Autotür wird zugeschlagen, gleich darauf eine zweite. Man hört Stimmen, nur für einen kurzen Moment. »Hallo! Hilfe!«, schreit Renate. Dann werden die Stimmen schon wieder leiser. Sie humpelt mit ihrer Fußfessel ein Stück Richtung Fenster. Die Schmerzen im Fuß sind kaum auszuhalten.

»Hallooo! Ich bin hier eingesperrt!« Sie schreit so

laut sie kann. Ihre Stimme überschlägt sich. Doch draußen ist es wieder ruhig.

»Hiiiiiilfe! Verdammt noch mal«, schreit Renate. Sie zerrt an der eisernen Fußfessel. Panisch und wütend. Warum hört sie hier niemand? Sie starrt auf die Wände. Liegt das vielleicht an diesen bescheuerten Eierkartons?

Immer wieder hört sie irgendwelche Geräusche. Den Postbus meint sie mehrmals erkennen zu können. Und letzte Nacht, das war eindeutig der Schimmelreiter, der röhrende Sound seiner getunten Kiste ist unverwechselbar. Gestern war plötzlich Musik zu hören, die irgendwo aus dem Haus über ihr oder aus dem Nebenhaus kam. Rockmusik. Irgendwie kamen ihr die Songs bekannt vor. Vom Feuerwehrfest? Aber das war ihr in dem Moment vollkommen egal gewesen. Sie hatte versucht auf sich aufmerksam zu machen und hatte immer wieder gegen die Musik angeschrien und dabei gegen die Wände geklopft. Vergeblich.

Vorhin hatte dann das Telefon, das gar nicht weit weg in einem Nebenraum stehen muss, geklingelt. Ein altmodisches klassisches Telefonklingeln. Es hatte über zwanzig Mal geläutet. Etwa ab dem fünften Mal hatte Renate mitgezählt. Niemand hatte abgenommen. Und dann ist eben grade mal wieder die Tiefkühltruhe angesprungen.

»Hilfe!«, ruft sie noch einmal. Aber inzwischen klingt es eher verzagt und kläglich. Erschöpft lehnt sie sich gegen die Wand. Es ist alles umsonst.

19

Es sind nur wenige Kilometer, trotzdem war Thies seit Ewigkeiten nicht mehr in Dänemark. Früher ist er mit der Familie häufiger mal über die Grenze gefahren, um einen dänischen Hotdog und dänisches Eis zu essen oder für die Zwillinge dänische Lakritzen zu kaufen. Aber seit Heike ihre vegane Phase hat, kommen die knallroten Hotdogs für sie natürlich nicht mehr infrage. Und die Zwillinge fahren inzwischen bei irgendwelchen Husumer Jungs auf dem Moped hinten drauf nach Dänemark, um sich ihre Lakritzen selbst zu besorgen, vermutet Thies.

Er hat die Scheibe heruntergekurbelt und aus den Lautsprechern tönt Jimi Hendrix' ›All Along the Watchtower‹. Bounty hat ihm kürzlich die Kassette mitgegeben, weil Thies' alter Escort nämlich immer noch einen Kassettenrekorder hat. Jimi Hendrix ist eigentlich gar nicht Thies' Musikrichtung, aber über die Jahre nähert er sich erstaunlicherweise langsam Bountys Geschmack an. Die Kassette leiert. Aber das passt zu Hendrix' hallig verzerrter Gitarre. Die Osterlämmer auf dem Deich recken ihre flauschigen Ohren und blicken dem vorbeirauschenden Auto interessiert hinterher.

Thies wollte sich auf der Fahrt eigentlich noch mal mit dem Fall beschäftigen, aber er kann sich einfach nicht richtig konzentrieren. Bei dem Song hat er sofort diese Party im letzten Winter vor Augen, das heißt, vor Augen hat er sie eben grade nicht. Er weiß wirklich nicht mehr, was passiert ist. Heike hat ihm vorhin schon wieder die wildesten Vorhaltungen gemacht. Marret hatte sie aufgezogen und gefragt, ob die Landfrauen die Babyjäckchen nun in Rosa oder Hellblau häkeln sollen. Heike war auf achtzig. Und seine beiden Töchter hatten ihn angesehen, als gehörte er nicht mehr zur Familie. Krampfhaft versucht er sich noch mal an die besagte Nacht im vergangenen Dezember zu erinnern.

Es hatte eigentlich ganz harmlos begonnen. Bounty und seine Band »Stormy Weather« wollten ihren Übungsraum im alten Reusenbüller Krog neu einweihen. Zuvor waren bei einer wilden Schlägerei im Zusammenhang mit den letzten Fredenbüller Mordfällen fast sämtliche Instrumente der Band zu Bruch gegangen. Der ganze Saal hatte schwer gelitten. Für die Einweihungsparty hatte Bounty ein paar Kästen Bier spendiert, und Antje hatte Fischbrötchen gemacht. Etliche Fredenbüller waren da, Klaas, der Schimmelreiter, Friseurin Alexandra samt Janine, die mittlerweile ausgelernt hatte, außerdem ein paar Zugereiste, Nicole, Spusi-Mann Börnsen und der neuerdings unvermeidliche Hamburger Anwalt Cordt Brookmann. Insgesamt waren es vielleicht dreißig Leute, mehr nicht. »Stormy Weather« hatte gespielt, sie hatten getanzt, Matjes-Brötchen gegessen und reichlich Bier und Schnaps getrunken.

Daran konnte Thies sich noch genau erinnern. Und dann waren da eben diese Kekse aufgetaucht, die Bounty spendiert hatte. Es war so eine Art Vollkornkeks wie Heike sie neuerdings macht, trockenes körniges Zeug. Thies hatte nichts Böses geahnt. Nach den ganzen Schnäpsen hatte er einen höllischen Appetit bekommen, die Fischbrötchen waren ausgegangen, und so hatte er die halbe Keksdose verputzt.

Danach verschwamm alles. Wie aus weiter Ferne hörte er noch das Bass-Solo von Doktor Niggemeier, Teljes Klassenlehrer aus Husum und schon immer Bassist von »Stormy Weather«. Der ohnehin schon lange schlaksige Niggemeier, der mit seinen vollen gelockten Haaren und dem Bart wie ein ewiger Student aussah, stand wie ein Stelzenmann auf der Bühne. Die Gitarre hing ihm an einem ellenlangen Gurt vor den Knien. Der Bass wummerte durch den alten Saal, und Nicole stand allein auf der Tanzfläche und machte dazu die tollsten Verrenkungen. Die Männer waren alle hin und weg. Nüchtern betrachtet sah das vermutlich ziemlich blöd aus. Aber sie waren nun mal alle nicht nüchtern. Dann wölbten sich von einem Moment zum anderen die Wände des Reusenbüller Saales und warfen Blasen. Aus Doktor Niggemeiers Beatles-Bass wuchsen türkisene Nelken. Von draußen leuchteten Blaulichter durch die Fenster. Klaas, Mike Börnsen, der Hamburger Anwalt Cordt Brookmann, Alexandra und Janine, alle trugen auf einmal die offiziellen Uniformen des Mobilen Einsatzkommandos. Nur Nicole schwebte wie eine Elfe durch den Raum und pflückte die Nelken von Doktor Niggemeiers Gitarre. Ihre blonden Haare reichten bis auf den Fußboden, der bedrohlich hin und her schwankte wie die Planken eines Schiffes bei schwerer See. Im Grunde genommen hätte Thies Bounty noch am selben Abend verhaften müssen. Aber daran war natürlich überhaupt nicht zu denken. Nachträglich wollte er es auch gar nicht so genau wissen. POM Detlefsen und KHK Stappenbek im Drogenrausch, das mussten nicht mehr Leute wissen als unbedingt nötig.

An alles, was danach war, konnte sich Thies beim besten Willen nicht mehr erinnern. Offenbar soll er wild getanzt haben, was eigentlich gar nicht seine Art ist. Dann soll er Nicole geküsst haben. Aber Nicole hatte an dem Abend mehr oder weniger alle Männer geküsst, auch Börnsen und dann vor allem diesen Hamburger Anwaltsschnösel. Und dann hatte sie auf der Bühne vor Doktor Niggemeier wie ein Go-go-Girl getanzt. Wirklich schlimm, was die Drogen mit den Menschen machen, denkt Thies.

Na ja, kann schon sein, dass er mit Nicole ein bisschen rumgemacht hat. Das will Thies gar nicht ausschließen. Aber dass da mehr gewesen sein soll, wie ihm jetzt alle einreden wollen, kann nicht sein. Nein, da war nichts weiter. Heike soll sich mal wieder beruhigen. Allerdings wäre es schon mal interessant zu wissen, wer denn nun der Vater von Nicoles Baby ist. Letzte Nacht hat Nicole anscheinend wieder nicht in der Fredenbüller Wache übernachtet – das Zellenbett war unbenutzt. Warum macht sie da nur so ein Geheimnis draus? Ärgerlich drückt Thies die Taste, die die Kassette aus dem Rekorder wirft, und passiert die unbesetzte Grenze.

20

Die Detlefsen-Zwillinge hatten ja schon immer die verrücktesten Ideen. Jetzt haben sich Telje und Tadje etwas ganz Besonderes ausgedacht. Eigentlich war es Tadjes Idee, und Telje hatte ihrer Schwester zunächst nur den Vogel gezeigt. Aber jetzt hatte Telje den ersten richtigen Stress mit ihrem Freund Tjark. Tjark hatte mit ihrer Klassenkameradin Leonie gesimst, nicht einfach mal so eine SMS, sondern eine ganze Liste hin und her, bis sein Handy glühte. Ausgerechnet Leonie, die alle so toll finden. Telje hatte die »Unterhaltung« selbst gesehen und ihn gleich zur Rede gestellt. »Voll süß«, hatte Leonie ihm geschrieben. Tjark beteuerte, dass das überhaupt nichts zu bedeuten habe. Er war dabei aber verdächtig rot angelaufen. Sie wollte ihn eigentlich nie wiedersehen.

Da hatte Tadje vorgeschlagen, dass sie zur Abwechslung die Rollen tauschen könnten und sie stattdessen zu der Verabredung mit dem Freund ihrer Zwillingsschwester geht. Als Kinder hatten sie dieses Tausch-Spielchen des Öfteren gemacht. Tadje hatte mit ihrer Schwester gewettet, dass Tjark nichts merkt. Telje ist skeptisch.

Als Tadje ihr Fahrrad vor dem »Café Wattblick« abstellt, sieht sie schon Tjarks Moped vor dem Deich stehen. Sie hat Klamotten von Telje an. Mit diesem unmöglichen Lappen von Indienbluse und der verblichenen weiten Jeansjacke, die Telje in einem Secondhandladen in der Hamburger »Schanze« erstanden hat, würde sich Tadje normalerweise überhaupt nicht vor die Tür trauen. Wenigstens war der Fetzen frisch gewaschen.

Im »Wattblick« herrscht Hochbetrieb, als Tadje das Café betritt. Kurt Krösing sitzt an seinem Fensterplatz mit Blick auf die Schleuse und bekommt von Kellnerin Mandy grade sein zweites Stück Bienenstich serviert. Herr Robert steht hinter dem Tresen, poliert Gläser und stiert dabei abwechselnd auf seine penibel manikürten Finger und einen kleinen Fernseher, der auf dem Tresen steht und in dem eine Verkaufssendung für ein Küchengerät läuft. Tjark sitzt auf der Eckbank unter einem historischen Foto der gebrochenen Deiche von Neutönninger Siel bei der Flutkatastrophe 1962. Er hat eine Cola vor sich stehen und streichelt auf seinem Smartphone herum.

»Moin«, ruft Tadje in den Gastraum. Im selben Moment fällt ihr ein, dass Telje nie im Leben »Moin« sagen würde. Vermutlich hätte sie »Hi« gesagt. Nein, sie würde gar nichts sagen.

Tjark harkt sich die blonde Frisur einmal quer über die Stirn. Irgendwie »voll süß« in seinem Kapuzenshirt, findet Tadje. Sie kann ihre Schwester verstehen.

»Immer noch sauer?« Tjark fallen die blonden Haare vor die Augen. Er macht Anstalten, sie zu küssen. Verdammt, das hatte sich Tadje vorher nicht richtig überlegt. Sie muss ja zugeben, dass ihre Schwester schon ein bisschen mehr Erfahrung mit Jungs hat. Wie soll sie jetzt reagieren? Kurz entschlossen drückt sie ihm dann unbeholfen einen dicken, ziemlich feuchten Kuss mitten auf die Lippen.

»Nich mehr sauer?«, versucht es Tjark noch mal. Er sieht Tadje prüfend an, die ihn mit großen Augen anstarrt.

»Halloo?! Jemand zu Hause?«

»Ja, nö«, nölt Tadje. Ihr fehlen die Worte.

»Du hast auch absolut keinen Grund, hier am Teller zu drehen.« Tjark sieht sie immer noch etwas unsicher an. »Wie bist du eigentlich drauf gekommen, ausgerechnet in dem Schuppen hier abzuhängen?«

Kellnerin Mandy kommt an den Tisch. »Na, was dorf isch dir denn Scheenes bringen?«

Tadje muss kichern. »Och, ich nehm auch 'ne Cola.«

Auch Kurt Krösing wendet seinen Blick von der Schleuse ab und sieht zu ihnen herüber.

»Du bist doch die Kleene von Thies Detlefsen, oder?« Mandy streicht sich eine Farrah-Fawcett-Strähne aus dem Gesicht. »Welsche von eusch beiden bist 'n du?«

»Na, was meinen Sie denn?«, fragt Tjark. Tadje und Tjark kichern.

»Ja, die Detlefsen-Zwillinge können angeblich nicht mal die Eltern auseinanderhalten.« Krösing schiebt sich mit der Kuchengabel ein Stück Bienenstich in den Mund und wendet sich dann wieder seiner Schleuse zu.

»Isch wees wirklisch nisch.« Jetzt muss auch Mandy lachen.

»Na, das ist natürlich Telje!« Tjark wirft sich die Haare aus dem Gesicht. Er grinst Tadje etwas unsicher an und legt den Arm um ihre Schulter. Tadje starrt aus Verlegenheit auf das Flutkatastrophen-Foto.

Im Fernseher auf dem Tresen geht es inzwischen nicht mehr um Turbodampfgarer, sondern um Fitness-geräte. »Zehn Kilo weniger und fit in vierzehn Tagen mit dem Power-Step-Walker Marathon 3000.« Da-runter liegt ein plätschernder Soundteppich.

»Unglaublich, was die Erwachsenen sich für einen Scheiß reinziehen«, flüstert Tjark.

Mandy serviert die Cola. Tadje will grade zum Glas greifen, als Tjark sich zu ihr beugt. Sie sieht sein Gesicht auf sich zukommen. Kein Zweifel, er will sie schon wieder küssen. Tadje wird reichlich mulmig. Aber dann spürt sie schon seine Lippen auf den ihren kleben und im selben Augenblick auch seine Zunge. Tadje hat noch nie richtig geküsst. Sie öffnet ihren Mund. Irgendwie ein komisches Gefühl. Und das fin-den nun alle so toll? Tjarks blonde Haare fallen ihr ins Gesicht. Er hat seine Augen geschlossen. Sie sieht erst ihn an und dann auf das Foto von der Flutkatastrophe. Aus den Augenwinkeln bemerkt sie, dass Kurt Krö-sing sie die ganze Zeit beobachtet.

Tadje hat keine Ahnung, wie lange sie sich küssen. Im Fernseher geht es jedenfalls immer noch um den Fitnesstrainer.

Mandy blättert unterdessen gelangweilt in einem

Katalog von »Gastro-Quick«, dem »lokalen Service für die Lokale«.

»Super Schuhe haben die.« Robert Rusk zeigt mit seinen manikürten Fingern auf den abgebildeten Damen-Kellnerschuh »Monika«, »bequem und rutschfest«.

»Nisch so ganz die neuste Mode, wa?«, gibt Mandy zu bedenken.

»Aber bequem! Und du hast es doch immer mit den Füßen.« Herr Robert fährt sich durch die roten Locken. »Bist gestern doch schon wieder umgeknickt.«

Mandy fasst sich an die Fußfessel. »Nu, da hasde recht.«

»Super Qualität. Ich hab nur Klamotten von denen. Die halten ewig.« Herr Robert bleckt die Zähne. Mandy wirft einen zweifelnden und leicht abfälligen Blick auf seinen Kellneranzug aus den Siebzigern.

Als Tadje und Tjark aufhören, sich zu küssen, grient Mandy zu ihnen herüber. Tadje hat einen roten Kopf. Ihr ist beim Küssen warm geworden. Sie leert fast die ganze Cola in einem Zug. Das Küssen ist doch gar nicht so übel, findet sie.

»Sag mal, Tjark, können wir nich doch meine Schwester zum Husum Harbour mitnehmen?«, fragt Tadje. »Was meinst du?« Sie lacht schelmisch.

»Echt jetzt, ich denk, die steht eher so auf diesen Mainstream-Trash?« Tjark wirkt nicht sonderlich begeistert.

»Was heißt das denn?« Tadje guckt leicht beleidigt.

»Wieso, das erzählst du doch selbst. Shakira und so.«

»Shakira! Genau!« Tadje muss schlucken. Sie zieht lautstark den Rest Cola durch den Strohhalm.

»Auf 'm Husum Harbour wird Shakira sicher nicht auftreten. Aber meinetwegen … soll Tadje doch mitkommen.« Er steht auf. Auf dem Weg zur Toilette droht seine ohnehin schon tief hängende Jeans noch ein Stück weiter herunterzurutschen.

»Jung, pass mal auf, dass du deine Büchs nich verlierst«, warnt Kurt Krösing.

Tjark beachtet den Zwischenruf gar nicht. Tadje sieht ihm hinterher. Tatsächlich »voll süß«.

21

»POLITI« steht auf dem Schild, das für das weiß getünchte hübsche kleine Häuschen im historischen Ortskern viel zu groß erscheint. Auf dem Blechschild neben dem Eingang prangen die drei blauen Löwen unter der dänischen Krone. Thies betritt die Wache.

»Hej, kan jeg hjaelpe?« Die Frau an dem Schreibtisch, der ein Stück hinter einem Tresen steht, ist über den Besuch hocherfreut. »Ach so, ein Kollege aus Deutschland.«

»POM Detlefsen, Fredenbüll.« Thies grüßt etwas unbeholfen.

»Ich bin Merete.« Die dänische Kollegin streckt ihm die Hand entgegen.

Thies nimmt die Polizeimütze ab und gibt ihr die Hand. »Ja ... Thies ... Bist du hier jetzt Dienststellenleiterin?«

»Nej, ich bin hier nur die Sekretärin«, sagt sie mit dem typisch dänischen Akzent. »Dienststellenleiter ist Morten ... Morten Jensen.«

»Ach so, Morten Jensen, ja, wir hab'n schon mal ... zusammengearbeitet. Wegen so 'n Viehanhänger, den hatten sie bei uns geklaut, und damit waren sie damals dann zu euch nach Dänemark rüber.«

Merete sieht Thies fragend an. »Und, Thies? Wieder

eine Viehanhänger gestohlen bei euch in Nordfriesland?«

»Nee, diesmal Mord, 'ne Serie … Erdrosseln mit
'ner Krawatte. So was hattet ihr doch auch.«

»Ja …« Sie überlegt. »Vor ein paar Jahren hatten wir
diese Tote, die hat den ganzen Winter über in der
Sauna in eine Ferienhaus auf Römö gesessen. Auch
mit eine Schlips um den Hals.«

»In der Sauna? Nur mit Schlips? War die Sauna
hochgeheizt?«

»Nej, die Sauna war kalt, und die Tote hatte ganz
normale Klamotten an.«

»Sag mal, Morten Jensen is wohl nich da?« Thies
denkt, er sollte am besten doch mit dem zuständigen
Kommissar reden.

»Doch, sicher.« Merete nickt.

Thies sieht sie fragend an.

»Morten sitzt ja neuerdings immer im Keller.«
Merete macht ein besorgtes Gesicht.

»Im Keller?« Thies hat ja schon davon gehört, dass
Morten Jensen gar nicht mehr aus seinem Kellerloch
herauskommt. Aber jetzt staunt er doch.

»Wir bewahren da die alten Akten auf.«

»Und die geht er alle noch mal durch, oder wat?«

»Nej, nur die ungeklärten Fälle. Es gibt da noch
eine vermisste Frau.« Merete erhebt sich von ihrem
Schreibtisch. »Ich bring dich mal zu ihm runter.«

Schon auf der Treppe schlägt ihnen beißender Schimmelgeruch entgegen. Der Raum ist mit kaltem Neon-

licht ausgeleuchtet. Von den gekalkten Wänden blättert die Farbe. Darunter ist bröselnder Putz zu erkennen. In den Regalen stapeln sich geschnürte Bündel alter durchfeuchteter Papierordner. Morten Jensen sitzt mitten im Raum an einem Schreibtisch. Sein Gesicht hat dieselbe Farbe wie die Wände und er hat dunkle Ringe unter den Augen. Im Neonlicht ist nicht zu erkennen, ob sein Bart und die kräftigen Haare noch blond oder schon grau sind. Der dänische Kommissar ist in eine Akte vertieft. Neben dem Kaffeebecher stehen eine Plastikschale mit einer Heringsmarinade und eine aufgerissene Packung dänische Lakritz auf dem Schreibtisch.

»Morten, du hast ja deine Dillheringe wieder nicht gegessen«, bemerkt Merete mit sorgenvoller Miene. Und dann an Thies gewandt: »Er ernährt sich nur von gesalzene Lakritz …« Sie zieht die Augenbrauen nach oben. »… und Aquavit.«

Morten Jensen sieht missmutig von seinem Aktenordner auf und blickt Thies fragend an.

»Das is der Kollege Thies von drüben aus Nordfriesland«, klärt Merete ihn auf. Thies streckt ihm die Hand entgegen. Jensen nickt nur andeutungsweise.

»Bei Thies in Nordfriesland haben sie eine Mordserie …«

»Ja, zwei Skelette mit 'm Schlips um«, ergänzt Thies. »Sieht nach 'm Krawattenmörder aus.«

»Krawattenmörder?« Bei dem Wort Krawatte ist Morten Jensens Interesse ganz plötzlich geweckt.

»Ja, ihr hattet bei euch ja wohl auch so einen ähnlichen Fall, hat Merete grad erzählt«, fährt Thies fort, »in der Sauna.«

»Thies, wie ist das mit eine Tasse Kaffee?«, bietet Merete an.

»Ja, nee, danke.«

Morten deutet auf die Tüte auf seinem Schreibtisch. »Lakritz?«

»Ach, ja, Lakritz sag ich nich Nein.« Thies kennt dänische Lakritz, und diese sind besonders scharf und salzig.

»Gut?«

»Ja, ganz schön scharf, nä.« Thies ringt nach Luft.

»Wir dachten ja zuerst an eine Nachahmungstäder.« Jensen spricht perfekt Deutsch wie eigentlich alle in Tondern, aber auch er mit diesem netten dänischen Akzent. »Ihr habt doch seit Jahrzehnten bei euch diesen Krawattenmörder in der Psychiatrie in Flensburg. Hieß der nicht Paschke?«

»Paschke in Flensburg?« Thies ist alarmiert. »Dat war doch der Zimmernachbar von Onno von Rissen.«

»Und der sitz auch in die Psychiatrie?«

»Ja, nee, der is grad entlassen worden.«

Jensen steht auf und zieht zielsicher einen Ordner aus einem Stapel, neben dem Thies jetzt eine fast leere Flasche Aalborg-Aquavit entdeckt. Jensen schlägt die Akte auf, blättert und schlägt eine Seite mit einem Foto auf, das eine tote Frau in einer Holzsauna zeigt. Jensen hält Thies das Foto hin. »Hier, die Frau hatte eine Krawatte um den Hals. Das war auch das Mordwerkzeug. Die saß da den halben Winter über. Außer

Silvester sind die Ferienhäuser am Meer im Winter normalerweise nicht vermietet.«

»Dat war also gar keine Touristin, die das Haus gemietet hatte?« Thies kaut die Lakritz und saugt geräuschvoll Luft ein, um die Schärfe etwas zu mildern.

»Nej. Sonst wär das bei der Endreinigung aufgefallen.« Er blättert weiter in der Akte.

»Gab es sonst irgendwelche Verletzungen?«, will Thies wissen. Jensen sieht ihn erstaunt an.

»Eigentlich nicht, außer einer Bänderdehnung. Sie trug so einen elastischen Verband um den linken Fuß.«

»Fußverletzung?« Thies ist elektrisiert.

Jensen sieht zu ihm auf und greift erneut in die Lakritztüte. Er kratzt sich im grau-blonden Bart.

»Unsere beiden Toten hatten auch 'ne Verletzung an den Füßen«, klärt Thies ihn auf. »Dat sieht mir eindeutig nach 'ner Serie aus.«

»Hmm.« Jensen scheint noch nicht ganz überzeugt. Er pult sich mit nachdenklicher Miene ein Lakritzstückchen zwischen den Zähnen heraus, während er sich weiter durch die Akte arbeitet. Dann zieht er aus einer Sichthülle eine Postkarte. Bei Thies schrillen augenblicklich alle Alarmglocken. Er glaubt, er sieht nicht richtig.

»Hier ist eine Postkaade, die die Familie der Toten in Tyskland bekommen hat. Klingt wie so eine Art Abschiedsbrief.«

Thies reißt seinem dänischen Kollegen die Karte förmlich aus der Hand. Sie hat als Motiv einen historischen Hamburg-Stich: »Die Alte Börse in Hamburg um 1841«.

Thies dreht die Karte um. »Ich gehe auf eine lange Reise ...«, liest er laut vor.

»Daraus ist nix geworden«, nuschelt Morten Jensen mit schönstem dänischem Akzent. »Die Reise war in eine dänische Sauna auf Römö zu Ende.«

22

Thies ist in den letzten beiden Tagen immer wieder bei Renates Bed and Breakfast vorbeigefahren. Aber entweder stand er vor verschlossener Tür oder er traf das Rentnerpaar aus dem Ruhrpott an, das sich bei Renate mittlerweile häuslich eingerichtet hat und ihr Breakfast schon ganz selbstverständlich in »De Hidde Kist« einnahm. Thies und Nicole haben auch mit Alexandra, Marret, Dörte und den anderen Landfrauen gesprochen. Alle machen sich die größten Sorgen, halten sich aber seltsam bedeckt. Heute hat sich Thies eine gebrauchte Schürze aus Renates Küche besorgt. Die Kittelschürzen mit dem Muschelmuster hängen hier gleich mehrfach.

Thies lässt Susi an Renates Schürze schnuppern. Antje redet ihr gut zu. Der Imbisshund hatte ja schon in Thies' erstem Fall ganz entscheidende Hinweise liefern können. »Susi muss uns zu Renate führen«, hofft die Wirtin der »Hidden Kist«. »Das kann sie!« Der Hund schnuppert noch einmal an der Schürze und sieht Antje erwartungsvoll mit gespitzten Ohren an.

»Susi, such!!«, kommandiert Antje. Der Schäfermischling läuft sofort los. Thies und Nicole laufen hinterher, die Fredenbüller Dorfstraße hinunter und dann hinter der Kirche rechts zu Renates Pension. Der

Hund bleibt hechelnd vor der Haustür stehen, Thies mit der Schürze in der Hand daneben. Nicole kommt einen Moment später an. Auch sie hechelt und ist mächtig kurzatmig.

»Nicole, du musst dich schonen«, sorgt sich Thies.

»Ach was, vierter Monat soll ideal zum Reisen sein«, japst Nicole.

Thies rechnet. »Ist aber inzwischen der fünfte Monat.«

»Mensch, Thies, du weißt aber ganz genau Bescheid.«

Thies läuft unter der Polizeimütze rosig an. Er hält Susi erneut Renates Kittelschürze vor die Schnauze. Susi schnuppert, setzt sich vor die Haustür und sieht den Polizisten fragend an.

»Ja, Susi, wo is Renate? Such!«, befiehlt Thies eindringlich. Der Hund wedelt kurz mit dem Schwanz und stürmt los, einmal quer durch Fredenbüll, am Biohof Brodersen vorbei, an »De Hidde Kist« und am Edeka-Markt. POM Detlefsen mit der Kittelschürze immer hinterher. Frauchen Antje, die mit dem rauchenden Piet Paulsen in der Imbisstür steht, findet bei Susi keine Beachtung. Der Hund steuert schnurstracks auf den »Friseursalon Alexandra« zu. Die Kommissarin im fünften Monat hat schon wieder den Anschluss verloren.

Alexandra öffnet gleich die Tür, als sie Thies und Susi heranstürmen sieht. Ohne zu stoppen, pest der Schäfermischling an Stammkundin Frau Bandixen unter der Trockenhaube und einem Herrn vorbei, dem

Alexandra gerade mit dem Haartrimmer eine Schneise quer über den Kopf gemäht hat, in den hinteren Raum des Salons. Hechelnd bleibt der Hund vor einem Stuhl neben einem Telefon stehen.

Thies sieht Alexandra fragend an. »Sitzt Renate hier öfters mal?«

Die Salonchefin zögert. »Ja, manchmal. Wieso?«

»Hier im Hinterzimmer?«

»Wieso nicht?« Ganz gegen ihre Art wirkt Alexandra nervös. »Wir haben hier im Salon ja manchmal unsere Landfrauentreffen.« Alexandra nestelt in ihrer roten Löwenmähne und räumt hektisch zwei herumliegende Headsets beiseite. Frau Bandixen und der Herr mit der Haarschneise sehen interessiert zu ihnen herüber.

»Hab schon so wat läuten hören.« Aber irgendwie weiß Thies auch nicht, wie er weiterfragen soll.

Thies hält Susi noch ein paar Mal die Schürze hin. Aber der Hund läuft immer wieder nur zwischen Renates Pension und dem »Salon Alexandra« hin und her. Schließlich brechen Thies und Nicole die Aktion ab.

In der »Hidden Kist« bekommt Vegetarierin Susi zur Belohnung trotzdem erst mal ein Tofu-Würstchen mit ein paar Kartoffelsalatresten. Nicole ordert einen doppelten Rollmops-Burger. Sie schnauft und hält sich ihren Bauch, der unter der Vintage-Lederjacke mit den Nieten langsam Formen annimmt. »Er oder sie hat mich eben getreten, als wir hinter Susi hergelaufen sind.«

»Willst du gar nich wissen, ob dat 'n Junge oder Mädchen ist?« Antje bestreicht die Brötchenhälften mit ihrer Spezialsoße.

»Das merk ich früh genug.«

»Aber sag mal ...« Die Wirtin macht eine Pause. »Wer der Vater is, dat weißt du schon, oder?«

Nicole schmunzelt vielsagend und sagt keinen Piep.

Wenn Nicole und Thies nicht dabei sind, wird in der »Hidden Kist« bei einem Slow-Food-Schaschlik die Vaterschaftsfrage heiß diskutiert. Und jeder der Stammbesetzung hat seine eigene Theorie. KTU-Mann Mike Börnsen, Anwalt Cordt Brookmann, Bounty, Bassist Doktor Niggemeier – es gibt kaum einen Namen, der nicht genannt wird. Auch Thies ist immer noch nicht aus dem Rennen.

Aber auch jetzt will Nicole mit dem Namen einfach nicht herausrücken. Antje serviert das Fischbrötchen. Susi blickt mitfühlend von ihrem Tofu-Würstchen zu der schwangeren Nicole hoch.

»Ich hatte mich schon gewundert, dass du gar nich mehr zum Rauchen mit vor die Tür kommst«, brummt Paulsen. Der Rentner sieht es gelassen. Mittlerweile vertritt Mandy die Kieler Kommissarin bei den Raucherpausen vor dem Imbiss. Und immer öfter greift die sächsische Eisprinzessin statt zu »Slim Line Gold« zu Paulsens Zigarillos.

Thies ist die vergebliche Suchaktion auf den Magen geschlagen. Sie kommen einfach nicht weiter mit diesen seltsamen Mordfällen. Der dänische Kollege Morten Jensen hat bisher auch nicht helfen können, und Nicole ist mehr mit ihrer Schwangerschaft als mit dem Fall beschäftigt.

»Wir haben noch nicht mal vage Vorstellungen von einem Motiv.« Die Kommissarin beißt in ihren Rollmops-Burger.

»Na ja, Nicole, ich geh ja von einer Serientat aus und …«

»… bei Serientaten gibt es meist keine klar erkennbaren Motive, ich weiß, Thies!« Thies' neue Erkenntnisse aus dem Profiling-Seminar gehen Nicole allmählich auf den Zeiger.

»Der Serientäter is mit seinem Opfer meist gar nicht bekannt oder nur flüchtig«, doziert Thies. »Persönliche Motive kannst du deshalb vergessen. Dat sind oft einsame Täter und einsame Opfer.«

»Das bringt uns aber jetzt auch nicht wirklich weiter«, schnieft Nicole.

»Meint ihr, Renate ist in den Fängen des Serienkillers?« Antje wischt den Glastresen.

Klaas unterbricht das Sortieren der Post an Stehtisch Zwei. »Sie hat im Grunde ja auch wenig Bekannte … außer ihren Gästen.«

»… und den Landfrauen.«

Nicole muss sich das Grinsen verkneifen. »Das macht sie aber noch nicht gleich zum Opfer.«

»Klaas, du musst bedenken, du hast deine Bekannte auch erst seit Kurzem«, gibt Paulsen zu bedenken.

»Aber Klaas hat hier ein geordnetes persönliches Umfeld.« Thies blickt mit ernster Miene in die Imbissrunde. »Dat is bei diesen Verrückten, die nachts hier bei … ›rassigen Frauen‹ anrufen, anders. Das war doch Renate? Hast du doch gesagt, Bounty?«

»Das war Renates Stimme«, bestätigt der Althippie.

»Nicole, wenn wir Renate finden wollen, müssen wir an diese Hotline ran.« Thies wittert einen sexuellen Tathintergrund. »Der Serientäter mordet immer weiter, bis er gestoppt wird. Das is dat klassische Muster«, referiert Thies aus seinem Seminar.

Nicole hebt die Augenbrauen.

»Thies, dat sind ganz normale Männer, die da anrufen«, meint Klaas. Jetzt sieht Antje den Postboten verwundert an.

»Nee, dat kannst mir nich erzählen …« Thies ist ganz anderer Meinung. »Dat sind einsame Existenzen, keine Familie, unglückliche Kindheit.«

»Unglückliche Kindheit?« Nicole kann sich nur noch wundern.

»Der hatte 'ne unglückliche Kindheit, Nicole, unter Garantie. Keine Mutter, von der bösen Tante großgezogen … die Nummer.«

»Sag mal, Thies, wie kommst du darauf?«

»Bauchgefühl!«, verkündet Thies mit dem Brustton der Überzeugung und schiebt sich die Polizeimütze in den Nacken.

»Da gibt dat so einige, die keine glückliche Kindheit hatten«, pflichtet Antje dem Fredenbüller Polizisten bei.

»Was ist mit dir, Thies, unglückliche Kindheit? Immer nur Schafe und Wind von Nordwest?«, gluckst

Bounty an Stehtisch Eins und krault Susi, die sich einen Kokosriegel erhofft.

»Thies hatte keine unglückliche Kindheit.« Piet Paulsen bleckt die zu groß geratenen dritten Zähne. »Thies hat 'ne unglückliche Ehe.«

»Ach, hört doch auf!« Der Fredenbüller Polizeiobermeister findet das gar nicht komisch.

Antje versorgt die Männer mit einem frischen Pils und Nicole mit einem Mineralwasser. Thies ist immer noch mit dem Täterprofil beschäftigt. »Nicole, ich bleib dabei, da gibt dat 'n psychologischen Hintergrund. Der Täter hat wat gegen Frauen … mit Fußverletzungen … Und er schlägt immer am Dienstag vor Ostern zu.«

Nicole sieht ihn fragend an.

»Hedi Schlotfeldt ist am Dienstag vor Ostern verschwunden und Renate doch auch. Damit sind wir schon ein ganzes Stück weiter.«

»Ja?« Nicole muss von der Kohlensäure aufstoßen.

»Na ja, wir wissen, wie er so tickt.« Thies ist überzeugt. Nicole dagegen wünscht sich mittlerweile, ihr Kollege hätte dieses Profiling-Seminar nie gemacht.

Klaas hat auf Stehtisch Zwei das Sortieren der Post beendet. Inzwischen blättert er im neuen Prospekt von »Gastro-Quick«.

»Na, wat Schickes für deine Mandy dabei?« Piet Paulsen ist heute ausgesprochen gut aufgelegt.

Klaas sieht ihn tadelnd an. »Piet du lachst, aber die Sachen sollen gar nich schlecht sein. Gestern hab ich Horst Röpke grad 'n Päckchen mit Socken oder so geliefert, und heute hab ich die Kataloge in der Zustellung, fünf Stück bei mir im Bezirk. Hier, alle mit dem rasenden Kochlöffel drauf. Einen hab ich Mandy vorhin schon für das ›Wattblick‹ mitgegeben.« Er blättert sich weiter durch die neusten Trends der Gastronomie-Mode. »Hier, guckt mal, dat ist ja 'n Ding!« Klaas zeigt auf den Katalog. »Die haben auch Krawatten!«

»Krawatten?« Thies und Nicole werden hellhörig.

»Ja, hier ›Kellnerkrawatte Nordfriesland‹. In den nordfriesischen Farben.«

»Klaas, was hast du gesagt, wer lässt sich von diesem Gastro … Quick alles beliefern?«

»Na ja, wie gesagt, ›Wattblick‹ hab ich Mandy vorhin mitgegeben. Jetzt hab ich hier noch vier Kataloge. Röpke, Schlotfeldt, von Rissen und Tankstelle Schlütthörn.«

23

Heike ist mal wieder bedient. Die Zwillinge haben sie mit ihrer Idee regelrecht überfahren. Jetzt wollen beide zum ›Husum Harbour‹. Tadje hat jetzt angeblich auch eine Karte für das Festival. Heike hat größte Bedenken. Die beiden Mädchen sind gerade mal fünfzehn. Und ausgerechnet heute Abend ist Thies mal wieder von der Bildfläche verschwunden. Seit seine blonde Nicole wieder im Lande ist, bekommt Heike ihren Mann deutlich weniger zu sehen. Auf dem Handy ist er auch nicht zu erreichen. Dabei müsste er heute mal ein Machtwort sprechen.

»Mama, Tadje soll auch mal 'n büschen Independent mitkriegen.«

»Indi ... was bitte?«

»Indie! Genau! Dann sind wir jetzt zu viert, echt Mama, locker mal ab.«

»Wieso, wer ist denn noch dabei?«

»Na ja, Tjark und Janine. Die fährt.«

»Janine aus 'm ›Salon Alexandra‹?«, wundert sich Heike. Sie traut Janine eigentlich nicht viel mehr als die Bedienung der Trockenhaube im Frisiersalon zu. »Hat die denn 'n Auto? Hat Janine überhaupt 'n Führerschein?«

»Janine kriegt den Wagen von ihrem großen Bruder.

Voll cool. Mama, jetzt chill mal wieder 'n büschen runter. Du machst dir das gleich vorm Fernseher gemütlich und guckst deine ›Gänsehautnacht‹, oder wie das heißt. Gibt doch heute Abend wieder 'n Horrorfilm für dich, oder?«

»Telje, die Gänsehaut hab ich jetzt schon!« Heike kommt gar nicht dazu, weitere Bedenken zu äußern, als ein alter Opel Corsa, violett-metallic mit unzähligen Flecken roter Rostschutzfarbe, rasant in die Einfahrt fährt und im letzten Moment mit einem kurzen Quietschen vor der Garage der Detlefsens zum Stehen kommt. Die gelblichen Scheinwerfer glimmen müde in der Dämmerung. Tjark springt aus dem Wagen, Janine bleibt im Auto sitzen. Tadje, inzwischen wieder in ihren eigenen Klamotten von H&M und mit Wimperntusche und rosarotem Lippenstift, stürmt sofort zur Haustür und öffnet Tjark.

Sie grient ihn provozierend an. »Bekomm ich gar keinen Kuss?« Für einen Moment guckt Tjark verdutzt, dann drückt er Tadje einen pflichtmäßigen Kuss auf die Wange. Telje dagegen weicht ihm aus, als er auch ihr einen Kuss geben will. Tjark ist verdattert. Da soll mal einer die Mädels verstehen.

»Hallo?« Er sieht Telje fragend an, wobei ihm die blonde Tolle ins Gesicht fällt. Aber dann gibt er erst mal Heike die Hand. »Moin, Frau Detlefsen. Alles gut?«

»Na ja, moin, Tjark.« Heike wirkt reichlich angespannt. »Pass mir bloß auf meine beiden Deerns auf. Kann ich dir die beiden denn anvertrauen?« Sie atmet schwer und lächelt gequält.

»Na klar, Frau Detlefsen.« Tjark strahlt und wirft sich die Haare aus dem Gesicht, was auf Heike Detlefsen allerdings bei Weitem nicht die Wirkung hat wie auf ihre Töchter.

»Und lasst euch bloß keine Drogen andrehen!«

»Mama, hallo? Jetzt wird es hier aber richtig peinlich.«

»Drogen? Nee, klar, Frau Detlefsen«, beteuert Tjark mit ernster Miene. »Da passen wir auf, versprochen!«

Telje muss grinsen. Ihre Mutter sieht sie beunruhigt an. »Mama, wir müssen jetzt wirklich mal los, Janine wartet.« Sie deutet nach draußen.

»Kann Janine denn überhaupt schon fahren?«, will Heike jetzt auch von Tjark noch mal wissen.

»Janine fährt super! Echt!«

Ehe Heike sich versieht, stürmen die drei nach draußen und springen in Janines violetten Corsa. Die Jungfriseurin, die sich passend für das Festival mit einem weißen Schlabbershirt aus dem Secondhandladen und engen Vintage-Jeans gestylt hat, startet den Kleinwagen mit einem Heulen. Der Corsa macht auf der Garageneinfahrt einen Hüpfer rückwärts, der Motor ist abgewürgt. Aber dann lenkt Janine den stotternden Opel Richtung Fredenbüller Dorfstraße.

Janine dreht die Musik laut. ›Waka waka‹ von Shakira. Tadje und Janine singen den Song gleich mit. »Waka waka, eh eh.« Nach ein paar Takten stimmt auch Tjark mit ein.

Telje verdreht die Augen. »Shakira! Wie peinlich ist das denn jetzt?!« Aber schließlich johlt auch sie laut mit. Die vier Jugendlichen bringen sich für das Festival am Husumer Hafen in Stimmung. »Waka waka, eh eh!« Dabei rudern sie in dem engen Auto wild mit den Armen zur Musik. Der Kleinwagen tanzt im Rhythmus mit. Und die bedenklichen Geräusche, die er dabei auf einmal von sich gibt, bekommen die vier gar nicht mit. Übermütig reißt Janine das Lenkrad hin und her. Der Corsa schwankt in Schlangenlinien über die Bundesstraße nach Schlütthörn.

Es sind nur ein paar Kilometer in den Nachbarort, und auch nach Husum ist es nicht weit. Aber schon direkt hinter dem gelben Ortsschild »Schlütthörn« gibt es einen bösen Knall, der in ›Waka waka‹ eigentlich nichts zu suchen hat. Nach einem weiteren Knall folgt ein markerschütterndes metallenes Knirschen, das Shakiras Stimme förmlich zerschreddert. Erschrocken dreht Janine die Musik leise. Das Knirschen verliert sich und leider auch das Motorgeräusch, und zwar komplett. Der Motor hat seinen Geist aufgegeben. Janine lässt das Auto ausrollen und lenkt es zum Straßenrand.

»Nee, nä«, schnaubt Tjark. »Voll abgekackt, die Schüssel.«

Janine wird panisch. »Scheiße, dat ist nich mein Auto. Mein Bruder bringt mich um.«

Alle vier steigen aus dem Wagen. Aus Motorraum und Kühler qualmt es bedenklich.

»Komm, Janine, da kannst du doch nichts dafür, dass dein Bruder so 'ne Krücke fährt«, will Telje sie beruhigen.

»Aber wie kommen wir jetzt zum Festival?«, mosert Tadje. »Dat geht gleich los.«

Telje und Tjark werden auch unruhig.

»Scheiß Festival, hört mal auf jetzt«, zetert Janine. »Wat is mit dem Auto?«

»Versuch noch mal zu starten«, schlägt Tjark vor.

Janine steigt wieder ins Auto und dreht den Zündschlüssel. Der Anlasser orgelt, aber der Motor macht nicht die geringsten Anstalten, anzuspringen. Tjark öffnet die Motorhaube. Er und die Mädchen stehen augenblicklich im Qualm. »Das sieht irgendwie nich gut aus«, bemerkt Telje treffend.

»Das darf echt nicht wahr sein.« Janine schlägt wütend auf das Autodach, wobei ihr einer ihrer schicken Fingernägel abbricht. »Neee, oh no, jetzt auch noch die Fingernägel. Scheiiiße!«

Telje rümpft die Nase. »Was musst du dich auch so aufbitchen.«

»Komm, wir schieben die Kiste eben zu Sönke auf die Tanke.« Tjark zeigt zu der Tankstelle ein paar Hundert Meter weiter im Ortskern von Schlütthörn. Die Schilder mit den Benzinpreisen leuchten zu ihnen herüber.

»Zu Sönke, echt? Muss das sein?« Janine ist wenig begeistert.

»Wieso nicht?«, wundert sich Tjark. »Hast du 'n besseren Vorschlag?«

»Janine steht nicht so auf Sönke«, erklärt Telje. »Sönke hat sie neulich auf 'm Feuerwehrfest frontal angebaggert, so voll assig.«

Aber da sitzt Janine bereits wieder hinterm Steuer, und die drei anderen schieben das Auto mit qualmendem Kühler die Schlütthörner Dorfstraße hinunter. Die Tanksäulen leuchten, und in der kleinen Werkstatt brennt noch Licht. Vor dem Reifendruckmessgerät steht der alte Kombi vom »Café Wattblick«. Telje, Tadje und Tjark sind völlig aus der Puste, als sie die Tankstelle erreichen. Die Friseurin bremst unvermittelt so scharf, dass die Anschieber gleich auf der Heckscheibe kleben. Dabei rutscht Tadje mit einem Fuß unter die Stoßstange. Sie verdreht sich den Fuß und schrammt sich das Schienbein auf.

24

»Sönke!«, ruft Telje in die Werkstatt. »Bist du da?!«
Die kleine Halle ist beleuchtet. Überall verstreut liegt
das Werkzeug herum. An der Wand hängen vergilbte
Plakate von Motocrossrennen, eine Bosch-Reklame
und ein aktueller Pirelli-Kalender mit einer Lady, die
es sich auf der Motorhaube eines Sportwagens bequem
gemacht hat. Auf der Hebebühne hängt der schwarze
Porsche des Hamburger Anwalts. Aber Sönke ist nicht
im Raum. Stattdessen kommt Robert Rusk, der Kellner aus dem »Café Wattblick« unter der Hebebühne
hindurchgelaufen.

»Na, da seid ihr ja schon wieder.« Robert Rusk
bleckt die Zähne.

»Ach, der Herr Robert.« Tjark wundert sich. »Was
machen Sie denn hier? Ist Sönke gar nicht da?«

»Weiß nicht, ich such ihn auch.« Er fährt sich
durchs rote Haar. »Ich brauch nur … 'ne Ersatzbirne
für den Scheinwerfer. Na ja, nicht so wichtig.« Er
bleckt noch mal die Zähne. Dann geht er hastig nach
draußen, besteigt den Kombi mit dem altmodischen
geschwungenen Schriftzug »Café Wattblick« und fährt
vom Hof. Telje, Tjark und Tadje, die mit ihrem verletzten Fuß ein Stück hinterherhumpelt, blicken ihm
nach.

Auf einmal steht Sönke im Blaumann und wie immer mit ölverschmiertem Gesicht im Gegenlicht der Leuchtschilder neben den Jugendlichen. »Wat macht ihr denn hier? Probleme?«

»Die Kiste von Janines Bruder ist uns verreckt.« Tjark klingt kleinlaut.

»Jo, dumm gelaufen, nä!« In dem fahlen Tankstellenlicht leuchten Sönkes Augen und Zähne weiß in seinem verschmierten Gesicht.

»Kannst du da mal unter die Haube gucken?«, fragt Telje.

»Ja, müssen wir morgen mal sehen. Is ja schon spät.« Der Monteur wischt sich eine zottelige Haarsträhne aus dem Gesicht. »Siehst ja selbst, ich hab hier noch den Porsche, den ich fertig machen muss … von dem Anwalt, nä.«

»Mensch, Sönke, nur mal kurz reingucken«, drängelt Tadje. »Ist ja vielleicht nur 'ne kleine Sache.«

»Kleine Sache? So wie der aus 'm Motorraum qualmt, sieht mir dat nich nach 'ner kleinen Sache aus.« Sönke fummelt sich erst mal eine Zigarettenpackung aus seinem Blaumann und zündet sich eine Filterlose an.

»Ach, Mann, Sönke, bitte!« Tadje versucht es jetzt mit einem unbeholfenen Augenaufschlag.

Telje wirft Janine einen auffordernden Blick zu. Wenn eine den Tankwart überreden kann, dann sie. Die Friseurin verdreht kurz die Augen, dann klemmt sie sich die Spange entschlossen in ihre wilde Strähnchenfrisur. »Ach komm, Sö-ö-nke, guck doch mal.«

Der Monteur bläst den inhalierten Rauch ins kühle Neonlicht und genießt die Situation. Er starrt Janine an, der gerade ihr nostalgisches Shirt von der Schulter rutscht.

»Ja, denn mach mal auf!«

Sie sieht ihn fragend an.

»Ja, die Haube!«

Janine entriegelt die Motorhaube. Sönke zückt eine Taschenlampe aus seinem Blaumann, schiebt sich die Zigarette in den Mundwinkel und leuchtet in den immer noch qualmenden Motorraum. Er lässt Janine den Anlasser betätigen, zieht fachmännisch an ein paar Kabeln und Schläuchen und durchleuchtet das tiefere Innenleben des Corsa. Der Gesichtsausdruck des Mechanikers verheißt nichts Gutes. »Mit neuen Zündkerzen ist dat nicht getan. Müsst ihr 'n büschen Zeit mitbringen.«

»Was is es denn?«, will Janine sofort wissen.

»Ja, dat weiß ich jetzt auch noch nich.«

»Und wann weißt du was?« Janine zupft sich nervös ihr Shirt auf die Schulter zurück. »Dat ist der Wagen von meinem Bruder.«

»Ich weiß. Nu mal nich so ungeduldig.« Der Tankwart grinst.

»Und wat ist mit Husum Harbour?« Tadje bangt um das Festival, um das sie so lange gekämpft hat.

Telje winkt ab. »Wir kommen hier jetzt anders nich weg«, flüstert sie den anderen zu.

»Dat darf doch echt nich wahr sein.« Tadje ist bedient.

»Nun macht mal keinen Alarm.« Der Tankwart nimmt einen Zug aus der Filterlosen. »Wir rollen den Wagen gleich mal in die Halle.«

Die erste Band auf dem Husum Harbor haben die vier schon abgeschrieben. Sönke klemmt mit Werkzeug und einer tragbaren Neonröhre auf einem Rollbrett unter dem Motor des Corsa. Zwischendurch ist immer wieder das metallene Geräusch von auf den Boden fallenden Schraubenschlüsseln zu hören. Tadje hat ihr verletztes Schienbein mit einem Verband aus einem Erste-Hilfe-Kasten versorgt. Janine, Telje und Tjark bedienen sich derweil im üppigen Angebot des Tankstellenshops, das aus einem erlesenen Sortiment von Flachmännern und Trockenwürsten besteht, die sich nach monatelanger Lagerung diesen Namen redlich verdient haben. Telje und Tjark genehmigen sich jeder einen »Kleinen Feigling«. Die Würste lassen sie lieber in der angestaubten Papierbox.

Mit jedem weiteren Feigling werden die beiden entspannter. Aber die Hoffnung, dass der Schlütthörner Schrauber den lila Corsa heute Abend wieder flott kriegt, schwindet immer mehr.

»Wollen wir nach Husum trampen?«, schlägt Tadje vor.

»Ich muss erst mal abwarten, was mit dem Auto von meinem Bruder wird.« Janine macht sich die größten Sorgen.

»Janine, nun komm mal wieder runter«, versucht

Telje sie zu beruhigen. »Das war doch nicht dein Fehler. Die Karre ist voll morsch.«

In dem Moment fährt ein Auto auf die Tankstelle. Die vier Jugendlichen sehen nach draußen.

Telje erkennt den alten Volvo-Kombi mit der verblichenen, halb abgerissenen Anti-AKW-Sonne sofort. »Leute, das ist Niggemeier.«

Teljes Klassenlehrer hält an der Zapfsäule und steigt aus.

»Kann Doktor Niggemeier uns nicht nach Husum mitnehmen?«, fällt Tadje plötzlich ein. »Der wohnt da doch.« Tadje ist von ihrer eigenen Idee hellauf begeistert. »Los komm, Telje, frag ihn mal.«

»Ich weiß nich.« Telje ist nicht überzeugt. »Ich hab hier voll die Feigling-Fahne.«

»Macht doch nichts« Auch Tjark wirft seinen Flachmann in den Abfalleimer.

»Ja, los, Telje, frag mal«, drängelt Tadje.

In der Zwischenzeit ist der Lehrer zusammen mit Sönke in den Shop gekommen, um zu bezahlen. Erst jetzt nimmt er die jungen Leute wahr und grinst. »Na, Telje, was macht ihr denn alle hier?«

»Wir sind liegen geblieben.« Telje klingt ungewöhnlich kleinlaut. Sie ist voll darauf konzentriert, ihren Klassenlehrer nicht zu sehr anzuhauchen.

»Mit dem Auto von Janine«, erklärt Tadje.

»Wo wollt ihr denn hin? Zum Husum Harbour?«

»Ja, genau«, antworten die vier im Chor.

»Sollen dieses Jahr gute Bands dabei sein«, befindet »Stormy Weather«-Bassist Niggemeier.

Tadje stupst ihre Schwester in die Seite, aber Telje windet sich.

»Voll blöd. Das Auto gehört meinem Bruder«, stöhnt Janine

»Na, Sönke, dann sieh mal zu, dass du den lila Flitzer wieder in Schwung kriegst.«

Als Niggemeier den Shop verlässt, schiebt Tadje ihre Schwester rabiat Richtung Tür. Telje stolpert über die Tankstelle zu den Zapfsäulen. Es riecht nach Benzin und nach Flieder, der neben dem Hof hinter einem Reifenstapel aufgeblüht ist.

»Doktor?!«

»Ja?« Niggemeier will gerade in seinen Kombi steigen.

»Fahrn Sie nach Husum? ... Können Sie uns vielleicht mitnehmen?«

»Ja, Telje, das ist grad schlecht. Sonst immer gern, aber ich hab hier noch was vor. Ich fahr erst nachher wieder zurück nach Husum. Ihr bekommt sicher noch 'n anderen Lift.« Er grient freundlich. »Viel Glück dabei.« Niggemeier steigt in seinen Volvo. Auf der Rückbank sieht Telje eine riesige Reisetasche liegen, die ihr irgendwie bekannt vorkommt. Und dann fällt es ihr sofort ein. Dieses unförmige knallblaue Teil, das wie ein alter Seesack aussieht, ist die Reisetasche der Kieler Kommissarin. Telje hat sie schon ein paar Mal mit diesem Seesack gesehen. Was macht Nicoles Seesack auf der Rückbank von Doktor Niggemeiers Volvo? Seltsam.

Kaum ist der alte Volvo von der Tankstelle geschaukelt, hört man plötzlich von irgendwoher schrille Schreie. Tjark und Tadje kommen aus dem Tankstellenshop gestürmt.

»Was war das, Telje?«, schreit Tjark.

»Ich weiß nicht, keine Ahnung.«

»Woher kam das?«, fragt Tadje. »Wo ist Janine eigentlich überhaupt?«

In dem Moment sind aus einem Raum irgendwo hinter der Werkstatt wieder Schreie und wüste Beschimpfungen zu hören.

»Wo ist Janine?«

»Ich glaub, die wollte aufs Klo.«

»Janine«, schreit Telje. Die drei laufen in die Halle mit der Hebebühne. Aus einer Hintertür kommt ihnen Janine entgegengelaufen. Sie hat einen knallroten Kopf. Ihre Frisur ist gründlich durcheinandergeraten. Das nostalgische weiße Shirt hat einen Riss an der Schulter und dort, wo sich Janines wohlgeformte Brüste abzeichnen, prangen überdeutlich in sattem Altöl die Abdrücke von zwei Monteurhänden.

»Diese perverse Sau ist über mich hergefallen!«, schreit sie.

»Sönke?!« Telje, Tadje und Tjark stehen hilflos da.

»Ja, natürlich Sönke, dieses abartige Schwein.« Janine ist den Tränen nahe. »Lasst uns hier abhauen.«

Jetzt kommt Sönke aus derselben Tür hinterhergeschlichen. »Mach mal bloß nich solchen Zauber.«

»Bleib da, wo du bist, du Perversling!«, schreit Janine.

»Nu hab dich mal nich so.« Der Tankwart streicht

sich mit seinen öligen Fingern die zotteligen Haare aus der Stirn. »Kommst hier abends mit deiner Kiste an-gequalmt, und dann zickst du gleich rum, wenn man mal 'n bisschen …«

»Bleib da, wo du bist! Du bist ja gemeingefähr-lich!«, giftet die Friseurin ihn an.

»Sönke, lass sie! Und du, Janine, hörst auf, hier he-rumzukreischen!« Telje ist auf einmal wieder stock-nüchtern und hat die Situation voll im Griff. Keine Spur von »Kleiner Feigling«. Tadje und Tjark sehen sie bewundernd an.

»Schnell, wir hauen ab«, kreischt Janine.

»Und wie bitte schön?«, gibt Tadje zu bedenken.

In dem Moment fährt das nächste Auto auf die Tankstelle. Es ist Onno von Rissens altmodischer Landrover mit der mattgrünen Lackierung. Die vier Jugendlichen stürmen nach draußen.

Tadje läuft als Erste humpelnd zu seinem Wagen. »Herr von Rissen, Sie sind unsere Rettung!«

»Na, das ist ja mal was Neues, junges Fräulein«, bellt von Rissen gestelzt. »Du bist doch die Kleine von unserem Polizeimeister Detlefsen, oder?«

»Genau. Und das ist meine Zwillingsschwester.« Sie deutet auf Telje.

Aber von Rissens Blick bleibt fasziniert auf Janines T-Shirt hängen. Er grinst süffisant. »Wo soll es denn hingehen?«

»Nach Husum«, rufen Tadje, Telje und Tjark im Chor. Nur Janine hat es im Moment die Sprache ver-schlagen. »Wir müssen hier weg«, zischt Telje.

»Worauf wartet ihr noch? Rein mit euch!«, blökt von Rissen mit hochrotem Kopf und einer unverkennbaren Bordeaux-Fahne.

Ohne lange zu überlegen, zwängen sich Telje, Tadje, Tjark und Janine in von Rissens engen Geländewagen. Der Fredenbüller Dorfadlige startet den hämmernden Motor. Dann rutscht der »Defender« mit pfeifenden Reifen von der Tankstelle auf die Bundesstraße Richtung Husum.

Sönke nimmt sich einen Lappen von dem Werkzeugwagen, einen Stofffetzen mit Muschelmuster, und wischt sich das Öl von den Fingern. Nachdenklich sieht er dem Auto hinterher.

25

Die Stammbesetzung in der »Hidden Kist« legt heute eine Nachtschicht ein.

»Wenn wir Renate finden wollen, müssen wir bei dieser Nummer anrufen. Unbedingt.« Auch nach mehreren Abendbierchen ist Thies immer noch voller Tatendrang. »Dat ist im Augenblick die einzige Spur, die wir zu Renate haben.«

»Du meinst bei den ›rassigen Frauen‹?« Piet Paulsen blickt prüfend über seine Gleitsichtbrille.

»Bei Alexandra lagen gleich mehrere von diesen Kopfhörern mit Mikrofon rum, wie das die Sportreporter haben … oder eben im Callcenter.«

»Schöne Aufgabe für dich, Thies.« Nicole scheint von der ganzen Aktion noch nicht so überzeugt. Thies wird unsicher.

»Ja, ich kann da schlecht anrufen …« Nicole zuckt mit den Schultern. »Weiß einer von euch die Nummer?«

»Ja, nö, wieso?« Die an den beiden Stehtischen versammelten Männer haben natürlich keine Ahnung und blicken betreten in ihre Getränke.

»Bounty, wat war dat für 'n Programm?«, ergreift Thies die Initiative. »Antje, mach den Fernseher gleich mal an.«

»Nee, Thies, die ›rassigen Frauen‹ kommen, glaube ich, erst nachts«, nölt der Althippie. »Da is jetzt so 'ne Verkaufssendung oder so.«

Aber da zappt sich der Fredenbüller Polizeiobermeister schon durch die Programme. »Tele 66? Wat is damit?«

»Tele 66?« Bounty zieht das Haargummi an seinem dünnen Pferdeschwanz stramm. Die anderen blicken fasziniert auf den Bildschirm, auf dem eine Frau in Sportklamotten und ebenfalls mit Pferdeschwanz auf einer undurchschaubaren Konstruktion von Stahlrohren und Seilen munter vor sich hin marschiert. »Abnehmen und fit bleiben ... mit dem Marathon 3000.«

Thies zappt sich durch die Programme und landet nach verschiedenen Wetter-, Börsen- und Bibelsendern immer wieder bei der Dame auf dem Steptrainer. Ungeduldig sieht er zur Uhr mit dem Sinalco-Logo, die über dem Eingang hängt. Man vertreibt sich die Wartezeit bei einem kleinen Slow-Food-Imbiss und etlichen kühlen Getränken. Nach ihrem Feierabend im »Wattblick« kommt irgendwann Mandy dazu und lässt sich von ihrem Klaas eine Tote Tante spendieren. Nur Nicole droht vor ihrem Mineralwasser schlapp zu machen und über dem Stehtisch einzunicken. Mischlingshündin Susi schläft schon seit geraumer Zeit selig unter Stehtisch Eins. Piet Paulsen ist mit seiner Geduld allmählich am Ende, als er vom Rauchen in den Imbiss zurückkommt. »Dat Schlittschuhtanzen hab ich ja noch mitgemacht, aber jetzt dat Turnen auf dem

Wäscheständer? Freunde, seid ihr sicher, dass ihr den richtigen Sender drin habt?«

Kaum hat Piet das gesagt, ändert sich schlagartig das Programm. Es gibt den kurzen Hinweis »Für Jugendliche unter sechzehn Jahren ist die folgende Sendung nicht geeignet«. Dann erscheint eine hagere, deutlich verärgerte Dame in Ledermontur auf dem Bildschirm und bellt im Befehlston: »Ruf mich an!! Sofort!!!« Die unmissverständliche Aufforderung unterstreicht die Leder-Lady mit einem Peitschen-knallen. Die ihr folgende üppige Krankenschwester, die es einfach nur »wissen will« und unter »dreimal die Siebenundneunzig und dreimal die Sieben jeder-zeit erreichbar« ist, wirkt dagegen sehr viel freund-licher.

Die Imbissrunde ist schlagartig verstummt und starrt fasziniert auf den extrabreiten 46-Zoll-Flach-bildschirm, der die weiblichen Reize eindrucksvoll zur Geltung bringt. Die Männer blicken mit verstoh-lenem Interesse, die Frauen etwas fassungslos. Auch Nicole ist inzwischen wieder aufgewacht. Sie spürt ein Pochen in ihrem Bauch, das Baby hat Schluckauf. Thies nippt an seinem Bier. Klaas kommt in seiner Postjacke ins Schwitzen. Mandy hält ihm die Hand. »Da gibt's ordentlisch was zu guggen, was mein Hose?!«

Die Männer nippen leicht verschreckt an ihren Bie-ren. Piet Paulsen ist die schwere Brille auf die Nase ge-rutscht. »Dat is ja Sodom und Gomorrha hier bei uns in Nordfriesland.«

»Ja, Piet, bald kriegen wir auch noch Tabletanz in Fredenbüll«, verkündet Klaas mit ernster Miene.

»Aber nich hier auf Stehtisch Zwei«, protestiert Paulsen.

Als die Runde die Hoffnung schon fast aufgegeben hat, erscheint plötzlich dann doch noch eine nicht mehr ganz junge Blondine in einem tief dekolletierten Matrosenhemd inmitten einer plüschig maritimen Kulisse. Sie plinkert dem Zuschauer neckisch zu und sagt den Satz, auf den alle sehnsüchtig gewartet haben. »R-r-rassige r-r-reife Fr-rauen aus der R-r-region. R-r-ruf mich an: Null-achthundert, sechsmal die Sieben und einmal die Dr-r-rei.«

»D-d-dat ist Renate«, stammelt Antje.

Klaas zeigt fragend auf den Bildschirm. »Renate? Dat is doch nich Renate!«

»Ich mein die Stimme! Dat is die Stimme von Renate.« Antje nickt.

»Sag ich doch.« Bounty fühlt sich bestätigt und schiebt sich als Nervennahrung zwischendurch einen Kokosriegel in den Mund. »Nur die Stimme.«

»Thies, schreib die Nummer auf!«, raunt Nicole ihm zu.

»Hat jemand wat zu schreiben.« Alle suchen panisch nach einem Kugelschreiber. Aber da verschwindet die Dame in der Matrosenbluse schon wieder vom Bildschirm. Ihr letzter Satz »Ich br-r-ing dich r-r-ruck, zuck auf Tour-ren«, bei dem sie sich auf einem großen Rettungsring räkelt, geht im allgemeinen Durcheinander unter. Inzwischen lässt die Leder-Lady wieder die Peitsche knallen.

Thies hat jetzt einen Schreiber zur Hand. »Null-achthundert, sechs-sechs-sieben …«

»Siebenmol die Sechse, oder sooo?«, schlägt Mandy vor. Aber ganz sicher ist sie sich nicht.

»Ich kann mir Zahlen sowieso nich merken«, brummt Paulsen. Er klemmt sich ein Zigarillo zwischen die Zähne, um sich nach draußen zu verziehen.

In dem Moment ist die »rassige Frau aus der Region« wieder an der Reihe. Diesmal schreibt Thies die Telefonnummer mit. Und die gesamte Imbissrunde wundert sich über die Matrosen-Lady, die so gar nicht zu Renates Stimme passen will.

»Das ist nicht Renate, aber irgendwie kommt mir die Frau bekannt vor«, überlegt die Kommissarin. »Dir nicht auch, Thies?«

»Bekannt? Wieso?« Thies wird die ganze Sache langsam peinlich. »Woher denn?«

»Ich weiß es auch nicht. Aber irgendwo muss ich sie wohl schon mal gesehen haben.«

»Nu, den Sender wohl heimlisch öfter mol geguggt«, sächselt Mandy fröhlich.

Nicole wirft ihr einen ungnädigen Blick zu und dann sieht sie ihren Kollegen auffordernd an. »Na, dann mal los, Thies.«

»Nimm mal Antjes normales Telefon hier vom Imbiss.« Klaas fühlt sich sofort wieder in der Rolle des Assistenten. »Dat kannst du auf Laut stellen, dann können wir alle mithören.«

Antje reicht Thies das alte Telefon an der langen Schnur über den Tresen. Thies schreitet zur Tat. Er tippt die Nummer in den Apparat. Während das Freizeichen tutet, bricht ihm der Schweiß aus. Thies bekommt seinen Kuhblick. Dann wird am anderen Ende abgenommen

»Na, mein Süßer, hast du es dir-r bequem gemacht?«, fragt die Stimme.

»Bequem? Na ja …« Thies rutscht auf seinem Barhocker an Stehtisch Zwei nervös hin und her.

»Ich muss mir meine Bluse ausziehen. Mir ist r-richtig heiß«, seufzt die Dame am Telefon. Die Stimme klingt zwar norddeutsch, aber das rollende R wirkt irgendwie aufgesetzt.

»Ich find das für die Jahreszeit immer noch reichlich kühl«, raunt Piet Paulsen, der, das kalte Zigarillo im Mundwinkel, die ganze Zeit in der Tür des Imbisses steht. Den entscheidenden Moment des Spektakels will er dann doch nicht verpassen. Paulsen zieht sich die Lederweste stramm und bietet Mandy ein Zigarillo an, die prompt das Sturmfeuerzeug zückt.

»Ich kr-rieg die lästige Bluse nicht auf«, stöhnt die Matrosenbraut. »Ist dir-r nicht auch heiß, mein Süßer?« Alle lauschen.

»Ja … mir ist jetzt auch warm geworden«, stammelt Thies. Die anderen sehen ihn mitfühlend an. »Aber mal was ganz anderes … weswegen ich anrufe …«

»Du rufst an, weil du eine Schwäche für r-rassige r-reife Fr-rauen hast.«

»Ja, nö … Sag mal, kennst du einen Kevin?«, will Thies etwas unvermittelt wissen.

»Kevin? Was soll das denn? Ist dat hier 'n Telefonstreich?«

Die Stimme haucht nicht mehr erotisch und schon gar nicht mit einem rollenden »R«.

»Dat ist nich Renate«, flüstert Antje und schüttelt den Kopf.

Thies geht in die Offensive. »Ist mal 'ne Freundin von dir nach Australien rüber?« Schweigen am anderen Ende der Leitung, knisternde Spannung in »De Hidde Kist«.

»Sach mal, du bist gar nicht Renate, oder?«, platzt es aus Thies heraus. Fast im selben Moment wird am anderen Ende aufgelegt. Thies tupft sich den Schweiß von der Stirn. Er leert sein Bier in einem Zug und wischt sich mit dem Handrücken den Schaum von den Lippen.

»Dat war nich Renate«, ist Antje überzeugt. »Niemals.« Die gesamte Imbissbelegschaft stimmt ihr zu.

»Ihr habt recht, das war 'ne andere Stimme als im Fernsehclip«, bestätigt Nicole. »Aber ich weiß jetzt, wer die Frau auf dem Bildschirm ist.«

»Ich auch.« Antje ist sich ganz sicher. »Die war neulich grade wieder hier im Imbiss.«

»Genau!«, ruft Klaas.

»Ach so«, kräht Paulsen. »In dem Matrosenanzug hab ich sie gar nich wiedererkannt.«

»Madame draußen an der Bundesstraße Richtung Husum. Angelique!« Thies klingt mitgenommen.

»Und neulich hab ich dat Wohnmobil hier im Ort gesehen. Aber ohne dat rosa Herz.« Paulsen lässt sich von Mandy Feuer geben.

»Wie heißt sie noch gleich richtig ...?«, überlegt Thies. »Irina ...«

»Beresh ... naja, oder so«, meint Nicole.

26

Renate schreckt aus dem Schlaf hoch, wie aus einem bösen Albtraum. Das Öffnen der Luke hat sie gar nicht mitbekommen. Aber das laute Kratzen des Metall-tellers auf dem Betonboden fährt ihr sofort durch den ganzen Körper. Der Schmerz zieht von dem verletzten Fuß bis zum Kopf, sogar bis in die Haarspitzen. Eben hat sie noch geschlafen, jetzt droht das Schaben des Tellers ihren Kopf zu zersprengen. Diesmal kommt das Essen nicht aus »De Hidde Kist«. Kein Rollmops-Bur-ger, keine Rote Grütze und kein »Störtebeker«, sondern ein Stück Friesentorte. Darin stecken zwei kleine Pa-pierfähnchen mit den deutschen und dänischen Farben und eine brennende Kerze. Eine Geburtstagskerze?

Hat sie heute Geburtstag? Kann schon sein. Sie hat ihren Geburtstag vollkommen vergessen. Renate rech-net. Aber sie kann sich nicht konzentrieren. Vor allem hat sie jede zeitliche Orientierung verloren. Sie starrt auf die Friesentorte. Das Tortenstück ist leicht zer-mantscht, als wäre es beim Transport umgefallen und dann für die Kaffeetafel wieder präpariert worden. Renate wartet auf die Stimme. Doch der Faller-Bahn-hof bleibt diesmal stumm. Auch von draußen sind kaum Geräusche zu hören. Nur das Anspringen der Tiefkühltruhe im Nebenraum.

Renate humpelt durch den Raum, soweit die Kette an der Fußfessel das zulässt. Den Teller mit der Torte lässt sie zunächst stehen. Sie versucht bis zur Luke zu kommen, aber genau das schafft sie eben nicht. Nur den Teller und den Nachttopf kann sie erreichen. Sie schleppt sich weiter zu der Platte mit der Modelleisenbahn. Auch hier wird sie durch die Eisenkette an ihrem Fuß gehindert. Sie starrt auf die verstaubte Anlage. Mit Mühe kann sie mit einer Hand gerade eben den Rand der Platte erreichen. Gibt es irgendeinen Gegenstand in dieser idiotischen Modelleisenbahn, irgendein Metallteil, mit dem sie vielleicht das Schloss ihrer Fußfessel lösen kann? Aber sie ist zu weit weg.

Die Kerze in der Friesentorte brennt. Es riecht nach verbranntem Wachs. Aber vor allem riecht es inzwischen nach Urin. Wie peinlich und unangenehm, dass das gerade ihr passieren muss. Die Gefriertruhe schaltet sich ab, gefolgt von einem kurzen Rumpeln.

Renate flüchtet sich in Gedanken in die Welt nach draußen. Was ist hinter diesem schmalen Spalt in dem vergilbten Zeitungpapier? Ist das da draußen die Fredenbüller Dorfstraße, Bredstedt, Husum oder vielleicht sogar Dänemark? Irgendwann glaubte sie, dänische Sätze gehört zu haben. Aber vielleicht hat sie sich das nur eingebildet. Sie ist hier von einem Verrückten eingesperrt, und langsam hat sie das Gefühl, selbst verrückt zu werden. Haben die kleinen dänischen Fähnchen in der Friesentorte etwas zu bedeuten? Wer ist das, der sie hier gefangen hält? Er kennt offenbar ihren Geburtstag. Ist es vielleicht einer ihrer Telefonkunden im »Salon Alexandra«? Vergeblich versucht sie sich an die Anrufer zu erinnern. Nur der eine Stammkunde, der immer wieder anrief, fällt ihr ein. Aber der war eigentlich ganz nett.

Sie humpelt wieder in Richtung Luke und isst jetzt ihre Geburtstagstorte. Dabei fällt ihr siedend heiß ein, dass an ihrem Geburtstag wieder neue Gäste kommen wollten. Verflixt noch mal, und sie hängt hier immer noch herum. Wütend zerrt sie an der Kette.

27

Von der nächtlichen Sitzung in der »Hidde Kist« war Thies vollkommen erledigt nach Hause gekommen. Thies war mit seinem alten Escort gerade auf die Auffahrt gefahren, als Heike fuchsteufelswild aus dem Haus geschossen kam. Der blonde Heuwagen auf ihrem Kopf war dermaßen zerrupft, als wäre der Blanke Hans persönlich ihr einmal durch die Frisur gefegt.

»Kannst du mir bitte mal erzählen, wo du jetzt herkommst?!« Heike hatte einen hochroten Kopf. »Nein!«, schrie sie. »Ich will es gar nicht wissen.«

»Heike, wir ermitteln.«

»Nachts um halb zwei? Dat kannst du erzählen, wem du willst.«

»Ja, dat is so 'n büschen … wie soll ich sagen … pikant.«

»Pikant?!!« Heike drohte überzukochen. »Der Herr liebt es jetzt pikant! Is ja ganz wat Neues. Thi-i-es, wo kommst du jetzt her?!«

»Aus ›De Hidden Kist‹. Wie gesagt, wir ermitteln … und ich geh beim jetzigen Stand der Ermittlungen von einem Sexualdelikt aus …«

»Ja, davon geh ich auch langsam aus!«, giftete Heike dazwischen.

»Die Mordfälle haben, wie es aussieht, mit Telefonsex zu tun …« Weiter kam Thies nicht, denn Heike fiel ihm sofort ins Wort und schrie: »Vielleicht interessierst du dich zwischendurch auch mal für deine Familie! Und vielleicht interessiert dich ja, dass deine Töchter verschollen sind.«

»Verschollen? Telje und Tadje?«

»Ja, die Zwillinge sind weg!« Heikes Stimme überschlug sich.

»Die wollten doch zum Husum Harbour …«

»Was du ihnen ja unbedingt erlauben musstest! Ich war von Anfang an dagegen, und jetzt …«

»Aber dat Festival in Husum is doch längst vorbei.« Thies schaute wie zur Bestätigung auf seine Uhr.

»Eben. Deswegen mach ich mir ja solche Sorgen.«

»Sind sie nicht mit diesem … Tjark unterwegs?« Thies versuchte einen kühlen Kopf zu bewahren.

»Mit Tjark und mit Janine aus ’m ›Salon Alexandra‹. Janine ist gefahren.«

»Hat Janine denn überhaupt ’n Führerschein?«

»Das hättest du ja auch mal früher fragen können. Jetzt ist es zu spät!« Heikes Heuwagen sah immer wilder aus. »Telje hat mir gesimst, sie übernachtet in Husum bei Leonie. Aber an ihr Handy geht sie nich ran, und bei Leonie zu Hause ist keiner. Thies, ich sach dir: Unsere Kinder sind entführt worden! Eine Mutter spürt so was!« Heike schluchzte auf.

Thies hatte sofort die Polizeistationen in Husum und Bredstedt und außerdem sämtliche Krankenhäuser der Gegend abtelefoniert. Aber Telje und Tadje waren nirgends registriert. Außerdem hatte er es immer wieder bei Leonie versucht.

Heike war die ganze Nacht im Morgenmantel panisch durchs Haus getigert und machte ihrem Mann die schwersten Vorwürfe. Auch Thies war wie paralysiert. Er konnte keinen klaren Gedanken fassen. Stundenlang hatte er die mondbeschienenen Holzosterhasen im Vorgarten angestarrt. An Schlaf war nicht zu denken.

Nicht nur Thies, auch Nicole wirkt vollkommen übernächtigt. Für sie war es in der »Hidden Kist« auch spät geworden. Irgendwie wirkt sie besonders müde. Als Thies sie in der Wache abholen will, sitzt sie reichlich weggetreten neben ihrem blauen Seesack und starrt auf ihre Zettel mit den Tatorten und den Mordverdächtigen, die sie inzwischen wieder an die Wand gepinnt hatte. Doch als Thies ihr von seinen vermissten Töchtern berichtet, ist sie sofort hellwach. Die beiden rufen noch einmal bei Polizeistationen und Krankenhäusern an. Telje und Tadje sind nirgends registriert. »Die tauchen bestimmt bald wieder auf«, versucht Nicole ihren Kollegen zu beruhigen. »Die beiden haben auf dem Festival einen draufgemacht und pennen jetzt sicher irgendwo.«

»Einen draufgemacht? Telje und Tadje?« Thies sieht Nicole entsetzt an. Er kann sich gar nicht auf ihren Fall konzentrieren. Aber dann zwingt er sich doch dazu, auf Nicoles Pinnwand zu sehen.

Die Fotos zeigen das Jauchebecken auf dem Schweinehof und die wenig ansehnlichen Überreste von Hedi Schlotfeldt und Birgit Böhnke. Auf den Zetteln steht handgeschrieben: Schlotfeldt, Röpke und von Rissen, Tankstelle Schlütthörn und »Café Wattblick«.

»Einen hast du vergessen.« Thies zeigt auf die Zettel.

»Den großen Unbekannten?« Nicole wird langsam wach.

»Kevin!«

»Über den hab ich grad mit Börnsen gesprochen. Börnsen hat den Bruder von Birgit Böhnke ausfindig gemacht. Und, jetzt halt dich fest, der hat auch so eine Postkarte bekommen. Der Spielbudenplatz auf St. Pauli, achtzehnhundert-schießmichtot. Und als Text die üblichen Abschiedszeilen.«

»Und wat is nu mit Kevin?«

»Ihr Bruder dachte, dass Birgit mit ihm zusammen ausgewandert wäre. Entsprechend schockiert war er, als er jetzt erfuhr, dass seine Schwester seit vielen Jahren tot ist.«

»Dann müssen wir uns zunächst an unsere Kandidaten hier halten«, stellt Thies mit Blick auf Nicoles improvisiertes Pinnboard fest.

Die beiden Polizisten haben heute etliche Befragungen auf dem Programm. Zunächst machen sie sich in Nicoles Zivil-Mondeo auf den Weg zu Angelique. Eine Zeit lang war das Wohnmobil von Irina Bereshnaja aus dem Landkreis verschwunden. Aber seit ein paar Monaten steht der Campingbus mit dem rosa blinkenden Herz in der Frontscheibe wieder an der

Husumer Bundesstraße in der Einfahrt zu einem Waldweg.

Auf dem Weg hat Thies noch die Idee, in Teljes Schule in Husum anzurufen. Die Sekretärin des Theodor-Storm-Gymnasiums ruft ihn nach ein paar Minuten gleich zurück. »Ja, Herr Detlefsen, Telje sitzt in ihrer Klasse, Sozialkunde bei Herrn Doktor Niggemeier.« Thies fällt ein Stein vom Herzen. Er ruft sofort auch bei Heike an. In dem Moment kommt ihnen der Schimmelreiter entgegen. Hauke Schröder hängt mit Spiegelsonnenbrille wie üblich tief in seinem Sitz. Auf dem Beifahrersitz meint er Janine zu erkennen. Und auf der Rückbank sitzt Tadje. Thies traut seinen Augen nicht. Im ersten Augenblick will er dem Schimmelreiter gleich hinterher. Aber dann vertraut er doch darauf, dass Hauke Schröder Tadje zu Hause oder in der Schule abliefert. Er meldet sich erleichtert noch mal bei seiner Frau. »Heike, die Zwillinge sind wieder komplett. Tadje muss jeden Moment wieder in Fredenbüll eintrudeln.«

Das rosarote Herz blinkt aus dem Waldweg müde zur Bundesstraße hinüber. Ein anderes Fahrzeug ist nicht in Sicht. Irina Bereshnaja hat offenbar keine Kundschaft. Nicole parkt neben dem Wohnmobil. Die weißrussische Angelique öffnet prompt und sieht im rosa Jogginganzug zwischen dem ebenfalls rosaroten Perlenvorhang aus wie ein Berg Zuckerwatte. Sie erkennt die beiden Polizisten sofort wieder. »Herrje, hoffentlich nix Schlimmes passie-r-rt?«, radebrecht Irina.

Auch Angelique sieht müde aus. Sie ist deutlich ge-
altert seit der letzten Befragung vor ein paar Jahren, als
ihr Thies und Nicole schon mal einen Besuch abgestattet haben. Aber sie ist ihrem Stil treu geblieben.
Häkelgardinen, Leopardenläufer und ein langhaariger,
mittlerweile etwas kahler Flokati. Und alles ist in ge-
dämpftes rosarotes Licht getaucht. Da sieht man nicht
so genau, dass die Einrichtung und Bewohnerin des
Wohnwagens schon mal bessere Zeiten gesehen haben. Anscheinend laufen die Geschäfte nicht mehr so
gut. Nur die Standheizung läuft auf vollen Touren.
Angelique hat in ihrer Plüschbude ordentlich einge-
heizt.

»Wir haben Sie gestern gesehen«, kommt Thies
gleich zur Sache.

»Gesehhen? Mich? Wo? In Freddenbull?« Irina
zieht nervös die blondierten Haare durch ein Haargummi aus rosa Frottee.

»Nee, im Fernsehen. Dat waren Sie doch, oder?«

Angelique sagt erst mal nichts. Aber Thies und Nicole lassen sich nicht beirren. Sie sind sich ganz sicher,
dass es Irina war, die sich da gestern Nacht auf dem
Rettungsring geräkelt hat.

»Die Frau aus der Region!«, setzt Thies nach.

Irina wird immer nervöser. Sie blickt Thies und
Nicole schuldbewusst an. »Ich schon weiß, ich nix
hier aus R-r-region … ebben andere Region.« Irina hat
offenbar die größten Bedenken, dass sie wegen der
Trickserei in dem Sexclip belangt werden könnte.

Nicole muss sich ein Lachen verkneifen. »Frau Bereshnaja, deswegen sind wir nicht hier. Wir ermitteln in mehreren Mordfällen.«

»Und die Spur führt zu den Landfrauen und zu diesem ... Telefonservice.« Thies nimmt die Polizeimütze ab und wischt sich den Schweiß von der Stirn. Im Campingwagen sind mittlerweile Saunagrade erreicht.

»Außerdem suchen wir seit Tagen fieberhaft nach der Pensionswirtin Renate Fedders.« Nicole muss niesen. Zu den Frühblühern kommt jetzt auch noch der Staub aus dem Flokati.

»Wir auch alle in größte Sorgen.« Irina macht tatsächlich ein besorgtes Gesicht.

»Sie sind also mit Renate gut bekannt«, stellt die Kommissarin fest.

»Sie arbeiten doch zusammen, Sie sind im Bild und die Stimme is von Renate.« Thies überlegt. »Synchronisiert, so wie man dat aus 'm Kino kennt.«

»Nix illegal«, verteidigt sich Irina. »Nur so kleine Job nebbenbei.«

»Nebenbei is gut. Dat Ganze is doch professionell aufgezogen.« Thies wird jetzt ärgerlich.

»Liebe am Tellefonn ist einzige Chance über Runde zu kommen.« Die Weißrussin blickt traurig auf den Teddy und die große Plüschmaus, die zwischen Kissen auf dem Sofa seit Jahren vor sich hin muffen.

»Die Geschäfte hier in ihrem Campingbus gehen nicht mehr so gut, Frau Bereshnaja, sehe ich das richtig?« Auch Nicole lässt ihren Blick über die angestaubte Einrichtung schweifen.

»Überall das Gleiche«, stöhnt Irina. »Internet macht kleine Lädden kaputt.«

»Und deshalb nutzt ihr jetzt selbst die modernen Medien?«, hält Thies ihr vor.

»Nur Tellefon, nix Internet«, beteuert die Weißrussin. »Livestream und so, nix gut!« Thies und Nicole sehen sie fragend an.

»Ich keine zwanzig merr und ein paar Kilo zu viel.« Schuldbewusst schaut sie an sich herunter und zupft an dem rosafarbenen Sweatshirt.

»Diese Telefonsex-Hotline betreiben Sie nicht mit Renate allein, oder?«

Irina zögert.

»Wir wissen doch längst Bescheid.« Thies wird ungeduldig. »Ich hab da doch gestern angerufen, und da hatte ich jemand anderes an der Strippe. Dat war nich Renate und du warst dat auch nich.«

»Ich erst kurz dabei. Landfrauen machen schon lange Tellefonservice in ›Salon Alexandra‹.«

»Hab ich doch gleich gesagt.« Thies fühlt sich bestätigt. »Dat deckt sich außerdem mit den Aussagen von Piet Paulsen«, raunt Thies seiner Kollegin zu.

»Kennen Sie irgendeinen der Männer, die bei Ihnen anrufen?«, will die Kommissarin wissen.

»Nix wissen, alles anonym«, beteuert Irina.

»Gibt es Anrufer, die speziell Renate Fedders … ähh … sprechen wollen?«, hakt Nicole nach.

»Aberr sicherr. Ein Mann will immer Fr-r-au aus R-r-region. Nicht irgendeine, nur Renate.«

»Wissen Sie, wer das ist?«, fragt Nicole.

»Nix wissen.«

»Haben Sie eine Idee, wo Renate Fedders abgeblieben sein könnte? Hat sie irgendetwas angedeutet? Hat sie gesagt, wo sie hin wollte?«

»Nach Hause.« Irina hat denselben traurigen Blick wie ihre Plüschmaus auf dem Sofa.

»Da is sie aber nie angekommen«, stellt Thies fest. »Ihre Pensionsgäste sitzen seit Tagen ohne Frühstück da.«

»Frau Fedders ist möglicherweise in großer Gefahr«, betont die Kommissarin den Ernst der Lage.

»Ich weiß, schrecklich. Arme Renate! Was ist passierrrrt?«

»Wir können ein Sexualdelikt nicht ausschließen«, verkündet Thies mit ernster Miene. Nicole sieht ihn strafend an.

»Sagen Ihnen die Namen Hedi Schlotfeldt und Birgit Böhnke etwas?« Nicole muss schon wieder niesen.

»Ich habe gehört, die Totten in Schweinegrube. Aber ich nicht kenne, nur Namme. Musst du Alexandra fraggen, oder Marret oder Dörte oder Sandra.«

»Dat darf nich wahr sein, die machen da alle mit bei diesem Telefonsex?« Thies staunt nicht schlecht. Irina merkt, dass sie sich da möglicherweise gerade verplappert hat.

»Dat sind alles Freundinnen von Heike!« Thies hat die größten Bedenken. Macht Heike da etwa auch mit?

»Kennen Sie einen Kevin?«, will Nicole zum Abschluss noch wissen.

»Nix kennen.« Irina Bereshnaja ist jetzt schlagartig wieder abweisend.

Nicole gibt ihrem Kollegen das Zeichen zum Aufbruch. Der staubige Flokati setzt ihr immer mehr zu. »Frau Bereshnaja, wir werden uns dann erst mal mit ihren Kolleginnen unterhalten.«

Im Herausgehen zwinkert Irina Nicole verschwörerisch zu: »Wann ist so weit?« Nicole geht nicht darauf ein.

»Fünfter Monat«, antwortet Thies.

28

Seit vierzig Jahren fahren Schmelzers im Frühjahr an die Nordsee. Normalerweise sind sie auf Hallig Hooge. Doris Schmelzer flieht vor den Birkenpollen, und Udo Schmelzer beobachtet die Zugvögel, die auf ihrem Rückweg nach Norden im Wattenmeer rasten. Nun hatte sich Doris bei einem Unfall gerade den linken Fuß gebrochen. Deshalb hatten sie von Hooge kurzfristig aufs Festland umgebucht. Ohne Auto wäre sie auf der Hallig mit dem gebrochenen Fuß zu unbeweglich. Die Internetseite des kleinen »Bed and Breakfast« in dem Örtchen Fredenbüll sah wirklich nett aus mit dieser gemalten alten Kaffeekanne und den lachenden Lämmern, die im Hintergrund über den Deich springen. Doris hatte gleich ein Zimmer gebucht.

Die Fahrt von Bad Hersfeld in den Norden war reibungslos verlaufen. Sie waren in aller Herrgottsfrühe losgefahren und gut durchgekommen, ohne Stau vor dem Elbtunnel und vor allem ohne Streit. Beide hatten ihre erste Friesentorte und Tee in einem kleinen Café am Koog genossen. Aber jetzt droht Unheil. Von Nordwesten von den Inseln zieht eine dunkle Wolkenfront auf sie zu. Und dann will Frau Schmelzer wenige Kilometer vor dem Ziel unbedingt noch mal auf die Toilette.

»Wir sind jeden Augenblick da. Doris, das sind keine fünf Kilometer«, brummt ihr Mann ärgerlich. »Solange wirst du es doch wohl noch aushalten.«

»Ich mag es einfach nicht, bei der Ankunft in der Pension als Erstes sofort aufs Klo zu rasen. Lass uns bitte vorher noch mal anhalten!«

»Warum musstest du auch so viel Tee trinken? Es ist immer wieder dasselbe«, nölt er. Aber dann fährt Udo Schmelzer doch im nächsten Ort auf die kleine Tankstelle. Für die Provinz herrscht hier erstaunlich reger Betrieb. Vor der Halle steht ein schwarzer Porsche auf dem Hof. Ein Mann mit rotem Kopf und roten Hosen betankt einen alten Landrover. An einer anderen Tanksäule steht ein Pick-up ohne Fahrer. Auf der Ladefläche steht ein verdreckter leerer Kunststofftank. Und vor dem Gerät für die Prüfung des Reifendrucks am Rand des Hofes ist der Transporter eines Cafés geparkt. Es beginnt zu regnen.

»Zieh dir deinen Anorak über«, ruft Udo Schmelzer seiner Frau zu. Aber da ist Doris längst ausgestiegen. Udo tankt. Seine Frau lässt sich vom Tankwart den Schlüssel für die Toilette geben, die auf der Rückseite der Tankstelle liegt. Udo zahlt und fährt den Wagen von der Tanksäule an den Rand neben einen Reifenstapel. Dann wartet Schmelzer.

Er sucht einen neuen Sender im Autoradio und landet immer wieder bei einem dänischen Sender mit Wortbeiträgen, die er nicht versteht. Er sieht auf die Uhr im Armaturenbrett. Das dauert wieder! Jetzt schüttet es auf einmal richtig. Der Wind peitscht kurze

Regenduschen gegen die Frontscheibe und das Seitenfenster seines Wagens. Udo kann draußen kaum mehr
etwas erkennen. Mitten am Tag ist es auf einmal stockdunkel geworden. Udo schaltet den Scheibenwischer
ein. Wenn Doris mit ihrer schwachen Blase nicht unbedingt wieder aufs Klo gemusst hätte, würden sie
längst in ihrer Pension im Trockenen sitzen und Doris
könnte so viel Tee trinken wie sie will. Aber nein, sie
mussten ja unbedingt noch mal auf diese blöde Tankstelle! Wo bleibt sie nur?

Udo spielt weiter an seinem Autoradio. Statt Musik
immer wieder nur dieser dänische Sender, in dem ewig
geredet wird. Er sucht in den unzähligen Taschen
seiner beigefarbenen Freizeitweste nach einem Kräu-
terbonbon. Er sieht auf die Uhr. Weitere fünf Minuten
sind vergangen. Udo kommt es wie eine halbe Stunde
vor. Er hat keine Lust, seinen Urlaub hier auf dieser
Tankstelle zu verbringen. Der Regen wird immer stärker, und es wird immer dunkler. Udo stellt den Scheibenwischer auf Intervallschaltung um. Die Wischblät-
ter kommen gegen die Wassermassen ohnehin nicht
an. Außerdem beschlägt die Scheibe jetzt auch von
innen immer mehr. Nicht mal die großen Leuchtzah-
len des Tankstellenschildes sind mehr zu erkennen.
Auf einmal sieht Schmelzer verschwommen an dem
Pick-up die Bremslichter rot aufleuchten.

Fast eine Viertelstunde sitzt er jetzt hier und seine
Laune verschlechtert sich minütlich. Gleichzeitg beginnt er aber auch, sich Sorgen zu machen. Was dauert da nur so lange? Traut sich Doris mit dem Gipsfuß

nicht nach draußen in den Regen? Ist sie auf dem Klo gestürzt? Ist da etwas passiert? Ein paar Minuten bleibt er noch sitzen, dann schnappt er sich einen Schirm und öffnet die Fahrertür. Augenblicklich schlägt ihm der Regen entgegen. Er läuft an dem Tankstellenhaus vorbei, in dem er vorhin bezahlt hat. Es brennt Licht. Aber der Tankwart ist nicht mehr da. Dann geht er eilig um das Gebäude herum. Hier ist Doris Richtung Toilette verschwunden, meint er gesehen zu haben.

»Doris!!«, ruft er. Es gibt zwei Türen. Ein WC-Schild ist nirgends zu entdecken. »Bist du hier irgendwo?« Er schreit jetzt gegen den prasselnden Regen an. Die Türen haben keine Klinke, sondern nur einen Knauf. Udo zieht an dem Türgriff und versucht ihn zu drehen. Die Tür ist verschlossen, und auch die zweite Tür lässt sich nicht öffnen. Er schlägt mit der Faust dagegen. Keine Reaktion. Von der Seite erwischt ihn eine Regendusche im Gesicht, aber er setzt seinen Rundgang um das Gebäude fort.

»Hallo!! Ist hier jemand?!« Aber Udo Schmelzer scheint der einzige Mensch weit und breit an dieser Tankstelle zu sein. Sehr seltsam. Eben war hier doch noch der Teufel los.

»Doris!« Eine Windbö stülpt den Schirm nach außen und wieder peitscht ihm der Regen ins Gesicht. »Doris! Verdammt, wo steckst du?!« Panisch hetzt er noch einmal um die gesamte Tankstelle herum und hält dabei den Schirm gegen den Wind, damit er wieder umklappt.

Doch einzig und allein sein Auto steht noch da im Schein der Leuchtreklame neben dem Reifenstapel. Eines der Leuchtschilder flackert. Udo Schmelzer ist allein.

29

Die Fredenbüller Ermittlungsarbeiten stocken gerade etwas, auch weil Thies Nicole immer wieder von der Arbeit abhält. »Erholungspausen sind ganz wichtig während der Schwangerschaft«, weiß der zweifache Vater. Also schiebt Nicole zwischendurch in der kleinen Zelle der Wache immer mal ein paar Minuten Schwangerschaftsyoga ein. Und Thies sitzt, seit seinem Besuch in Dänemark, viel im Keller der kleinen Wache und sieht alte Akten durch. Er hat sich in dem feuchten Keller mittlerweile einen kleinen Schreibtisch aufgebaut.

Mit den beiden Jauchetoten kommen sie nicht weiter. Und auch von Renate haben sie nicht den Ansatz einer Spur. Von Irina Bereshnajas Wohnwagen sind sie gleich zu Alexandra gefahren. Aber auch ihre Befragung hat keine neuen Erkenntnisse gebracht. Dass im Hinterzimmer des Frisiersalons nachts die Telefonleitungen heiß laufen, war ja nun bekannt. Aber wo Renate, der heimliche Star der Hotline steckte, das wusste auch Alexandra nicht. Und sie wirkte glaubwürdig. Die sonst so rassige Friseurmeisterin war ungewöhnlich kleinlaut. Auch sie machte sich offenbar die größten Sorgen. Die Zeit wird immer knapper. Die Chancen, eine Vermisste lebendig aufzufinden, werden mit jedem Tag geringer, das weiß Thies aus seinem Profiling-Seminar.

Heute haben Thies und Nicole ein volles Programm. Mit ihren Befragungen kommen sie kaum hinterher. Die Verdächtigen, die bei »Gastro-Quick« bestellen, sind alle noch im Spiel: Schlotfeldt, von Rissen, Tankwart Sönke, der ehemalige Wirt Horst Röpke, das »Café Wattblick«. Aber wer dort eigentlich? Der Kellner Herr Robert? Trägt der nicht auch diese Krawatte in den Farben Gold-Rot-Blau? Den beiden Polizisten bleibt gar nichts anderes übrig, als alle Verdächtigen abzuklappern.

Auf dem Weg zu dem ehemaligen Gasthof in Reusenbüll fängt es an zu schütten. Als sie vor dem alten Krog halten, wo vor fünf Monaten in Bountys Übungsraum diese legendäre Party stattgefunden hat, grinst Nicole ihren Kollegen provozierend an. »Na, Thies, das kommt uns doch irgendwie bekannt vor.« Thies wird trotz des strömenden Regens gleich wieder warm unter seiner Polizeimütze. Ist vielleicht einer der Bandmitglieder von »Stormy Weather« der Vater ihres Kindes? Bounty oder Doktor Niggemeier? Nein, der hat schließlich Familie, mit der er auf einem alten Hof bei Husum lebt, und außerdem ist er Teljes Klassenlehrer. Dann doch eher von Rissens schnieker Anwalt Cordt Brookmann.

Die beiden kämpfen sich mit Regenschirm an dem Gerümpel und den Gartenabfällen vorbei zum Hintereingang. Nicole wirft einen abfälligen Blick auf die leeren Bierkästen, die gerade neu mit Regenwasser aufgefüllt werden. Auf das erste Türläuten reagiert Horst Röpke noch nicht. Aber im Haus ist ein Fernseher zu hören, offenbar wieder eine Gerichtssendung. Nicole drückt sich an die Hauswand, um nicht zu nass zu werden. Erst als Thies Sturm klingelt, ist das Pantoffelschlurfen zu hören.

»Klaas, bist du dat? Paket, oder wat?«

»Nee, Horst, Polizei ... Ich bin dat. Thies!« Er klopft an die Tür. »Horst, mach mal auf, dat regnet!«

Das Glas in der Windfangtür klappert, dann öffnet sich die Haustür. »Is offen. Wat gibt dat denn?« Horst Röpke ist mal wieder bester Laune. Der verfilzte Haarkranz steht vom Kopf ab, und die schmuddelige Wolljacke ist schief geknöpft. Nur die Krawatte leuchtet frisch in den Nordfriesland-Farben. Thies und Nicole sehen sich an.

»KHK Stappenbek, Mordkommission Zwei aus Kiel.« Nicole zeigt ihren Ausweis. »Herr Röpke?«

Röpke nickt müde.

»Wir haben ein paar Fragen an Sie.«

»Horst, wo hast du die Krawatte her?«, fällt Thies mit der Tür ins Haus.

»Überprüft die Mordkommission jetzt schon, ob der Schlips richtig sitzt?«, brummt der ehemalige Wirt.

»Komm, Horst, keine Ausflüchte, wo kommt der Schlips her? Und davon hast du doch noch mehr, oder?«

»›Gastro-Quick‹«, knurrt Röpke. »Ich lass mir all meine Sachen von denen schicken. Dat war früher mein Lieferant im Krog. Bin ich einfach dabei geblieben.« Er spricht verzögert, so als hätte er schon ein paar Biere intus.

»Hast du also schon immer gehabt, die Schlipse in der Farbe?«

»Ja, is gute Qualität.«

»Wat Klaas gesagt hat«, flüstert Thies Nicole zu.

»Herr Röpke, können wir kurz zu Ihnen reinkommen? Wir stehen hier so ein bisschen im Regen.« Nicole zeigt auf ihren Schirm.

»Passt eigentlich grad nich, aber na gut.« Die beiden klappen ihre Schirme ein und treten in den kleinen Flur. Der Ton aus dem Fernseher wird lauter. Eine Frau beschimpft jemand anderen mit kreischender Stimme. Zwischen der Kommode mit einem angestaubten Plastikalpenveilchen und der Garderobe stehen sich Röpke und die beiden Polizisten gegenseitig auf den Füßen. An dem Garderobenhaken hängen eine Öljacke und ein riesiges Lebkuchenherz mit Zuckergussschrift, das hier seit Ewigkeiten vor sich hin staubt. Neben der Kommode steht eine Abfalltüte, die randvoll mit Pappschalen und anderem Verpackungsmaterial gefüllt ist. Eindeutig aus »De Hidde Kist«. Thies erkennt das sofort.

»Na, Horst, wirst auch von Antje versorgt?«

»Ja, dat schmeckt, nä«, konstatiert Röpke knapp.

»Man hat mir gesagt, dass Birgit Böhnke früher bei Ihnen im Krog gearbeitet hat?«, übernimmt Nicole die Befragung.

»Birgit Böhnke? Ja, die war 'ne Zeit Servièrerin bei mir. Ich hab schon gehört ...« Röpke steckt umständlich sein Hemd in die Hose. »Ich konnt dat gar nich glauben. Eigentlich wollte sie damals zu ihrem Freund runter ... nach Kassel, die Gegend. Dat war ausgerechnet kurz vor Ostern, wenn im Krog am meisten los war.«

»Dienstag vor Ostern?«, will Thies wissen.

»Dienstag? Gut möglich.«

»Sach ma, hieß dieser Freund Kevin?«, fragt Thies weiter.

»Ja, genau. Wie Kevin Keegan, war mir damals gleich aufgefallen.«

»Haben Sie vielleicht noch eine Adresse von ihm? Wissen Sie, wo er lebt?«, versucht es die Kommissarin.

»Nee, wie gesagt, Kassel oder so, irgendwo da unten.« Röpke zeigt zur Bundesstraße Richtung Husum.

»Hatte Frau Böhnke Feinde? Gab es Konflikte, irgendwelche Auseinandersetzungen?« Nicole starrt Röpke auf seinen verfilzten Haarkranz. Große Hoffnungen macht sie sich nicht, aus dem ehemaligen Wirt etwas Verwertbares herauszubekommen.

»Na ja, da war ja damals diese Geschichte mit den Schweinen«, erzählt Röpke mit einer Selbstverständlichkeit, als wären Thies und Nicole dabei gewesen.

»Schweine?« Die Kommissarin versteht nicht ganz.

»Wir haben dat Fleisch für den Krog ja direkt von Schlotfeldt gekriegt. Ich hab dann ganze Schweine genommen. Gleich zerlegt und ab in die Truhe.«

»Kühltruhe?« Thies ordnet seinen blonden Frontspoiler.

»Ja, ich hatte zeitweilig bis zu sechs Truhen laufen.«

Angesichts des Schweinethemas wird Röpke jetzt richtig gesprächig. »Und dann hatte Schlotfeldt ja die Schweinepest bei sich auf 'm Hof. Eins von den Schweinen war bei uns gelandet. Dat andere infizierte Schwein hat er wohl irgendwie entsorgt, ehe der Fleischbeschauer da war.« Röpke zieht sich das Hemd wieder aus der Hose heraus. »Wenn die vom Amt wat gefunden hätten, dann hätte er wohl die ganz Halle notschlachten müssen.«

Thies nickt Nicole wissend zu. »Wo dat Schwein mit der Pest gelandet ist, das können wir uns zumindest denken.«

»Aber was hat Birgit Böhnke mit der Schweinepest zu tun?«, will die Kommissarin wissen.

»Birgit? Wieso? Die hat das doch damals überhaupt erst zur Anzeige gebracht.« Röpke sieht die beiden Polizisten an, als lebten sie hinterm Mond. »Ich hätte das gar nich angezeigt. Aber Birgit meinte, dat wär meldepflichtig und so. Sie war sowieso nich gut auf Schlotfeldt zu sprechen.«

»Wissen Sie, warum?«, will die Kommissarin weiter wissen.

»Weiß ich auch nich so genau. Er hat wohl immer bei ihr angerufen … Telefonterror oder so.« Röpke fährt sich mit den Fingern durch den verfilzten Haarkranz.

»Angerufen? Telefonterror?« Bei Thies klingelt es. Nicole nickt.

30

Bevor sich Thies und Nicole den Schweinebauern Schlotfeldt noch mal vornehmen, brauchen sie bei dem kalten Regenwetter zwischendurch dringend einen Kaffee. Als sie bei der »Hidden Kist« vorfahren, sehen sie einen Wagen mit dänischem Kennzeichen vor dem Imbiss stehen.

Morten Jensen trinkt an Stehtisch Eins gerade einen doppelten Aquavit zum Rollmops-Burger. Die Lakritztüte liegt daneben. Mandy, deren Dienst im »Wattblick« erst später beginnt, prostet ihm fröhlich mit einer Toten Tante zu.

»Sind Se wirklisch ener von diesen dänischen Kommissorn? So rischtisch wie aus'm Grimi?«, versucht sie mit ihm ins Gespräch zu kommen. Doch der sächsische Charme der Eisprinzessin mag auf Morten Jensen noch nicht recht überspringen. Der Kommissar aus Tondern ist wieder kreidebleich und sieht müde aus.

»Zu Mittag schon een schnasseln«, flüstert Mandy Klaas zu, der grade die Post sortiert. Antje wirft ihr einen strafenden Blick zu.

»Min Deern, du hast ja auch schon die zweite Tote Tante heute Morgen«, brummt Piet Paulsen.

»Aber hauptsächlich Gagao!« Mandy streicht sich die Farrah-Fawcett-Welle aus der Stirn und löffelt genüsslich die Sahnehaube von ihrem Becher. Schäfermischling Susi sieht zu ihr hoch und leckt sich die Schnauze.

»Moin, Morten!« Thies Detlefsen stürmt gleich auf seinen dänischen Kollegen zu, als er mit Nicole zusammen den Imbiss betritt. »Dat is ja 'ne echte Überraschung. Gibt's was Neues?« Thies und Nicole schütteln sich die Regentropfen aus den Haaren.

»Goddag, Thies.« Morten Jensen sieht seinen deutschen Kollegen dabei nicht an. Er schiebt das Schnapsglas ein Stück von sich weg, legt das Fischbrötchen beiseite und harkt sich durch den ungepflegten graublonden Bart.

»Nicole, das is Morton Jensen aus Tondern, weißt schon … und das is Nicole Stappenbek von der Mord Zwei in Kiel«, stellt Thies die beiden Kommissare einander vor.

Nicole gibt dem Kollegen die Hand. »Ein echter dänischer Kommissar. Seit Thies bei dir in Tondern war, hat er jetzt auch seinen Schreibtisch im Keller.«

»Sach isch doch, wie im Grimi«, fühlt sich Mandy an Stehtisch Zwei bestätigt.

»Ja, mal sehen. Dat bringt noch nich so viel, wir haben ja kaum alte Akten.« Thies grinst verlegen.

»Aber ich hab in meine Akten noch was gefunden«, summt Jensen mit dänischem Akzent. »Die Vermisstensache, von der Merete Thies erzählt hat. Das könnte euch interessieren.« Er schlägt einen verstaubten Pappordner auf, aus dem ihnen schimmeliger Kellermief entgegenschlägt. Nicole muss sofort niesen.

Aus einer vergilbten Plastikhülle zieht Jensen eine Postkarte. Thies ist sofort wie elektrisiert. Die Karte zeigt einen alten Hamburg-Stich: die Binnenalster um 1835. »Hier, das is noch mal so eine Postkaade, wie wir sie schon hatten. Hat die Frau geschrieben, eine Woche, nachdem ihr Freund sie vermisst gemeldet hatte.« Jensen greift in die neben dem Schnapsglas liegende Lakritztüte.

»Dat gibt's doch nich.« Thies nimmt seinem Kollegen sofort die Karte aus der Hand und dreht sie um. Die Karte hat eine deutsche Briefmarke, aber der Text ist dänisch.

»Wat schreibt sie?« Thies reicht Morten die Karte zurück und greift ebenfalls in die Lakritztüte.

»Ich bin in Hamburg und gehe auf eine lange Reise«, übersetzt Jensen. »Klingt wie so eine Abschiedsbrief.«

»Klingt vor allem wie die Karten, die unsere beiden Opfer angeblich geschrieben haben sollen«, schnüffelt Nicole vor sich hin.

»Nicole, dat is jetzt … die vierte Karte …!«

»Unser Kriminaltechniker hat recherchiert, dass diese Karten zu einem sechsteiligen Postkartenset gehören«, erklärt Nicole.

»Zwei an Morten geschickt, zwei an uns.« Thies überlegt. »Zwei Postkarten fehlen noch.« Er bekommt schlagartig seinen Kuhblick. »Der Postkartenmörder ist noch nich fertig.«

Antje sieht besorgt hinter ihrem Glastresen hervor, Paulsen sieht skeptisch über seine Gleitsichtbrille hinweg, und Mandy zupft sich nervös an den Farrah-Fawcett-Locken. »Hört blooß auuf!«

»Ich mag die Post schon gar nich mehr sortieren«, seufzt Klaas von Stehtisch Zwei. »Ich denk immer, ich hab irgendwann auch so 'ne Karte mit diesen alten Stichen bei meinen Zustellungen dabei.«

Die drei Polizisten begutachten die Karte mit der historischen Ansicht. Morton Jensen gibt eine Runde Lakritz aus, als ein Auto auf den Imbiss zugerast kommt. Der Wagen mit dem auswärtigen Kennzeichen hält an und ein Mann steigt aus und rennt durch den Regen auf den Imbiss zu. Er stürzt sofort auf Thies zu, den er an seiner Uniform als Polizisten erkannt hat.

»Sind Sie die Polizei hier? Meine Frau ist auf einmal weg!« Der Mann ist klitschnass, hat einen hochroten Kopf und ist völlig außer Atem.

»Nu mal ganz ruhig.« Thies setzt seine Polizeimütze auf. »Eins nach dem andern.«

»Ich war schon eben bei der Wache. Aber da war ja niemand. Meine Frau ist wie vom Erdboden verschluckt.« Der arme Mann ist vollkommen durcheinander.

»Wer sind Sie denn?«, fragt Nicole. »Ich bin Hauptkommissarin Stappenbek und das ist POM Detlefsen, der hier vor Ort zuständig ist.«

»Schmelzer ... also ... Udo Schmelzer. Von einem Moment zum anderen, einfach verschwunden. Und ich hab noch gesagt, du kannst doch gleich in der Pension aufs Klo.« Thies, Nicole und Morten Jensen blicken fragend. Auch die Belegschaft von Stehtisch Zwei sieht Udo Schmelzer staunend an, der nervös und mit beschlagener Brille vor ihnen herumzappelt. »Aber sie musste vorher ja unbedingt noch mal auf Toilette.«

»Herr Schmelzer, jetzt setzen Sie sich erst mal.« Nicole gibt Thies ein Zeichen, dass er seinen Hocker frei macht. »Erzählen Sie mal, was ist denn überhaupt passiert?«

»Jetzt mach ich Ihnen erst mal 'n schönen Ladde macchiato«, ruft Antje vom Glastresen herüber. Aber Udo Schmelzer geht gar nicht darauf ein.

»Normalerweise sind wir ja immer auf Hallig Hooge, aber diesmal …«, stottert er und bringt kein Wort mehr heraus. Seine Brille beschlägt immer mehr.

»Ihre Frau war also auf Toilette und ist von da nicht wieder zurückgekommen«, fasst Nicole den bislang dünnen Sachverhalt zusammen. »Wo war das denn?«

Nachdem ihm Antje einen heißen Latte macchiato serviert hat, ist Schmelzer dann doch halbwegs in der Lage, das rätselhafte Verschwinden seiner Frau auf der Tankstelle in Schlütthörn zu schildern.

»Wir werden gleich eine Vermisstenmeldung herausgeben«, verspricht Nicole.

»Vor allem werden wir uns selbst mal umgucken.« Thies würde am liebsten gleich zur Tat schreiten.

»Bleiben Sie hier vor Ort, Herr Schmelzer?«, will Nicole wissen. »Haben Sie eine Unterkunft?«

»Ja, das ist es ja eben. In der Pension ist auch niemand.« Udo ist empört.

»Sie haben in der Pension hier in Fredenbüll gebucht?«, fragt Nicole nach.

»Ja, dieses, wie heißt es … Bed and Breakfast mit den kleinen Schafen …« Schmelzer reibt mit einem Taschentuch seine Brille.

»Oh, dat is jetzt schlecht!« Thies macht ein ernstes Gesicht. »Renate ist auch nicht da.«

»Ich hatte uns aber für mittags angemeldet. Wann kommt sie denn wieder?«

»Jaaa …« Thies zögert. »Dat is so 'ne Sache. Dat weiß man nich so genau. Renate ist auch verschwunden.«

Udo Schmelzer blickt irritiert. Irgendwie war dieser Urlaub wohl eine falsche Entscheidung, denkt er. »Wie gesagt, normalerweise fahren wir immer auf die Hallig Hooge. Aber bei meiner Frau ist das im Augenblick ein bisschen schlecht. Sie hat sich den Fuß gebrochen.«

»Den Fuß? Oh, dat is lebensgefährlich!«, platzt es aus Piet Paulsen heraus.

»Nein, so schlimm ist das auch wieder nicht. Sie hat nur diesen Gips, mit dem sie etwas unbeweglich ist.«

Thies, Nicole und die gesamte Imbissrunde sehen Udo Schmelzer mit sorgenvollem Blick an.

Obwohl es Tag ist, dringt durch den Riss in der Zeitung kaum Licht. Draußen schüttet es. Der Regen prasselt auf die Steinplatten vor dem Fenster und von dort spritzen die Tropfen gegen das Glas. So hört es sich zumindest an. Sehen kann Renate das nicht, aber sie stellt es sich vor. Sie hat jegliches Zeitgefühl verloren, und das macht sie nervös. Der prasselnde Regen hatte sie beinahe beruhigt und sie konnte ein Weilchen vor sich hindösen. Keine Ahnung, wie lange. Jetzt ist sie durch schrille Stimmen plötzlich hochgeschreckt. Sofort versteckt sie hektisch das kurze Gleisstück aus der Modelleisenbahn hinter sich, das sie in Händen gehalten hatte. In mühevoller Arbeit hat sie in der letzten Nacht diese kleine Metallschiene aus der Modellanlage ausgebaut, besser gesagt herausgerissen. Mit dem herausstehenden Metalldorn hatte sie dann die halbe Nacht versucht, ihre Fußfessel zu lösen. Bisher vergeblich.

Aus Angst, dass ihr Peiniger das kleine Schienenstück entdecken könnte, setzt sie sich auf das Metall. Doch bei der kleinsten Bewegung spürt sie wieder die Entzündung in ihrem Fuß. Das Pochen in der Wunde ist schlimmer geworden. Der Fuß ist mittlerweile so stark geschwollen, dass die eiserne Fußfessel die Haut einschnürt. Sie hat das Gefühl, dass ihr Herz sämtliches Blut in ihren Fuß pumpt. Schapp-schapp-schapp. Da ist wieder das Flügelschlagen der auffliegenden Ente.

Im ersten Augenblick meint sie geträumt zu haben. Aber dann hört sie die Stimmen ganz deutlich. Wer ist das? Ist das ihre Rettung? Kommt sie endlich frei? Jetzt werden die Stimmen immer deutlicher. Eigentlich ist es nur eine Stimme. Und es klingt, als käme sie aus einem Nebenraum. Aus dem Raum mit der anspringenden Tiefkühltruhe? Es ist eindeutig die Stimme einer Frau. Bisher hat Renate nur ein fernes Schluchzen und Jammern wahrgenommen. Jetzt versteht sie einzelne Worte.

»Verdammt, ich muss auf Toilette«, schluchzt die Frau. Dann wird daraus ein leiseres Wimmern. »Was wollen Sie von mir?«

Sie bekommt keine Antwort. »Bitte, bitte, lassen Sie mich wieder frei. Ich hab Ihnen doch nichts getan! Ich verrate der Polizei auch nichts. Lassen Sie mich einfach wieder laufen!« Ihre verzweifelte Stimme überschlägt sich. »Erbarmen!« Sie schreit jetzt. »Haben Sie doch Erbarmen!«

Dann hört Renate Schritte. Er klingt wie ein Stolpern, als wenn die Frau geschubst wird. »Können Sie mir nicht wenigstens diese Augenbinde abnehmen?« Keine Antwort. »Was wollen Sie? Geld? Das Ganze muss ein Irrtum sein, eine Verwechslung.«

Die Frau sagt genau dasselbe wie sie. Aber sie ist viel hysterischer. Sie hat eindeutig schlechtere Nerven, findet Renate.

»Bitte, bitte, lassen Sie mich wenigstens auf Toilette«, jault die Frau.

Auf einmal wird Renate klar, dass sie nicht mehr allein in diesem schrecklichen Keller ist. Sie weiß nicht recht, ob sie das beruhigen oder beunruhigen soll. Wer ist das, der hier mehrere Frauen gefangen hält? Was hat er mit ihnen vor? Ihr Blick fällt auf das Regal mit den Weckgläsern: Sauerfleisch 2007. Es läuft ihr kurz einmal kalt den Rücken herunter.

Die andere Person entfernt sich. Oder waren es mehrere? Renate kann das nicht mit Sicherheit heraushören. Jetzt hört sie nur noch die Frau ganz leise schluchzen. Dann wird ihr Wimmern von dem prasselnden Regen übertönt. Renate rüttelt an ihrer Kette. »Hallo!«, ruft sie. »Ist da jemand?«

»Können Sie Ihre Frau etwas genauer beschreiben?«, fragt Nicole.

»Sie sieht eigentlich normal aus.« Udo Schmelzer klingt besorgt, aber auch leidenschaftslos. Thies und Nicole sitzen inzwischen mit ihm in der Fredenbüller Wache. Morten Jensen ist auch mitgekommen. »In dem Fall müssen wir international zusammenarbeiten«, hatte Thies gesagt und Jensen war gar nichts anderes übrig geblieben, als seine deutschen Kollegen zu begleiten.

Schmelzer starrt gedankenverloren auf die Fotos mit den Mordopfern vor Schlotfeldts Güllebecken.

»Was bedeutet bei Ihnen normal?«, hakt Nicole nach.

Udo überlegt.

»Besondere Kennzeichen?«, hakt Thies nach.

»Das Gipsbein.« Schmelzer ist fast erleichtert, dass ihm überhaupt etwas einfällt.

»Und sonst. Wie groß ist Ihre Frau? Was hat sie für Haare?« Die Kommissarin lässt nicht locker.

»Na ja, sie war grad beim Friseur … neue Dauerwelle … und sonst eigentlich normal … wie gesagt.«

Nicole schnieft entnervt. Morten Jensen holt die Lakritztüte heraus.

»Was hatte sie für Klamotten an?«, fragt Thies weiter.

»Ja, was hatte sie an?« Udo hatte seine Frau heute offensichtlich noch nicht so genau betrachtet. »Ihr Anorak liegt noch im Wagen. Sie wollte ja nur zur Toilette. Nee, sie hatte gar nichts über, und das bei dem Regen. Ich hab noch gesagt, zieh den Anorak über.« Schmelzer blickt fasziniert auf die Fotos mit den Skeletten. »Doris kann doch nicht einfach verschwunden sein.«

»Haben Sie ein Foto von Ihrer Frau dabei?«, versucht Nicole es noch mal.

Schmelzer überlegt. »Höchstens den Ausweis von ihr … Ach nee, den hat sie in der Handtasche, und die hatte sie mit auf Toilette.«

Thies wird auch langsam ungeduldig. »Wat sollen wir denn da jetzt für ’ne Meldung rausgeben? Die Vermisste trägt Gipsbein und Dauerwelle, oder wat.«

Nicole muss sich mal wieder das Grinsen verkneifen. Nur Morten Jensen zeigt keine Gefühlsregung und bietet stattdessen seine Salzlakritzen an.

»Vorsicht, Nicole, die sind richtig scharf. Vielleicht grad nich so gut für dich.« Er deutet auf ihren Babybauch.

Gemeinsam mit Udo Schmelzer fahren die Polizisten zur Tankstelle nach Schlütthörn. Monteur Sönke kommt mit dem obligatorisch ölverschmierten Gesicht unter dem Porsche des Hamburger Anwalts hervor.

»KHK Stappenbek aus Kiel.« Nicole zückt ihren

Dienstausweis. »Das ist unser dänischer Kollege Morten Jensen, und Thies Detlefsen kennen Sie ja.«

»Gleich zu dritt, oha.« Sönke wirkt nervös. »Ja, ich weiß ja, wat passiert is. Kann ich sonst auch nix zu sagen.«

»Wo ist denn die Toilette, auf der Frau Schmelzer gewesen sein soll?«, will die Kommissarin wissen.

»Da müssen wir einmal draußen um die Halle rum. Ich hab hier drinnen das Klo. Für Kunden ist draußen.« Der Mechaniker geht mit ihnen an dem Reifenstapel vorbei zu der stählernen Toilettentür. Der starke Regen hat aufgehört, aber es nieselt immer noch.

»Ja, hier.« Sönke zeigt auf die Tür. »Das is dat Klo.« Er bleibt untätig davor stehen.

»Ja, schließen Sie bitte mal auf.« Nicole wird ungeduldig.

»Wieso, ich hab den Schlüssel nicht. Den hat seine Frau.« Sönke zeigt auf Udo.

»Und wo ist meine Frau?« Schmelzer rüttelt an dem Türgriff und ruft verzweifelt: »Doris!«

»Herr Schmelzer, Ihre Frau ist da nicht mehr auf dem Klo«, will Nicole ihn beruhigen.

»Die Frau bei uns auf Römö hat den ganzen Winter über in der Sauna gesessen«, wendet Morten Jensen ein. »Was ist dagegen schon eine Nacht auf die Toilette.«

Schmelzer starrt den dänischen Kommissar irritiert an.

»Dat heißt, wir kommen da gar nich rein.« Thies

kann es nicht fassen. »Hast du keinen zweiten Schlüssel?«

»Nee, nur einen, und den hat wie gesagt seine Frau.« Der Tankwart streicht sich mit den öligen Fingern die Haare aus dem Gesicht.

»Frau Schmelzer hat sich bei Ihnen also den Schlüssel geholt? Haben Sie sie danach noch mal gesehen?« Die ganze Truppe geht zurück in die Halle ins Trockene.

»Nee, sie ist mit dem Schlüssel los und dann war sie weg.« Sönkes Augen leuchten hell in dem öligen Gesicht. Sein Blick flackert.

»Das gibt's doch nich, du musst doch gesehen haben, wo die Frau abgeblieben ist.« Thies schüttelt den Kopf.

»Nee, war ja auch grad dieser Regen, da hast du gar nichts gesehen.« Der Tankwart nimmt sich einen auf dem Werkzeug liegenden Lappen und wischt sich damit die verschmierten Finger. »Ich hab keinen blassen Schimmer, wo sie damit hin is.«

Irgendwie kommt Thies das Muschelmuster auf dem Lappen plötzlich ganz vertraut vor.

»Zu dem Zeitpunkt sollen noch andere Kunden auf der Tankstelle gewesen sein. Wer war das?«

»Andere Kunden? Keine Ahnung.« Sönke putzt verlegen an seinen Händen herum.

»Das hab ich aber genau gesehen«, schaltet sich Udo Schmelzer ein. »Die ganze Tankstelle stand ja voller Autos.«

»Ich schreib mir dat nich auf, wer bei mir wann zum

Tanken kommt, und Videoüberwachung haben wir hier auch nich.«

»Das eine war so ein alter Geländewagen.« Udo Schmelzer schiebt sich die Brille auf die Nase zurück. »Dann so ein Wagen mit Ladefläche und ein Transporter mit einer Aufschrift von einem Café …«

»›Wattblick‹?«, fragt Thies. Schmelzer nickt.

»Kann schon sein«, mault Sönke.

»Der Kellner aus ’m ›Wattblick‹, von Rissen und Schlotfeldt«, flüstert Thies Nicole zu. »Da haben wir die Kandidaten von deiner Pinnwand ja alle beisammen.«

Sönke wirft seinen Lappen auf den Werkzeugkasten. Jetzt fällt bei Thies der Groschen. Das Muschelmuster! Auch Nicole hat auf einmal ganz deutlich Renates Kittelschürze vor Augen, die sie Imbisshündin Susi gestern als Köder hingehalten hatten.

»Wo haben Sie diesen Stoff her?« Die Kommissarin zeigt auf den Werkzeugkasten.

»Den Lappen da? Keine Ahnung. Dat sind irgendwelche Stoffreste.« Der Monteur kramt eine zerknüllte Zigarettenpackung aus seinem Overall.

»Sönke, wir wissen ganz genau, wo du dat her hast. Das is Renates Kittelschürze!« Thies ist sich ganz sicher, der Schlütthörner Tankwart hat Renate entführt und auch deren Pensionsgast Doris. »Wo hast du die beiden versteckt?«

»Ich hab keine Ahnung, wovon ihr redet.« Sönke zündet sich eine Filterlose an. Nicole schnuppert sehnsüchtig den Rauch.

»Gibt es hier eine Keller?«, fragt Morten Jensen, der sich mit Kellerräumen auskennt.

»Hausdurchsuchung?« Thies sieht Nicole fragend an.

»Braucht ihr dazu nich so 'n … Durchsuchungsbefehl, oder wie dat heißt?« Er bläst Thies Rauch ins Gesicht.

»Den haben wir schneller, als du deinen Porsche hier von der Hebebühne runter hast«, blafft Thies den Tankwart an.

»Is ja schon gut, seht euch ruhig um. Ich hab hier niemand versteckt.« Der Monteur nimmt einen tiefen Zug und tritt nervös die halb gerauchte Zigarette aus.

»Und diesen Lappen nehmen wir auf jeden Fall mal mit.« Die Kommissarin zieht eine Plastiktüte aus ihrer Lederjacke und lässt den Stoff mit dem Muschelmuster darin verschwinden.

Bei der anschließenden Durchsuchung der gesamten Tankstelle entdeckt Morten Jensen im Werkzeugkeller eine stattliche Sammlung von Pornomagazinen. »Alles original dänische Produktion.« Doch von Renate und Doris Schmelzer ist keine Spur zu entdecken. Thies und Nicole verzichten vorerst darauf, Tankwart Sönke auf die Wache mitzunehmen. »Für eine Verhaftung ist der Stofffetzen mit dem Muschelmuster ein bisschen dünne«, findet Nicole.

Bei den weiteren Ermittlungen teilen die Polizisten sich auf. Thies macht sich in Fredenbüll und Umgebung auf die Suche nach Doris Schmelzer. Er durchkämmt die ganze Gegend, die kleinen Straßen am Deich, die Badestelle in Neutönninger Siel, die verfallene Scheune im Deichvorland, wo bei ihrem letzten Fall die Bankräuberbande untergetaucht war. Er fragt im Edeka-Markt von Bürgermeister Ahlbeck nach, in der Raiffeisenbank, im Frisiersalon. Doch überall bekommt er dieselbe Auskunft. »Gipsbein und neue Dauerwelle? Das wär mir aufgefallen.« Friseurmeisterin Alexandra ist sich ganz sicher. Udo Schmelzer hat schon recht, seine Doris ist wie vom Erdboden verschluckt.

Nicole stattet Herbert Schlotfeldt einen weiteren Besuch ab, um ihn zu Birgit Böhnke zu befragen. Der Schweinebauer starrt sie nur aus seinen wasserblauen Augen unter seiner Filzmütze an. Als sie ihn mit der Aussage von Horst Röpke konfrontiert, wird er kurz sauer. Auf Birgit Böhnke ist er gar nicht gut zu sprechen. Von Telefonaten mit ihr will er allerdings nichts wissen.

»Wat soll ich mit dieser De-nun-zi-an-tin groß rumtelefonieren«, blökt Schlotfeldt. Auch seine Schwiegertochter Imke hält sich auffällig bedeckt. Von dem nächtlichen Stöhnen, das sie angeblich aus Herbert Schlotfeldts Fernsehzimmer gehört hat, will sie plötzlich nichts mehr wissen. Kein böses Wort über den Schwiegervater. Imke ist voll und ganz mit ihren Schweinen beschäftigt.

Im Augenblick können sie Schlotfeldt nichts nachweisen. »Aber er hat ein eindeutiges Motiv«, stellt Thies fest. »Und er hat 'ne unglückliche Kindheit gehabt.« Nicole kann es schon nicht mehr hören. Aber Thies lässt sich nicht beirren. »Sönke übrigens auch. Mutter durchgebrannt und er bei 'ner Tante aufgewachsen, die eigentlich nichts von ihm wissen wollte.«

»Und deshalb entführt er jetzt Frauen und erwürgt sie mit einer Krawatte in den Nordfriesland-Farben?« Nicole zieht Luft durch die Nase.

»Nicole, die toten Frauen mit Schlips sind 'ne Tatsache. Dat macht kein normaler Mensch. Und die bösen Tanten kannst du auch nich wegdiskutieren.«

»Da spricht alles für eine psychopaddolische Hindergrund«, findet auch Morten Jensen, wobei das Wort »psychopathologisch«, mit dänischem Akzent gesprochen, direkt liebenswert klingt.

»Nicole, wo er recht hat, hat er recht. Mit brutalen Psychopaten, da sind uns die Dänen 'n ganzes Stück voraus. Da können wir uns 'ne Scheibe von abschneiden.«

33

Es schüttet wie aus Kübeln. Dabei ist der Wetterbericht für Ostern gar nicht schlecht. An den Fenstern der dunklen Wohnung im Hinterhaus des alten Krogs läuft das Wasser herunter. Selbst drinnen die alten Polstermöbel mit den abgewetzten Kordbezügen wirken feucht. Im ganzen Wohnzimmer riecht es muffig. Horst Röpke sitzt in Hausjacke und Pantoffeln in einem der voluminösen Sessel. Vor ihm auf dem Couchtisch steht eine Pappschale mit einer halb gegessenen kalten Currywurst aus der »Hidden Kist«. Im Fernsehen läuft ›Dalli Dalli‹. Moderator Kai Pflaume hängt gerade mitten in einem »Das ist Spitze«-Hüpfer, als ein lautes Klopfen an der Haustür in die Sendung platzt. Ganz im Gegensatz zu dem hüpfenden Moderator braucht Röpke eine halbe Ewigkeit, ehe er sich aus dem Fernsehsessel herausgearbeitet hat. Während der Studioapplaus abklingt, wird das Klopfen an der Tür immer dringlicher.

»Wat is denn los, ich komm ja schon.« Er schlurft in seinen Pantoffeln zur Tür. »Klaas, bist du dat? Ich hab doch gar nix bestellt.« Röpke wundert sich. So viel Besuch wie in den letzten Tagen hatte er das ganze Jahr nicht.

Röpke öffnet gemächlich die Haustür, nur einen

kleinen Spalt, dann reißt der Wind ihm die Tür fast aus der Hand. Ein paar Regentropfen wehen ihm ins Gesicht. Vor dem Eingang steht Schlotfeldt in einer alten Öljacke. Das Gelb der Jacke ist vor Schmutz kaum mehr zu erkennen. Von dem Schirm seiner Filzmütze tropft der Regen. In der Rechten hält er den obligatorischen Holzknüppel.

»Herbert? Wat willst du denn hier?« Röpke wundert sich, denn den Knüppel hat Schlotfeldt außerhalb seines Hofes normalerweise nicht dabei.

»Dat fragst du noch!«

Röpke sieht ihn entgeistert an. »Ich seh euch die gute Laune ins Gesicht getackert«, tönt Kai Pflaume aus dem Wohnzimmer, gefolgt von aufbrandendem Applaus. Röpke stopft sich das heraushängende Hemd in die Hose.

»Horst, die Polizei ist bei mir angerückt. Thies Detlefsen und diese oberschlaue blonde Kommissarin.« Die stahlblauen Augen leuchten aggressiv.

»Ja, wieso? Bei mir waren die auch schon«, bemerkt Röpke schleppend.

»Eben, du hast die doch überhaupt erst zu mir geschickt.« Schlotfeldt drängelt sich in den Eingang und rückt Röpke auf die Pelle.

»Komm, Herbert, nich rumschnacken, ich hab niemanden zu dir geschickt.« Röpke zupft an seinem filzigen Haarkranz. Aus dem Wohnzimmer kommt ein hysterisches Quieken der ›Dalli Dalli‹-Kandidaten.

»Dat ham die mir doch selbst erzählt, dat Birgit Böhnke mich verpfeifen wollte. Und jetzt soll ich sie umgebracht haben.« Der alte Schlotfeldt lässt den Knüppel neben seinen Beinen hin- und herpendeln. »Dat hab ich alles dir zu verdanken!«

»Nu red hier mal keinen Quatsch, und außerdem will ich jetzt weiter meine Sendung sehen.« Röpke versucht sein Gegenüber aus der Tür drängen.

»Scheiß ›Dalli Dalli‹!«, motzt der Schweinebauer. Für ihre Verhältnisse sind die beiden Männer sogar recht gesprächig. Wer von beiden die schlechtere Laune hat, ist allerdings schwer zu sagen.

»Herbert, jetzt is hier Abtuten, aber ’n büschen plötzlich!« Bei seinen Lieblingssendungen versteht Röpke keinen Spaß. »Der Krog hat lange dichtgemacht. Hier ist Feierabend. Und tschüss, mein Freund!«

»Nix da«, knurrt Schlotfeldt. Er tritt jetzt in den kleinen Flur und packt den ehemaligen Wirt am Kragen seiner Wolljacke. Aus dem Fernsehzimmer heult eine ›Dalli Dalli‹-Fanfare durch die ganze Wohnung bis in den kleinen Flur. Schlotfeldt droht mit dem Holzknüppel. »Du sagst kein Wort mehr zu Detlefsen und seiner Kommissarin! Is dat klar?«

»Lass mich los! Und sofort raus hier!« Röpke wird jetzt laut. »Sonst hol ich die Polizei!« Er will sich aus dem Griff befreien, was ihm gründlich misslingt.

»Genau das machst du eben nich!« Schlotfeldt hat mittlerweile einen hochroten Kopf unter seiner Bauernmütze. »De-nun-zi-an-ten-Pack!!« Sein stahlblauer Blick wird noch starrer.

»Herbert, jetzt is Schluss! Zieh Leine! Aber ’n bisschen plötzlich!«, knurrt Röpke.

Schlotfeldt lässt den Ex-Wirt einen Moment los. Röpke knöpft seine Wolljacke zu. »So kannst du mich hier nich abfertigen!« Schlotfeldts Lippen zittern. »Komm her, du Sau!« Der Schweinebauer schwingt die Keule. Röpke bekommt es gar nicht mit. Schon landet der Knüppel mit voller Wucht auf dem Kopf des Altwirtes. Der filzige Haarkranz federt den Schlag nur leicht ab. Er taumelt.

Aus dem Fernseher im Wohnzimmer kommt krachender Applaus. »Sie sind der Meinung ...«, schreit Moderator Pflaume.

Röpke wankt. Er hat Probleme, das Gleichgewicht zu halten.

»Das war Spitze!«, schallt es aus dem Fernsehraum.

Jetzt packt auch Röpke die Wut. Aber er hat keinen festen Stand mehr. Schlotfeldt greift den taumelnden Röpke wieder an seiner Wolljacke, zieht ihn ein Stück zu sich heran und stellt ihn sich zurecht. Dann schwingt er erneut die Keule. Diesmal trifft er ihn unter dem rechten Auge. Röpke torkelt. Einen Moment rudert er hilflos mit der Armen und reißt dabei das Plastikalpenveilchen von der Kommode. Die verstaubte Kunstblume verhakt sich in seiner Wolljacke. Dann sackt Röpke in sich zusammen und stürzt auf die harten Fliesen.

Schlotfeldt gibt ihm noch einen Tritt mit seinem matschigen Stiefel. Dann dreht er sich um und stapft hinaus in den Regen. Eine kurze Regendusche wird von einer Bö in den Eingang geweht. Röpke ist jetzt komplett nass – vom filzenen Haarkranz bis zu den

Hausschuhen. Ihm wird kurz schummerig vor Augen. Aber dann rappelt er sich hoch, er fasst sich an den Kopf. Wütend will er Schlotfeldt hinterherlaufen. In seinen Pantoffeln schlurft er nach draußen in den Regen. »Bleib stehen, du Schwein! Ich zeig dich an!«

Darauf macht Schlotfeldt noch einmal kehrt und verpasst dem torkelnden Röpke einen weiteren Schlag mit dem Knüppel. Röpke versucht sich irgendwo festzuhalten und langt nach ein paar vor dem Haus gestapelten leeren Bierkästen. Aber er greift ins Leere und erwischt im Fallen lediglich einen auf den Kästen liegenden alten Putzlappen. Röpke sieht verblüfft auf das Tuch. Es hat ein Muschelmuster. Aus dem Haus trompetet die ›Dalli Dalli‹-Fanfare. Dann sackt der Wirt des alten Krogs endgültig in sich zusammen.

34

Mittlerweile hat es aufgehört zu regnen, und Renate kann jetzt wieder dieses Wimmern auf der anderen Seite der Wand hören. Eine ganze Weile war es still gewesen, oder der Regen war einfach zu laut. Jedenfalls hatte Renate auf ihr Rufen hin keine Antwort bekommen. Und dann hatte sie das Schaben auf dem Betonboden gehört, wie von dem Nachttopf, der auch ihr zweimal am Tag durch die Luke hineingeschoben wird. Aus dem Nebenraum hört man es ganz leise.

Die kleine Eisenbahnschiene, mit der sie jetzt seit Ewigkeiten vergeblich an dem Schloss ihrer Fußfessel herumstochert, versteckt sie unter der Alufolie des letzten »Croque Störtebeker«. Unter Schmerzen schleppt sich Renate mit ihrer Kette bis zur Wand. Sie kommt gerade so weit, dass sie mit einem Ohr an der abgeblätterten Farbe der Mauer horchen und mit der Hand dagegenklopfen kann. »Hallo?« Zunächst ruft sie noch vorsichtig. Dann wird sie lauter. »Hallo?! Ist da jemand?« Das Wimmern auf der anderen Seite verstummt. Renate schlägt erst mit der Faust, dann mit der flachen Hand gegen die Wand. »Ich höre Sie doch. Wer ist da? Wer sind Sie?«

»Ich bin hier! Ich will hier raus.« Die Stimme ist so zaghaft, dass Renate sie kaum versteht.

»Wer sind Sie? Wo kommen Sie her?«, ruft sie gegen die Wand.

»Aus Bad Hersfeld.« Die Antwort von der anderen Seite klingt verstört. »Schmelzer, Doris Schmelzer.«

Irgendwie kommt Renate der Name bekannt vor. »Wie kommen Sie hierher?«

»Keine Ahnung. Ich bin überfallen worden. Eigentlich wollte ich nur auf die Toilette gehen. An mehr kann ich mich nicht erinnern …«

»Auf die Toilette?«

»Ja. Als ich wieder zu mir kam, hatte ich eine Augenbinde um und war hier in diesem Keller. Keine Ahnung wie ich hierhergekommen bin.«

»Bei mir war es genauso. Von einem Moment zum anderen … alles schwarz.« Für Renate wird die ganze Geschichte immer rätselhafter. Was ist das für ein Verrückter, der hier im friedlichen Nordfriesland die Frauen überfällt und dann im Keller gefangen hält? Oder ist es gar nicht nur ein Mann, sondern eine Bande? Womöglich eine Frau? Und was haben sie mit ihnen vor? Renate ist fast froh, hier nicht mehr alleine zu sein.

»Normalerweise sind wir Ostern ja immer auf Hallig Hooge.« Doris' Stimme klingt jetzt sehr viel gefestigter. »Aber dieses Jahr haben wir hier auf dem Festland so ein … wie heißt es …?

»Bed and B-r-r-reakfast!«, platzt es aus Renate heraus. »Dat gibt's doch nicht!«

»Doooch. Fredenbüll heißt das Örtchen, glaube

ich. Wir waren ja schon fast da. Mein Mann hat gleich gesagt, kannst doch da auf Toilette gehen.«

»Dat is ja nich zu fassen.« Renate ist völlig aus dem Häuschen. »Sie wollen zu mir. Dat ist meine Pension. Sie sind die Gäste, die heute anreisen.«

»Wir reisen heute an, ja. Also … wir wollten anreisen. Aber der Keller gehört nicht dazu? Wir sind ja nicht bei Ihnen im Keller, oder?« Doris ist jetzt vollkommen durcheinander.

»Der Keller? Natürlich nicht, ich weiß ja gar nicht, wo wir hier sind. Bredstedt, Schlütthörn oder könnte sogar Dänemark sein.«

»Dänemark? Wir sind doch nicht in Dänemark!«

»Na ja, wir sind in Fredenbüll ganz dicht dran«, gibt Renate eine kleine Nachhilfe in Geografie.

»Ich weiß nich. Wie gesagt, normalerweise sind wir diese Zeit immer auf Hallig Hooge, seit fünfzehn Jahren schon. Aber ich hab mir vor vierzehn Tagen den Fuß gebrochen.«

»Den Fuß?« Renate wird hellhörig. »Komisch. Ich hab dat auch mit dem Fuß. Operation an der Achillessehne.«

»Bei mir ist es ein Bruch im Mittelfuß, ist im Krankenhaus gleich gegipst worden.«

35

Kurt Krösing, der pensionierte Schleusen- und Wasseramtmann, sitzt auf seinem Stammplatz am Fenster
im »Café Wattblick«. Statt seiner Schleuse hat er heute
die Vorbereitungen für das Osterfeuer hinter dem
Deich Richtung Badestelle im Blick. Von einem An-
hänger werden gerade Baumschnitt, eine alte Tür und
mehrere ausrangierte Holzstühle abgeladen und zu einem haushohen Osterfeuer gestapelt. Über dem kunst-
voll aufgebauten Haufen balanciert auf einem langen
Holzstiel eine kleine Strohpuppe. Den ersten Teil seines nachmittäglichen Rituals, zwei Stück Bienenstich
und ein Kännchen Kaffee Hag, hat Krösing bereits
absolviert. Jetzt wartet er darauf, dass Mandy ihm das
obligatorische Pils serviert.

Für einen Samstagnachmittag ist das Café außer-
gewöhnlich schlecht besucht. Am Nebentisch von
Krösing beobachtet Onno von Rissen mit hochrotem
Kopf bei einem doppelten Weinbrand den Aufbau des
Holzstapels. Sonst sind heute Nachmittag keine Gäste
im Café.

»Da haben wir aber wieder Pech mit dem Wetter.
War letztes Jahr beim Osterfeuer auch schon so.« Der
Pensionär stiert durch das Fenster auf den Stapel.
»Schade. Für unsere Mandy schließlich das erste

Osterfeuer bei uns an der Küste, was, Fräulein Mandy.«

»Na, Krösing, nun warten Sie erst mal ab«, bellt von Rissen jovial. »Hört doch bestimmt gleich auf. Und wenn es so ein bisschen schnuddelt, dann trinken wir einfach einen Schnaps mehr, was?« Von Rissen dreht den Hals in seinem Kragen und zwinkert Mandy zu. Krösing wendet sich ihm kurz zu und sieht ihn verstohlen an. Seit von Rissen aus der Psychiatrie entlassen wurde, taucht er immer mal im »Wattblick« auf und genehmigt sich den einen oder anderen doppelten Weinbrand. Pensionär Krösing fühlt sich dann nicht mehr ganz so wohl auf seinem Stammplatz im »Café Wattblick«.

Wirtin Berta Bessen kommt in Kittelschürze aus der Küche geschlurft und stellt eine halbe Friesentorte in den gläsernen Kühlschrank für die Sahnetorten. »So, das wär's für heute. Is sowieso nich viel los für 'n Sonnabend. Robert und Mandy, ihr kommt ja allein klar. Ich geh schon mal nach Haus.«

»Na, Frau Bessen, wollen wir uns 'n büschen schick machen fürs Osterfeuer?«

»Herr Robert!« Die ältere Wirtin knufft ihren Kellner verschmitzt-vertraulich in die Seite.

Robert Rusk lässt eine Blume auf das kleine Pils für Kurt Krösing schäumen. Mandy stolziert auf ihren hohen Absätzen mit dem Tulpenglas auf dem Tablett Richtung Fensterplatz von Kurt Krösing. Mitten auf der Strecke fällt ihr die Farrah-Fawcett-Welle vor die Augen. Die sächsische Eisprinzessin gerät ins Straucheln. Sie bleibt mit dem Absatz in einer abgelösten Teppichfliese hängen und droht hinzufallen. Mit einem Ausfallschritt versucht sie sich zu retten. Ganz kurz kommt sie sich vor wie bei einem falsch abgesprungenen Dreifach-Toeloop, den sie nie und nimmer sicher stehen kann. Das Tablett mit dem Pilsglas hängt für einen Moment in der Luft. Dann spritzt Krösings Nachmittagsbier in hohem Bogen nicht dem Pensionär, sondern dem Provinzadligen von Rissen aufs maßgeschneiderte Tweedjackett. Mandy landet durch den Ausfallschritt mit voller Wucht und ganzem Gewicht auf dem umgeknickten Fuß und stürzt zwischen die Stühle. Sie schreit auf und bleibt dann mit schmerzverzerrtem Gesicht auf dem Boden liegen und hält sich den Fuß.

Mühsam versucht sie sich aufzurappeln, aber sie sackt sofort wieder in sich zusammen. Ein Auftreten mit dem Fuß ist unmöglich. Herr Robert ist sofort zur Stelle. Auch Krösing und von Rissen springen auf.

»Um Himmels willen, de scheene Jagge.« Am Boden liegend starrt Mandy bestürzt auf von Rissens englisches Jackett.

»Halb so wild, Frollein«, winkt von Rissen jovial ab. »Ist Ihnen was passiert?« Von Rissen und Krösing wollen ihr aufhelfen.

»Vorsischt!«, stöhnt Mandy. »Mei Fuuß.«

»Erst mal sitzen bleiben«, ergreift Robert Rusk die Initiative. »Ich kenn mich aus mit Sportverletzungen, ich war bei den Johannitern.« Er beugt sich zu Mandys verletztem Fuß herunter. »Erst mal musst du aus diesem Schuh heraus.« Robert bleckt die Zähne. Er öffnet die Schnalle und zieht ihr vorsichtig den Schuh vom Fuß. Um den Knöchel herum ist schon eine deutliche Schwellung zu erkennen. Herr Robert ertastet fachkundig den geschwollenen Fuß.

»Auu! Mei Fuuß!«, jault Mandy sofort auf.

»Das sieht mir eindeutig nach einer Bänderdehnung aus«, stellt Rusk mit Kennerblick fest. »Das wird gleich richtig dick werden. Wir sollten das schnell kühlen. Am besten wir bringen dich nach unten in unseren Personalraum. Da haben wir eine Liege, Verbandszeug, Eisbeutel und so.«

»So was bleeds oba ooch, bleib i do an der bleed'n Debbischfliese hängen.« In der Schrecksekunde sächselt Mandy wieder gewaltig. »Isch hat's ja friher beim Eislofen immer mol mit'm Fuuß.«

Auf Robert und Kurt Krösing gestützt hüpft die Eisprinzessin auf einem Bein die Treppe in den Keller des Cafés hinunter. Der Kellner setzt sie gleich auf die provisorische Liege, die in dem Personalraum an der Wand steht.

»So, dann wollen wir den Fuß mal gleich versorgen, was, Mandy.« Er hebt ihre beiden Beine auf die Liege. »Danke, Herr Krösing, ich glaube, jetzt kommen wir allein klar.« Während Rusk im Arzneischrank nach einer elastischen Binde sucht, steht der Pensionär noch etwas unschlüssig vor dem Blechspind, in dem die beiden Servicekräfte des Cafés ihre Sachen zum Wechseln haben.

»Ist gut, Herr Krösing, ich schaff das!« Von einem

Moment zum anderen wird der nette Herr Rusk barsch. »Und Ihr Bier bekommen Sie das nächste Mal. Einverstanden?«

»Schon in Ordnung. Mein Bier bekomm ich nachher beim Osterfeuer.« Aber etwas beleidigt ist Kurt Krösing doch.

»Und sagen Sie Herrn von Rissen bitte Bescheid, er soll seinen Weinbrand das nächste Mal bezahlen. Ich muss mich hier jetzt um unsere Mandy kümmern.« Robert Rusk hat ein Kühlpack im Kühlschrank gefunden. Die Eisprinzessin stöhnt auf.

Ihr Fußgelenk ist innerhalb kürzester Zeit auf das Doppelte angeschwollen. »Gute Besserung, Fräulein Mandy«, ruft Krösing besorgt. »Vielleicht schaffen Sie es ja doch noch zum Osterfeuer.« Mandy und Rusk beachten ihn gar nicht mehr. Der Kellner legt ihr die Kühlkompresse auf den geschwollenen Fuß. Mandy verzieht das Gesicht.

»Na, tut das weh?« Herr Robert grinst linkisch und geht wieder zum Arzneischrank. Ein paar Mal läuft er hektisch kreuz und quer durch den kleinen Personalraum. Dann verschwindet er nach oben in den Gastraum des Cafés. Einen genauen Plan scheint er noch nicht zu haben, was er mit Mandy anstellen soll.

Mandy hält sich das Kühlkissen auf ihr geschwollenes Fußgelenk. Die Kälte schmerzt. Die Haut ist tiefrot angelaufen. Aus ihrer Eistanzkarriere kennt sie Verletzungen. Aber so dick war ihr Fuß noch nie.

Nach einer Weile kommt der Kellner zurück. »Krösing und der adlige Herr sind jetzt weg. Ich hab das

Café abgeschlossen. Jetzt sind wir ungestört. Ich kann mich ganz allein um dich kümmern.« Robert Rusk schwitzt. Seine helle Haut ist gerötet. Die roten Locken hängen ihm ins Gesicht. Er lockert seine gold-rot-blaue Kellnerkrawatte. Dann durchsucht er erneut den Arzneischrank. Mehrere Tablettenpackungen fallen heraus auf den Boden.

»Was suchst 'n du?«, fragt Mandy.

Rusk antwortet nicht, sondern kramt weiter in dem Schränkchen. Er schnaubt leise vor sich hin. »Wie stellt ihr euch das vor, wo ich euch auf die Schnelle alle unterbringen soll? Habt ihr dämlichen Gänse euch darüber mal Gedanken gemacht?« Die einzelnen Worte gehen in einem Schnaufen unter, sodass Mandy nichts mehr verstehen kann. Aber der Kellner klingt gar nicht mehr freundlich. »Ihr dusseligen Kühe, müsst ihr es denn unbedingt alle gleichzeitig mit dem Fuß haben!? Der Dienstag ist vorbei. Ihr seid zu spät!«

»Was sagst du, Robert?« Mandy blickt verschreckt auf ihr lädiertes Fußgelenk.

»Gar nichts.« Er sieht erhitzt aus, aber er klingt fast wieder normal. Er dreht sich zu ihr und hält jetzt eine breite Rolle mit elastischem Klebeband, das er im Medizinschrank gefunden hat, in den Händen. Herr Robert bleckt die Zähne. Irgendwie guckt er jetzt irre.

36

»Haben Sie gesehen, von wem Sie überfallen wurden? Haben Sie jemanden erkannt?« Renate kauert dicht an der Wand zum Nebenraum, dort, wo die Eierkartons ausgespart sind. Sie kaut auf dem pappigen Rest eines »Croque Störtebeker« herum. Draußen prasseln wieder die Regentropfen auf die Steinplatten.

»Nein, ich kenn hier doch niemanden«, raunt Doris Schmelzer verschreckt. Renate kann sie kaum verstehen. »Außerdem hab ich ja dieses Klebeband vor den Augen.«

»Immer noch?«

»Ja«, haucht Doris mit weinerlicher Stimme.

»Scheußlich, hatte ich auch zuerst.« Renate kennt sich mittlerweile ja aus. »Kriegen Sie dat denn nich irgendwie runter?«, fragt sie mit rollendem R. »Ich hab dat mit 'm Fingernagel 'n büschen eingeritzt. Ich hab aber nu auch grad neue Nägel.«

»Wie denn?«, fragt die Frau unwirsch. »Meine Hände sind ja auch mit diesem dicken Tape gefesselt. Das ging alles so schnell. Und ich musste ja so dringend. Ich hab das gar nicht richtig mitbekommen, schon hatte ich überall dieses Paketband.«

»Dat hat der nich zum ersten Mal gemacht«, ist Renate fest überzeugt.

»Auf Hallig Hooge wär das nicht passiert.«

»Weiß man nich, nä. In Fredenbüll normalerweise ja auch nich.« Renate ist richtig froh, endlich mal wieder mit jemandem reden zu können. Auch Doris Schmelzer wirkt deutlich entspannter und wird immer gesprächiger.

»Das wäre ja alles nicht passiert, wenn ich nicht so dringend gemusst hätte.« Doris ist jetzt gut zu verstehen durch die Wand.

»Auf Toilette? Dat hätten Sie doch bei mir in der Pension gekonnt.«

»Ach, hören Sie doch auf! Das hat mein Mann auch gesagt.« Renate kann einen deutlichen Stoßseufzer durch die Wand hören. »Nachher ist man immer schlauer. Jetzt weiß ich auch, dass ich besser bei Ihnen aufs Klo gegangen wäre.«

»Ach so, nee …« Renate überlegt. »Sie haben schon recht …«

»Wieso?«

»Na, bei mir wären Sie doch gar nich reingekommen. Sie haben doch keinen Schlüssel, und ich komm hier ja nich weg.«

»Hören Sie mal, das geht doch auch nicht! Sie vermieten Zimmer, und dann ist keiner da!«, ereifert sich Doris. »Und wo ist mein Mann jetzt abgeblieben … wenn er gar nicht in unser Zimmer kommt?« Jetzt meint Renate wieder ein leises Wimmern zu hören, das im prasselnden Regen untergeht.

»Der wird bestimmt nach Ihnen suchen. Früher oder später kommen wir hier raus.« Renate ist auf einmal ganz zuversichtlich. »Früher wär besser … heute Abend is nämlich Osterfeuer. Da will ich eigentlich unbedingt hin.«

»Wie können Sie jetzt nur ans Osterfeuer denken?« Frau Schmelzer klingt vorwurfsvoll.

Im Nebenraum hört Renate die Gefriertruhe anspringen. »Steht bei Ihnen 'ne Kühltruhe?«

»Ich seh das doch nicht! Ich hab doch das Tape vor den Augen. Aber kann schon sein.«

»Bei mir stehen nur Einmachgläser, 'n ganzes Regal voll. Kirschen und Sauerfleisch.«

»Das sind, glaube ich, mehrere Truhen. Was hat der bloß mit uns vor? Was hat das alles zu bedeuten?« Auf einmal mischt sich wieder deutliche Panik in Doris Schmelzers Stimme. »Ich will hier raus. Wir wollten doch nur Urlaub an der Nordsee machen. Vor allem wegen meiner Allergien. Wir wollten Ausflüge zu den Seehundbänken machen. Jetzt sitze ich hier mit meinem Gipsfuß gefesselt in diesem Keller.« Doris wimmert nicht mehr, sie heult jetzt laut.

Renate weiß nicht, was sie sagen soll. »Ganz r-ruhig … Dor-ris. Ich glaub, wir können Du sagen, nä. Ich heiß R-r-renate.« Diesmal rollt sie das R besonders bedächtig. »Bei dem Wetter verpassen wir sowieso nix«, versucht sie sie zu beruhigen.

»Wie bitte!?« Doris ist entrüstet. »Wie können Sie jetzt über das Wetter reden!« Das Heulen wird zum Zetern. »Und mit dem Duzen, das können Sie sich auch sparen, und Ihr idiotisches Fredenbüll, oder wie das Kaff heißt, können Sie sich an den Hut stecken. Ich weiß schon, warum wir die ganzen Jahre nach Hooge gefahren sind.« Die gute Doris flippt jetzt regelrecht aus.

»Nun beruhigen Sie sich doch. Das will dieser Wahnsinnige doch nur, dass wir hier durchdrehen. Wir müssen die Nerven behalten.« Renate fühlt sich auf einmal tatsächlich stärker. Seit sie hier nicht mehr allein ist, hat sie neuen Mut geschöpft. Und auch das dumpfe Pochen in ihrem Fuß kann sie einigermaßen ertragen. Auf einmal ist sie fest davon überzeugt, dass sie hier wieder herauskommt aus diesem Kellerloch.

»Was reden Sie da. Sie haben uns doch überhaupt erst hierhergelockt mit Ihrem … ähh … Bed and Breakfast mit diesen so ni-i-edlichen springenden Schäfchen … und jetzt sitze ich hier gefesselt in einem feuchten Keller.« Doris Schmelzer schnappt schluchzend nach Luft.

»Aber dat ist doch nich meine Schuld!« Diese Doris tut so, als hätte Renate ihr diesen Kellerraum als Zimmer mit Frühstück vermietet. Und ihre abfälligen Bemerkungen über das schöne Fredenbüll kann sie sich auch schenken. Die Pensionswirtin ist beleidigt.

Aus dem Nebenraum ist jetzt nur noch das verzweifelte Schluchzen der fußverletzten Touristin zu hören, jetzt untermalt vom Brummen zweier Kühltruhen. Die beiden Frauen bekommen erst gar nicht mit, dass in den Kellerräumen irgendwo eine Tür schlägt. Dann hört Renate die Tür des Nebenraums.

»Was ist denn hier los?«, fragt eine Stimme.

»Was wollen Sie von mir?«, heult Doris Schmelzer.

»Da denk mal ein bisschen drüber nach, du blödes Huhn.«

»Können Sie mir nicht dieses Tape abmachen. Wenigstens von den Augen.«

»Damit du dämliche Kuh mich sehen kannst. Für wie blöd hältst du mich eigentlich?« Die Stimme klingt richtig sauer. »Hör bloß auf, hier rumzuflennen.«

Erstmals hört Renate die Stimme ihres Entführers richtig, zwar gedämpft durch die Wand, aber nicht durch diese idiotische Modelleisenbahn verzerrt. Auch jetzt klingt die Stimme seltsam, irgendwie verstellt, wie durch ein Tuch gesprochen oder mit zugehaltener Nase. Ist das dieselbe Stimme wie aus dem Faller-Bahnhof? Sie klingt völlig anders. Ist das überhaupt derselbe Typ, mit dem sie bisher zu tun hatte? Vielleicht sind es doch mehrere Entführer. Hat das Ganze mit ihrem Telefonservice bei Alexandra zu tun? Aber diese Doris nebenan hat doch nichts mit Telefonsex am Hut. Niemals! Mit dem Gejammer kriegst du doch keinen Mann auf Touren. Da legen alle doch gleich wieder auf, da ist sich Renate ganz sicher.

»Lassen Sie mich bitte wieder frei. Das Ganze muss ein Irrtum sein!«, stöhnt Doris. »Bei uns gibt es nichts zu holen!« Sie redet dasselbe wie Renate vor ein paar Tagen. Aber die Phase hat sie hinter sich, denkt Renate.

»Mein Mann war nur ein kleiner Beamter, jetzt ist er in Pension, und ich ... ich bin Hausfrau. Das muss eine Verwechslung sein.«

»Hausfrau? Von wegen!« Der Mann stößt ein kaltes kurzes verächtliches Lachen aus. »Ich war doch derjenige, der alles machen musste für euch. Mein ganzes Leben musste ich euch bedienen. Ich musste kochen, putzen, den ganzen Haushalt … im Bad die Fugen zwischen den Fliesen mit der Zahnbürste …«

Renate lauscht gebannt an der Kellerwand und staunt. Was redet dieser Verrückte da?

»Ich kann nichts sehen. Nehmen Sie mir endlich dieses Klebeband von den Augen«, schreit Doris jetzt. »Lassen Sie mich frei!«

»Ich bin krank, ich kann nicht laufen, ich bin behindert, mein ganzes Leben lang musste ich mir das anhören«, klagt die Männerstimme, die jetzt wieder leiser wird, aber umso bedrohlicher klingt. »Wenn ich nicht gleich gespurt habe, bekam ich eins mit der Krücke übergezogen und wurde in den Keller eingesperrt. Wehe, die Betten waren nicht ordentlich gemacht. Wehe, das Essen war kalt oder das Ei war zu hart gekocht, sofort bekam ich den Stock zu spüren, immer wieder, bis ich mein eigenes Blut auf dem Stock sehen konnte. Nur wegen dieses Klumpfußes, weil du nicht laufen konntest. Immer wieder der Fuß! Mein Fuß! Mein Fuuuß!! Bis zu diesem Dienstag vor Ostern, dann lagst du plötzlich kopfüber auf der Kellertreppe. Endlich Ruhe! Aber nein! Von wegen! Es geht doch immer weiter mit der Wehklagerei. Jetzt seht ihr, was ihr davon habt.«

»Von welchen Eiern reden Sie? Was für ein Dienstag? Ich hab damit nichts zu tun. Was erzählen Sie da? Das alles muss eine Verwechslung sein«, schluchzt Doris.

Auch Renate fragt sich, was das zu bedeuten hat. Ihr wird das immer rätselhafter. Aber sie verhält sich ganz ruhig. Sie macht keinen Mucks. Jetzt bloß nicht auffallen.

»Mit dem Klumpfuß wurde ich getreten oder mit diesem knarzenden orthopädischen Schuh die Kellertreppe hinuntergestoßen.«

Es hört sich an, als würde Doris durch den Raum geschubst. »Aber doch nicht von mir. Von wem reden Sie?«

»Jetzt sei endlich mal ruhig, verdammt.« Die Stimme wird so leise, dass Renate sie kaum verstehen kann. »Die anderen Kinder haben draußen Ball gespielt, Cowboy und Indianer, Räuber und Gendarm, und ich hab mit blutigen Händen und dem viel zu eng gebundenen Schlips in diesem dunklen feuchten Keller gesessen. Die ganze Nacht.«

»Aber das habe ich Ihnen doch nicht angetan«, wimmert Doris.

»Sei endlich still«, schreit die Stimme. »Verdammt, halt endlich mal deine blöde Klappe!!« Es klingt, als würde Doris gegen eine der Kühltruhen fallen und dann zu Boden gehen.

»Wer war das? Ihre Mutter? Ihre Stiefmutter?«

»Mütter … Mütter!! Ich hatte keine Mutter!« Seine Stimme überschlägt sich. »Ich hatte nur diese … TANTE!«, schreit er.

Jetzt schreien beide auf. Was um Gottes willen macht der Mann da mit Frau Schmelzer? Es scheint zu einem Gerangel zu kommen. Renate presst das Ohr an die Wand. Das Schreien klingt auf einmal gedämpft und wird von Keuchen und Würgegeräuschen unterbrochen.

»Hilfe!«, schreit Doris. Renate ist verzweifelt. Was soll sie bloß tun? Sie kann ihr ja nicht helfen. Sie ist hier angekettet. Sie hämmert ein paarmal mit der Faust gegen die Wand. »Aufhören! Schluss da!«, ruft Renate todesmutig. Aber dann ist sie lieber wieder still.

Sie hört, wie mehrmals gegen Metall geschlagen wird, gegen Blech, vermutlich eine der Kühltruhen. Einer der beiden schlägt mit der flachen Hand immer wieder gegen die Truhe. Das Blech scheppert. Es klingt wie eine Hand mit Ringen, vermutlich ist es Doris' Hand.

Die Frau ächzt und keucht, sie gurgelt und winselt. »Erbarmen! Bitte, haben Sie doch Erbarmen!« Dann folgt eine Art Grunzen und ein letztes, ganz leises »Erbarmen«. Dann herrscht Ruhe. Schließlich hört man Schritte und die ins Schloss fallende Tür.

Für einen Moment ist alles ganz still. Die Kühltruhen haben sich abgestellt. Stattdessen setzt aus weiter Ferne Musik ein. Nein, das ist keine richtige Musik. Nur Basstöne. Dumb-dumb-dumb-dumb-dumb. Das ist ein Basslauf, so als wenn der Bassist einer Band ein Solo spielt. Renate kann sich keinen Reim darauf machen.

»Doris!«, ruft Renate gegen die Wand. »Dor-r-ris!!« Nichts. Nur die ferne Bassgitarre. Dumb-dumb-dumb-dumb.

37

»Thies, ist dat heute beim Osterfeuer nu Abschluss vom Wintergrillen oder dat normale Angrillen für die Sommersaison?« Piet Paulsen sieht Thies über seine Gleitsichtbrille fragend an.

»Je nachdem. Dat macht Thies vom Wetter abhängig, oder, Thies?« Klaas stellt seine Posttasche auf einem Barhocker ab. »Wetter, dat hast du nich in der Hand.«

Thies, der beim Osterfeuer traditionell für das Grillen der Würstchen zuständig ist, sieht mit skeptischem Blick nach draußen. An der Glastür des Imbisses schwimmt gerade wieder eine Regendusche herunter. Aber am Himmel gen Westen wird es ein bisschen heller. »Ich wollte den Grill schon längst anschmeißen. Wir wollen dieses Jahr ja mal Slow-Food-Grillen versuchen, nä, Antje.«

»Eigentlich hatten wir an eins von Imkes Bioschweinen gedacht.« Antje ist ganz begeistert. »Aber die will ja an Max und Moritz nich ran.« Sie zuckt mit den Schultern.

»Slow Food?« Paulsen wirkt wenig begeistert.

»Dat is vor allem auch ein ganz anderes Grillen«, setzt Thies zu einem Vortrag über neue Grilltechniken an. »Normalerweise verkohlt dir ja leicht mal wat. Dagegen kriegst du durch den schonenden langsamen Prozess dat perfekte Grillergebnis.«

»Da schmeißt du Ostern die Würste auf 'n Grill und Pfingsten sind sie dann langsam durch, oder wie?« Paulsen ordert bei Antje sicherheitshalber ein Putenschaschlik Hawaii.

»Komm, hör auf, Piet«, kontert Thies. »Du bist doch der Erste, der bei mir am Rost steht.«

Ganz Fredenbüll ist in freudiger Erwartung des Osterfeuers. Die Freiwillige Feuerwehr fährt seit Wochen Baumschnitt und ausrangierte Holzpaletten zu der großen Feuerstelle in Neutönninger Siel. Heike studiert Rezepte für vegane Frühlingssalate. Thies informiert sich in der Fachpresse laufend über den neusten Stand der Grilltechnik. Und vor allem Mandy ist vor Freude auf ihr erstes nordfriesisches Osterfeuer schon ganz aus dem Häuschen. Sogar Morten Jensen hat sich von Thies zu einem Besuch der Fredenbüller Feierlichkeit überreden lassen. Oder hat ihn doch eher Nicole beschwatzt? Flirtet sie etwa mit ihm? Er ist ja immer schlecht gelaunt und sagt nicht viel, aber vielleicht kommt gerade das bei Frauen besonders gut an, denkt Thies.

Die Polizeiarbeit drängt, und solange es regnet, kann Thies seinen Grill ohnehin nicht anwerfen. So hat er die ganze Gegend noch einmal nach den vermissten Frauen durchkämmt. Auch Udo Schmelzer irrt in seinem Auto auf der Suche nach seiner Doris durch den nordfriesischen Regen. Zumindest hat Antje ihm sein Gästezimmer gezeigt. Sie hat für alle Fälle einen

Schlüssel für Renates Pension. Aber Udo hat noch nicht mal seine Koffer ins Zimmer gebracht. Immer wieder fährt er dieselben Straßen an den Deichen ab. Zwischendurch steht er verloren vor der Wache.

Außerdem haben Thies und Nicole eine längere Besichtigungstour durch die Fredenbüller Kleiderschränke gestartet, um das Krawattensortiment der Verdächtigen zu sichten. Weit sind sie noch nicht gekommen. Zumindest Onno von Rissen haben sie schon mal einen Besuch abgestattet. Zunächst hatte vielmehr seine Frau Huberta sie ins Haus gelassen und ihnen erstaunlich bereitwillig seine Kleiderkammer geöffnet. Neben den Kleiderschränken mit den Maßanzügen seines Hamburger Schneiders hatte Onno von Rissen eigens für seine Schlipse einen Krawattenschrank. Thies und Nicole haben so etwas noch nie gesehen. In dem alten Holzschrank mit Intarsien hängen Hunderte von Krawatten.

Die Farben sind unterschiedlich, aber das Muster ist eigentlich immer dasselbe: gestreift. Nicole sieht gleich überall nordfriesische Farben. Bei genauerem Hinsehen aber fehlt entweder eine Farbe oder die Reihenfolge stimmt nicht. Nach einer Weile hat Nicole nur noch Streifen vor den Augen. Ein paarmal entdecken sie dann tatsächlich das nordfriesische Gold-Rot-Blau.

»Woher hat Ihr Mann diese Krawatten?«, will die Kommissarin wissen.

»Na ja, woher schon? Einige von seinem Hamburger Schneider und die meisten aus England«, antwortet Huberta, als wäre dies die selbstverständlichste Sache der Welt.

»Ich meine diese Krawatte.« Nicole hält Huberta von Rissen ein gold-rot-blau gestreifte Exemplar hin.

Huberta dreht den Stoff auf die Innenseite und liest das Etikett. »Die ist von seinem Schneider.«

»Wissen Sie, was das für ein Material ist?«

»Na ja, das ist natürlich Seide.« Huberta von Rissen rümpft die Nase.

»Seide?« Thies sieht Nicole enttäuscht an. Die feine Seide hätte die lange Zeit in dem Jauchebecken nie und nimmer überdauert, da haben die beiden mittlerweile von ihren Kriminaltechnikern gelernt.

»Aber was ist eigentlich mit seinen Krawatten?« Huberta nestelt an ihrer Perlenkette. »Hat Onno sich wieder etwas zuschulden kommen lassen?« Die Frage klingt fast hoffnungsvoll.

»Dat sind laufende Ermittlungen, Frau von Rissen«, erklärt Thies wichtig.

In dem Moment stolpert Onno von Rissen mit hochrotem Kopf in den Raum. »Kann mir bitte mal einer verraten, was hier los ist?«

»Wir ermitteln in zwei Mordfällen«, gibt Thies prompt zurück.

»Und der Mörder sitzt bei mir im Kleiderschrank, oder wie?«, bellt von Rissen.

»KHK Stappenbek«, stellt sich Nicole offiziell vor.

»Mein Gott, ich weiß, wer Sie sind! Nun tun Sie mal nicht so«, blafft er die Kieler Kommissarin an. Nicole erinnert sich natürlich noch sehr genau daran, wie sie in ihrem ersten Fredenbüller Fall von diesem Psychopathen lebensgefährlich bedroht worden war. Ihr ist die jetzige Situation fast unangenehmer als ihm.

»Haben Sie in Ihrem Zustand nichts Besseres vor?« Von Rissen deutet auf ihren Bauch und dreht den Kopf in dem engen Hemdkragen. »Was erlauben Sie sich überhaupt, hier in meinem Kleiderschrank herumzufuhrwerken«, schreit von Rissen jetzt. »Darf ich mal den Durchsuchungs … beschluss, so heißt es ja wohl, sehen.« Nicole will etwas sagen, aber von Rissen lässt sie überhaupt nicht zu Wort kommen.

»Und Huberta, was ist bitte in dich gefahren, hier einen Tag der offenen Tür zu veranstalten.« Seine Gesichtsfarbe tendiert mittlerweile ins Violette. Nicole atmet geräuschvoll durch die Nase und hält sich den Bauch. Sie hat gerade wieder einen Tritt bekommen.

»Is schon alles erledigt, Herr von Rissen«, wiegelt Thies kleinlaut ab.

»Hier ist noch gar nichts erledigt!«, schnaubt von Rissen wütend. »Ich werd meinen Anwalt …«

»Ja, nee, eine Frage haben wir tatsächlich noch«, unterbricht Thies ihn todesmutig. »Haben Sie mal Krawatten bei ›Gastro-Quick‹ bestellt?«

»Wie bitte?« Von Rissen weiß gar nicht, was er sagen soll. Seine purpurroten Schläfen zittern. »Was soll ich bitte getan haben?«

»›Gastro-Quick‹. Wir haben Informationen, dass Sie da auch bestellt haben.«

»›Gastro …‹ wie, bitte?«

»Da bestellen viele«, versichert Thies.

»Meine Güte, Detlefsen! Aber doch keine Krawatten!«

»Die beliefern mich immer mal, wenn ich meine Kulturveranstaltungen mache«, erklärt Huberta von Rissen.

»Bitte, da hören Sie es, da hat meine Frau Pappbecher für ihre Kammerkonzerte bestellt.« Die P-Laute prustet er Nicole verächtlich mit feuchter Aussprache direkt ins Gesicht.

Die beiden verlassen das Gut. Zu Nicoles großem Bedauern können sie den feinen Herrn wohl von ihrer Liste der Verdächtigen streichen.

Thies ist noch nicht überzeugt. »Er hat schließlich schon mehrere Menschen auf dem Gewissen. Er hat eindeutig 'n Krawattentick, und er soll angeblich auch keine glückliche Kindheit gehabt haben.«

Nicole rollt die Augen. »Auch 'ne böse Tante, oder wie?«

»Ach, Nicole, hör doch auf.«

Es hat jetzt aufgehört zu regnen. Von den Inseln weht ein frischer Nordwest. Die Fredenbüller kommen aus ihren Häusern, um Vorbereitungen für das Osterfeuer zu treffen. Die schwangere Nicole will sich auf Thies' dringendes Anraten eine kleine Ruhepause gönnen. Deshalb hat sie in der Wache auf der Zellenliege kurz mal die Beine hochgelegt. Thies will gerade losfahren, um in Neutönninger Siel endlich seinen Grill zu installieren. In dem Moment rast Klaas auf seinem Postrad auf die Wache zu. Atemlos stürmt der kleine Postbote in die Wache.

»Ihr glaubt dat nich, was ich hier in der Post hab.« Er wirft die Posttasche auf Thies' Schreibtisch, dass der Inhalt halb herausrutscht.

»Neue Schlipsprospekte von ›Gastro-Quick‹?« Thies fischt eine Zeitschrift aus dem Haufen der Postsendungen heraus. »MBZ? Was is dat denn?«

»Modellbahnzeitung, die große Zeitschrift für die kleine Bahn. Die kriegt Röpke immer noch. Er is doch großer Modelleisenbahner. Aber dat mein ich nicht.« Klaas zieht mit gezieltem Griff eine Postkarte aus seinen Briefsendungen heraus. »Hier: Postkarte von Renate.«

»Wie bitte?!« Thies bekommt von einem Moment zum anderen seinen Kuhblick. Er reißt Klaas die Karte aus der Hand.

»Adressiert an den ›Salon Alexandra‹ …«, sagt der Postbote betreten.

»Um Gottes willen, das darf nicht wahr sein!« Thies ist ganz blass geworden. Nicole hat sich von ihrer Liege erhoben und hat jetzt mit ihrem Kreislauf zu kämpfen. Sie nimmt die Karte und liest laut.

»Liebe Alexandra. Ich gehe auf eine längere Reise. Grüße an alle Landfrauen. Seid mir nicht böse. Eure Renate.« Nicole sieht die beiden ernst an.

»Fast derselbe Text wie auf den anderen Karten.« Sie dreht die Karte um. »Alsterfleet mit Adolphsbrücke um 1840.«

»Das is datselbe Kartenset«, stellt Thies fest. »Die fünfte Karte!«

»Thies, langsam glaube ich, du hast recht mit der Serie.«

38

Renate schlägt mit der flachen Hand gegen die Wand. Zunächst hatte sie vorsichtig gegen die abblätternde Farbe geklopft.

»Hallo, Doris … Frau Schmelzer!« Aber es war nichts zu hören. Kein Wimmern, kein Weinen, kein Atmen. Es war ganz still. Auch die Gefriertruhen gaben keinen Laut von sich. »Frau Schmelzer!« Totenstille.

Jetzt schlägt Renate mit der flachen Hand gegen den Wandputz. »Hallo?! Was ist mit Ihnen? Sagen Sie doch etwas.« Verzweifelt schlägt sie immer weiter, bis ihr die Hand schmerzt. Auf der Handfläche klebt schimmelige abgeblätterte Farbe.

Eben, im Gespräch mit Leidensgenossin Doris Schmelzer, war Renate ganz ruhig geworden und zuversichtlich. Aber jetzt macht sich bei ihr wieder Panik breit. Was ist mit Doris im Nebenraum passiert? Hat dieser Wahnsinnige sie umgebracht? Das Keuchen und Würgen, das vorhin jenseits der Wand zu hören war, hatte grauenhaft geklungen. Renate bekommt richtig Angst. Wenn dieser Typ Doris wirklich ermordet hat, dann ist sie die Nächste. Sie sperrt sich mit aller Willenskraft dagegen, sich das weiter auszumalen. Oder ist dieser Irre nur ausgerastet, weil die dusselige

Doris ihn mit ihrem Rumgejammer zur Weißglut gebracht hat? Renate bricht der Schweiß aus. Sie fühlt ihren Puls im ganzen Körper. In der Wunde an ihrem Fuß pocht es. Der Eisenring der Fußfessel wird von der überlappenden Schwellung halb verdeckt.

Hinter ihren Schläfen spürt sie einen unerträglichen Druck. Sie muss sich zwingen, wieder ruhig zu werden. Ihr wird schwindelig. Der diffuse Lichtstrich am Fenster schwankt ein paarmal hin und her. Dann setzen die seltsamen Basslaute, die sie eben schon gehört hat, wieder ein. Dumb-dumb-dumb-dumb. Es ist weit weg, trotzdem spürt sie ein leichtes Vibrieren.

Draußen hat es aufgehört zu regnen. Das Prasseln des Regens zumindest ist nicht mehr zu hören. Die Luft in dem Kellerraum steht. Es riecht nach einem Gemisch aus Schimmel und Urin. Renate braucht dringend frische Luft. Hier ist seit Tagen keine frische Luft in den Raum gekommen. Ihr kommt es jetzt vor, als wäre sie seit Jahren in diesem muffigen Keller mit dieser idiotischen Eisenbahnanlage und den Einmachgläsern mit dem Sauerfleisch eingesperrt. Verdammt noch mal, sie muss hier sofort raus. Heute ist Osterfeuer. Und sie wollte doch unbedingt zum Osterfeuer. Wie jedes Jahr. Gestern, oder war es vorgestern?, hat dieser Verrückte sie eine Postkarte schreiben lassen. Er hatte gedroht, ihr kein Essen mehr zu bringen und den Nachttopf nicht mehr auszutauschen. Den Text hatte die blecherne Stimme ihr durch den Faller-Bahnhof diktiert. Sie würde auf eine längere Reise gehen oder so ähnlich. Renate konnte damit überhaupt nichts anfangen. Das darf alles nicht wahr sein, murmelt sie vor sich hin.

Sie schleppt sich an ihrer Kette zurück zu ihrem Schlafplatz und holt die kleine Eisenbahnschiene wieder unter der Alufolie hervor. Sie muss es noch mal versuchen. Wenn sie aus diesem Keller herauswill, muss sie sich erst mal von diesem Fußeisen befreien. Einen der beiden Metalldorne, die aus der Schiene herausstehen, hat sie in der Eisenfessel schon abgebrochen. Die andere Spitze des Schienenstücks schiebt sie behutsam in das Schloss. Vorsichtig dreht sie den Metalldorn. Sie muss aufpassen. Eine halbe Eisenbahnschiene und zwei Fingernägel aus dem »Salon Alexandra« sind dabei schon draufgegangen. Sie dreht in die eine und wieder in die andere Richtung und stochert mit dem Splint in dem rostigen Metall. Für einen Moment hängt die Modelleisenbahnschiene fest. Und dann springt die Fußfessel mit einem Mal auf. Völlig unerwartet. Sie hatte die Hoffnung eigentlich schon aufgegeben.

Renate biegt die eisernen Ringe auseinander. Den gesunden Fuß kann sie problemlos herausziehen. Bei dem entzündeten Fuß zögert sie. Es ist kaum möglich, die Finger unter das Eisen zu bekommen. Und dann mag sie den Ring zunächst gar nicht auseinanderziehen, wie ein Pflaster, das man nicht von der Wunde herunterreißen mag. Aber sie hat keine Wahl. Renate beißt die Zähne zusammen. Unter Schmerzen zwängt sie den kranken Fuß durch das rostige Eisen. Die Stelle, an der der Ring um ihren Fuß gespannt war, ist dunkelviolett verfärbt. Ihr wird wieder schwindelig. Aber sie will keine Zeit verlieren. Sie versucht tief durchzuatmen. Der Schimmel nimmt ihr den Atem. Sie stolpert zur Tür. Ohne die Kette kann sie sich frei bewegen, aber sie kann gar nicht richtig laufen. Es fühlt sich an wie die ersten Schritte nach ihrer Achillessehnenoperation.

Die Tür des Kellerraumes ist nicht verschlossen. Renate ist überrascht. Die Tür führt in den Nebenraum. Es ist stockdunkel. Dieser Raum hat gar kein Fenster. Nur die kleinen Kontrolllampen von zwei Gefriertruhen direkt über dem Boden werfen einen grünen Schimmer auf den fleckigen Beton. Aber nach mehreren Tagen im Keller ist sie an die Dunkelheit gewöhnt. An der gegenüberliegenden Wand stehen zwei weitere Truhen mit geöffneten Deckeln, die ganz offenbar außer Betrieb sind. Aber wo ist Doris abgeblieben? Dies ist der Raum, aus dem sie eben die Stimmen gehört hat, da ist sich Renate ganz sicher. Wo hat dieser Verrückte sie hingebracht? Hat er sie tatsächlich umgebracht und die tote Doris gleich entsorgt? Im Augenblick ist es wieder ganz still. Auch die Basslaute sind verstummt.

Renates Blick geht durch den dunklen Raum, und in dem Moment durchschneidet ein schrilles Telefonklingeln die Stille. Es ist das Telefon, das sie bereits mehrmals gehört hat. Doch der Ton ist schriller, lauter. Das Telefon ist ganz nah. Es muss sich gleich hinter der zweiten Tür befinden. Renate will sie öffnen, aber diese Tür ist verschlossen. Sie rüttelt daran. Das

Schloss klappert, aber es lässt sich nicht öffnen. In regelmäßigem Abstand schrillt das Telefon durch den Keller, ohne dass irgendjemand abnimmt. Dieses Telefon ist ihre Chance, denkt Renate, sie muss durch diese Tür. Sie zieht und zerrt noch einmal an der Türklinke. Im Inneren des Schlosses hört sie metallenes Knirschen. Dann erstirbt das Telefonklingeln.

Sie horcht. Das Herz schlägt ihr bis zum Hals. Schapp-schapp-schapp. Da ist der Flügelschlag der auffliegenden Ente wieder. Ihr wird erneut schwindelig. Alles scheint sich zu drehen. Renate konzentriert sich darauf, ruhig und tief zu atmen. Sie muss alle Sinne beisammenhalten.

Dann springt rumpelnd eine der Kühltruhen an. Statt der grünen Lampe blinkt jetzt eine rote Leuchte auf dem Chassis der rasselnden Gefriertruhe. Ein quäkender Alarmton durchbricht die Stille in dem dunklen Keller.

39

Der Regen hat sich gen Osten verzogen. Ein paar blauviolette Wolkenfetzen schieben noch über die satt- grünen Deiche hinweg. Die letzten Blüten der Apfel- bäume sind durch die starken Schauer von den Bäu- men geregnet. Die Wiese vor der Badestelle in Neu- tönninger Siel ist klitschnass. Die ganze Luft ist noch feucht und kühl. Vier Lämmer machen übermütig tapsige Bocksprünge auf dem Deichrücken. Über der Nordsee lugt die rote Sonne unter einer Wolke hervor. Das Osterfeuer ist noch nicht entzündet. Aber von Thies' großem Grillrost steigt eine dicke Rauchsäule in den Abendhimmel.

»Für Slow Food 'n beeten veel Qualm, oder?«, krächzt Piet Paulsen.

»Dat neue Grillen heißt Räuchern«, verkündet Thies. »Ganz behutsam. Da geht der aktuelle Grill- trend hin.«

Imbisswirtin Antje, die danebensteht, blickt skep- tisch auf die Qualmsäule, und auch Schäfermischling Susi wirkt alles andere als überzeugt.

»Denn gib mir man mal ganz behutsam eine von deinen geräucherten Wurstschnecken.« Paulsen tritt sein Zigarillo im feuchten Gras aus. Er hat sich an dem von der Freiwilligen Feuerwehr organisierten Bierausschank zwei frisch gezapfte Pils geholt und reicht Thies eins.

Thies' Frau Heike zaubert eine ganze Batterie Tofu-Schaschliks aus ihrer Kühltasche. Telje, die mit Freund Tjark auf dem Moped kurz vorbeischaut, verdreht die Augen. »Tofu zum Osterfeuer, echt, Mama, das ist jetzt megapeinlich.«

Thies legt die Veggie-Schaschliks widerwillig auf den Rost. Er hat heute Abend alle Hände voll zu tun. Der unbekannte Krawattenmörder und die dramatische Suche nach Renate und der verschollenen Touristin gehen ihm auch jetzt nicht aus dem Kopf. Thies träumt inzwischen schon von immer neuen Täterprofilen. Aber das Grillen bringt ihn ein bisschen auf andere Gedanken.

Ganz Fredenbüll hat sich bereits um den großen Holzhaufen versammelt und wartet darauf, dass Brandmeister Uwe Thormählen gleich nach Sonnenuntergang das Feuer entzündet. Ein Weilchen müssen sie sich noch gedulden. Aber am Horizont tropft der rote Ball schon mit dem unteren Rand ins Meer.

Piet Paulsen, Postbote Klaas und Bounty leisten Thies am Grill Gesellschaft. Nicole prostet Morton Jensen mit einer Rhabarberschorle zu. Thies beobachtet sie misstrauisch. Flirtet sie mit Morten? Kennen die beiden sich vielleicht schon länger? Aber Morten Jensen ist doch nicht der Vater? Nein, das kann nicht sein. Bei dieser Party im alten Krog war Jensen schließlich nicht dabei. Thies muss aufpassen, dass er seine Grillkohle am Glühen hält.

Auch Heike, Alexandra, Dörte und Marret, alle mit einem Becher Punsch in der Hand, haben die Kieler Kommissarin und den dänischen Kommissar im Blick. In gebührendem Abstand. Morten Jensen sieht wieder einmal vollkommen übernächtigt aus.

»Was macht der eigentlich hier?«, fragt sich Friseurmeisterin Alexandra. »Er is doch dänischer Kommissar. Dann is er in Fredenbüll doch gar nicht zuständig.«

»Dat is 'n internationaler Fall«, klärt Heike nicht ohne Stolz ihre Freundinnen auf.

»So 'n echten dänischen Kommissar, dat haben wir hier doch auch nich alle Tage«, schwärmt die schüchterne Dörte, die den dänischen Akzent »echt süß« findet. »Nix gegen Thies, aber dat is schon was anderes.«

Heike blickt beleidigt.

»Komm, Dörte, dieser … Dreitagebart oder was dat is. Ich weiß nich. Er sieht immer 'n büschen schnuddelig aus«, findet Marret.

»Sprechen soll er angeblich auch kaum … und dann diese bleiche Gesichtsfarbe«, pflichtet Heike ihr bei. »Der sieht doch aus wie 'ne Wand.«

»Na ja, diese dänischen Kommissare sollen ja vorwiegend im Keller arbeiten. Da is nicht viel mit Tageslicht und so.« Dörte kennt sich aus.

»Der müsste bei mir im Salon einmal durch das komplette Pflegeprogramm. Waschen, schneiden, föhnen, rasieren, Maniküre – dat volle Frühlings-Super-Wohlfühl-Angebot.«

»Also, ich mein ja, Thies könnte den Fall auch allein

lösen, ohne den Dänen und die blonde Superkommissarin.«

»Weiß man eigentlich inzwischen, wer der Vater ist?«, fragt Marret mit nachdenklichem Blick auf den Dänen.

»Komm, Marret, hör bloß auf!« Heike zieht beleidigt in Richtung Grill ab.

Die Wartenden bei Thies am Rost werden langsam ungeduldig. Slow Food ist bei den Grillfreunden noch nicht akzeptiert. Die verhinderte Biobäuerin Imke Schlotfeldt greift derweil schon mal bei den Tofu-Spießen zu. Und auch Alexandra und ihre Landfrauenfreundinnen sind von Heikes Fatfree-Veggie-Schaschliks ganz begeistert.

»Na, Klaas, wo hast denn deine Bekannte gelassen?«, feixt Marret und knabbert einen Tofu-Würfel von ihrem Spieß.

Klaas, der sonst nie um einen Spruch verlegen ist, sieht auf die Uhr und zuckt mit den Schultern. »Ich wollte Mandy grad aus ’m ›Wattblick‹ abholen.« Er macht ein besorgtes Gesicht. »Aber dat Café hatte schon dicht.«

»Und zu Hause?«

»Ich komm von zu Hause. Sie wohnt doch bei mir.« Klaas wirkt ratlos.

»Ich hab extra für sie Tote Tante mitgebracht.« Antje deutet auf die Thermoskanne in dem mitgebrachten Einkaufsbeutel. »Passen grad drei Tote Tanten rein. Ich dachte, bei dem Wetter.«

»Und Mandy will doch Original Thüringer mitbringen. Hat sie eingeschweißt extra aus ihrer Heimat kommen lassen. Sie ist ganz wild auf das Osterfeuer. Ich versteh dat nich.« Klaas klingt verzweifelt.

Nicole mustert ihn besorgt. Dass in Fredenbüll die Frauen reihenweise verschwinden und sie und Thies mit ihrem Fall überhaupt nicht weiterkommen, macht sie allmählich nervös. Ist jetzt etwa die Eisprinzessin von Klaas auch noch von der Bildfläche verschwunden? Sie lässt ihren Blick einmal über die Fredenbüller Osterfeuerbesucher schweifen. Befindet sich ihr Täter hier unter ihnen beim Osterfeuer?

Tankwart Sönke lehnt zusammen mit dem Hamburger Anwaltsschnösel Cordt Brookmann und Onno von Rissen am Bierausschank. Der Mechaniker hat sich zur Feier des Tages ausnahmsweise das Gesicht gewaschen, nur am Haaransatz und an den Ohren zeichnen sich ein paar Ölreste ab. Von Rissen trägt auch zum Osterfeuer als einziger Krawatte unter seiner grünen Steppjacke. Ein seltsames Trio, denkt Nicole. Die anderen Verdächtigen sind gar nicht erschienen.

In dem Moment klingelt Thies' Handy. Auf dem Display sieht er, es ist eine Weiterleitung des Anschlusses auf der Wache. »Polizeinebenstelle Fredenbüll, POM Detlefsen«, meldet sich Thies ganz offiziell. Augenblicklich lässt er die Grillzange fallen.

»Dat gibt's doch nich!«, platzt es aus Thies heraus. Nicole und die Umstehenden sehen ihn fragend an. »Wir suchen dich seit Tagen! Wo steckst du?«

»Was ist los?«, schnauft Nicole.

»Renate«, raunt er den anderen zu. Und dann ins Telefon. »Renate, wo bist du, verflucht?«

»Ich bin hier seit Tagen im Keller eingesperrt. Und Dor-r-ris liegt nebenan tot in der Gefr-riertr-ruhe.« In der Panik rollt Renate das R besonders.

»Bitte?« Thies ist völlig von den Socken. »Doris … Schmelzer?«

»Ja, dat sind meine Pensionsgäste, die gestern angereist sind.«

»Renate, wo bist du?« Thies wird lauter. Er nimmt das Handy vom Ohr, damit die anderen mithören können.

»Ja, dat wüsste ich auch gern.« Die Pensionswirtin wirkt desorientiert.

»Gib mal 'ne Ortsbeschreibung?« Thies besinnt sich auf die Standards der Befragungstechnik.

»Na ja, wie gesagt. Hier stehen vier Kühltruhen und noch 'ne Eisenbahn … mit Bahnhof und allem Drum und Dran.«

»Wat erzählt sie da?«, fragt Piet Paulsen.

»Vier Kühltruhen und 'ne Eisenbahn … Nicole, ich glaub, da brauchen wir den Psychologen.«

»Thies, dat is 'n Irrer!«, schreit Renate ins Telefon.

»Wenn ein Psychologe man reicht«, raunt Thies seiner Kollegin zu. In dem Moment hört Thies die seltsamen Töne im Hintergrund. »Sag mal, Renate, wat is dat für Musik bei dir?«

»Musik? Wat denn für Musik? Da ist immer nur die Stimme aus dem Bahnhof.«

»Renate hört Stimmen aus 'm Bahnhof?« Marret macht sich ernste Sorgen.

»Oha«, kräht Paulsen.

»Da is doch so 'n Basston irgendwo bei dir.«

»Thies, holt mich hier raus! Schnell! Doris hat er schon abgemurkst.« Renate ist vollkommen panisch.

»Ganz ruhig, Renate«, ruft Nicole aus dem Hintergrund. »Wir müssen erst mal herauskriegen, wo Sie sind.«

»Die Musik kommt mir bekannt vor.« Thies hält Klaas, der sich mit Rockklassikern auskennt, das Telefon hin.

Klaas summt den Basslauf sofort mit. »Wart mal … dat is …« Er summt weiter. »›Hey Joe‹. Dat is der Bass von ›Hey Joe‹. Bounty, komm mal her! Schnell!«

»Wat denn für 'n Joe?«, fragt Piet Paulsen.

»Jimi Hendrix«, gibt Klaas zurück und schüttelt den Kopf.

Inzwischen ist der Althippie herübergeschlurft. »Ja, ›Hey Joe‹. Das is Doktor Niggemeier. Hört mal, da hat er sich schon wieder verspielt, immer an derselben Stelle.« Bounty gackert.

»Niggemeier?«, wundert sich Nicole. »Der wollte eigentlich gleich kommen … der ist vorher noch mal für ein Stündchen in euern Übungsraum.«

»Der Übungsraum von ›Stormy Weather‹? Renate, wir sind gleich da!«, brüllt Thies in sein Handy.

40

Als Thies, Nicole und Kollege Morten Jensen ihren Wagen mit mobilem Blaulicht und blockierenden Reifen vor dem alten Krog in Reusenbüll stoppen, kommt ihnen Doktor Niggemeier entgegen, der den Gitarrenkoffer grade in seinem Volvo verstauen will.

»Was macht ihr denn hier?« Er sieht Nicole fragend an. »Ich denk, du bist beim Osterfeuer. Ich wollte auch grad hinfahren.«

»Wir sind im Einsatz«, ruft Thies.

»Die vermisste Pensionswirtin muss hier irgendwo stecken. Sie hat uns eben angerufen. In dem Telefonat haben wir deine Bassgitarre im Hintergrund gehört.«

»Bei mir im Übungsraum war aber keiner.«

»Nee, dat war entfernt im Hintergrund … ›Hey Joe‹«, erklärt Thies.

Niggemeier guckt verdattert. »Ja, ›Hey Joe‹ hab ich auch gespielt.«

Nicole geht zu ihm hin. »Aber gesehen hast du niemanden?« Er schüttelt den Kopf. »Niggi, wir sind tatsächlich im Einsatz. Fahr doch schon mal zum Osterfeuer vor.« Sie streicht ihm mit der Hand über die Brust. Irgendwie ziemlich vertraut.

Jetzt blickt Thies verdattert. »Was war dat denn? Niggi?« Thies grinst breit, als die drei Polizisten Niggemeier an seinem Volvo zurücklassen und auf den alten Krog zugehen. Nicole grient genauso breit zurück, während sie sich ein paar Handschellen an den Hosengürtel klemmt und ihre Walther P99 in das Schulterholster schiebt. Thies wirft einen vielsagenden Blick auf ihren Bauch. Aber für Vaterschaftsdiskussionen haben sie jetzt keine Zeit.

Thies klingelt bei Röpke. Die Haustür ist nicht verschlossen.

»Horst!«, ruft Thies in die Wohnung hinein und dann: »Renate! Bist du hier?« Keine Reaktion. Nicole und Thies ziehen ihre Waffen und durchkämmen mit gezogener Waffe ein Zimmer nach dem anderen. Morten Jensen hält vor der Tür die Stellung. Nicole hat schon wieder mit Übelkeit zu kämpfen. Die dreckigen Teller in der Küche mit den verkrusteten Essensresten, die angestaubten Plastikalpenveilchen und das ungemachte Bett mit den braun gemusterten Bezügen in dem miefigen Schlafzimmer, so sieht also die Wohnung eines mehrfachen Frauenmörders aus? Soziophobie, fehlende Empathie, unglückliche Kindheit, schießt es Nicole durch den Kopf, während sie sich mit gezogener Waffe von Raum zu Raum arbeitet. Thies hat schon recht, denkt sie, das sieht aus wie aus dem Lehrbuch.

Sie laufen weiter um das Haus herum. »Irgendwo ist hier noch ein anderer Eingang«, meint Thies. Die drei Polizisten drängeln sich durch verwildertes Gesträuch und allerlei Gerümpel an der Hauswand entlang zu einem Hintergebäude.

»Da vorne hinder die Johannisbeersträucher.« Morten Jensen hat ein untrügliches Gespür für Kellertreppen. Hinter verschiedenen Beerensträuchern führt tatsächlich eine Außentreppe in den Keller. Auch diese Tür ist nicht verschlossen. Thies geht mit gezogener Waffe voran. Morten ist ihm diesmal direkt auf den Fersen. Nicole hat auf einmal mit Seitenstichen zu kämpfen und kommt ein Stück hinterher.

»Hallo, ist da jemand?«, ruft Thies in den Keller hinein. Aus einem hinteren Raum schimmert Licht. »Hallo?!« Aus dem Raum ist das schrille Intervall eines Signaltons zu hören.

»Ja, wer ist denn da?« Thies meint die Stimme von Röpke zu erkennen. Mit ein paar Schritten durch einen Flur an einem vorsintflutlichen Wandtelefon mit herunterhängendem Hörer vorbei, betreten sie den erleuchteten Kellerraum. Röpke steht in Hausschuhen und der obligatorischen fusseligen Wolljacke vor einer Gefriertruhe mit hochgeklapptem Deckel. Neben seinem rechten Auge schillert in allen Regenbogenfarben ein Hämatom.

»Hier!« Er deutet in die Truhe. Thies glaubt, er sieht nicht richtig. Da liegt tatsächlich eine Frau in der Kühltruhe. Nicole stützt sich schwer atmend an dem Türrahmen ab. Nur Morten Jensen zeigt keine Gefühlsregung.

»Ganz ruhig stehen bleiben, Horst!«, ruft Thies

und richtet seine Walther auf den ehemaligen Wirt. Röpke dreht sich zu ihm um. »Achtung, Horst, Hände schön auf der Truhe lassen und Beine breit auseinander!«

»Mensch, Detlefsen, wat soll denn der Quatsch?« Aber angesichts der Pistole folgt er Thies' Anweisungen. Thies tastet Röpke nach Waffen ab. Er zwingt sich dabei zu Ruhe und Konzentration. Trotzdem muss er die ganze Zeit auf die Frau in der Kühltruhe gucken. Sie starrt aus weit geöffneten Augen zurück. Sie kauert in der engen Truhe. Der Kopf lehnt an der Truhenwand und die Zunge hängt heraus. Um ihren Hals ist eine gestreifte Krawatte geschnürt. Die nordfriesischen Farben sind deutlich zu erkennen. Außerdem hat die Leiche einen Gipsfuß, der in einer Ecke der Truhe klemmt. Am Fuß der Truhe blinkt eine rote Lampe im selben Intervall wie der schrille Alarmton. Das rote Blinklicht fällt auf Röpkes Hausschuhe.

»Wo ist Renate?«, schnaubt Thies Röpke an. Nicole, die immer noch ihre Waffe in der Hand hält, und Morten Jensen kontrollieren die anderen Räume.

»Sind hier vielleicht noch versteckte Verliese oder irgendwelche Kammern?« In dem muffigen Kellerklima erwacht der dänische Kollege regelrecht zu neuem Leben.

»Was is mit Renate?«, schreit Thies.

»Dat is nich Renate.« Röpke dreht sich zu Thies um. Seine Hände lässt er aber brav auf der Kühltruhe liegen.

»Ja, Horst, dat sehen wir selbst.« Thies ist gereizt, und gleichzeitig wird ihm übel. »Wer ist dat hier in der Truhe?«

»Woher soll ich dat wissen? Die Truhe hab ich eigentlich seit Jahren nich mehr in Betrieb.«

Auch Nicole und Morten Jensen stehen jetzt an der Gefriertruhe und begutachten die Tote. »Die vermisste Frau Schmelzer?« Die Kommissarin sieht ihren Kollegen fragend an. Sie ist kalkweiß und hat offenbar ein Kreislaufproblem. Nur der dänische Kollege verzieht angesichts der tiefgekühlten Touristin keine Miene.

»Horst, du sagst uns jetzt sofort, wo Renate ist«, schnaubt Thies.

Röpkes filziger Haarkranz schimmert im Gegenlicht der Neonröhre. »Wat hat Renate hier bei mir im Keller zu suchen?«

»Renate hat uns angerufen, und zwar aus Ihrem Haus.« Nicoles Ton klingt vergleichsweise sachlich.

Plötzlich ist eine leise Stimme aus dem Nebenraum zu hören. »Hallo?! Thies, seid ihr dat?«

Alle horchen. »Renate!«, bricht es aus Thies heraus. Da nimmt Röpke die Hände von der Truhe mit der toten Doris Schmelzer und dreht sich zu den anderen um.

»Vorsicht, Horst, keine Bewegung!«, fährt Thies ihn sofort an. »Nicole, Handschellen?« Die Kommissarin nickt und wirft ihrem Kollegen die Handschellen zu.

»Sag mal, Detlefsen, du spinnst ja jetzt wohl völlig.« Röpke kommt in seiner Fusseljacke mächtig ins Schwitzen.

»Hallo, hört ihr mich?« Die Stimme von nebenan wird lauter.

Thies lässt eine Handschelle um Röpkes Handgelenk klicken, die andere um den Griff der Kühltruhe.

»Wollt ihr mich hier jetzt in meinem eigenen Keller anketten?« Der ehemalige Krogwirt versteht die Welt nicht mehr.

»Horst, du bist festgenommen … wegen Mordverdacht.« Er zeigt auf die tote Doris. »Dat geht gleich ab in unsere Fredenbüller Zelle.«

Nicole und Jensen gehen einen Raum weiter. Auf den ersten Blick können sie niemanden entdecken. Nur die große Platte mit der eingestaubten Modelleisenbahn. Nicole muss sofort niesen.

»Holt mich hier endlich r-r-raus!« Die Stimme mit dem rollenden R kommt unter der Platte hervor. »Ihr seid meine R-R-Rettung.« Nicole, Jensen und Thies, der jetzt auch dazukommt, beugen sich unter die Eisenbahnplatte.

»Mein Gott, Renate, wat machst du denn da unter der Eisenbahn?«, fragt Thies.

»Wat meinst du wohl, Thies, ich hab mich vor diesem Ver-r-r-rückten versteckt.«

»Nun, kommen Sie da erst mal heraus.«

Aber Renate stöhnt: »Aua, mein Fuß.« Dann hilft Thies ihr unter der Modelleisenbahn heraus. Die Pensionswirtin schaut reichlich mitgenommen aus, ihr

Fuß ist dramatisch angeschwollen, die Frisur derangiert, und sie steht eher wackelig auf den Beinen. Doch sie beißt die Zähne zusammen und blinzelt mit den Augen.

»Wir müssen sie erst wieder ganz vorsichtig ans Licht gewöhnen«, schlägt Morten Jensen vor. Der dänische Kommissar kennt sich da aus.

»Ach was, is doch nich nötig.« Renate winkt ab. »Da kam doch immer so 'n büschen Licht rein. Und wird doch sowieso gleich dunkel draußen.«

»Bei eine Gefangenenbefreiung musst du vorsichtig sein«, warnt Morten Jensen. »Du musst auf Licht und auch auf Druckverhältnisse achten.« Die anderen sehen ihn mit großen Augen an. »Haben wir bei uns in Dänemark alles schon gehabt. Frauen, die jahrelang in eine Druckkammer eingesperrt waren.«

Renate protestiert. »Nee, dat waren höchstens vier Tage und dat hier ist doch so 'n ganz normaler Vorratskeller.«

»Mit dem Fuß sollten Sie lieber erst mal ins Krankenhaus«, gibt Nicole zu bedenken.

»Renate, du solltest dich einmal kurz durchchecken lassen«, findet auch Thies.

»Ach wat, heute is doch Osterfeuer, oder?« Angesichts der Qualen, die sie gerade erlitten hat, ist die Pensionswirtin schon wieder ganz obenauf.

»Wenigstens sollte Doc Carstensen sie mal ansehen«, findet Nicole. »Unser Gerichtsmediziner. Der muss ja sowieso kommen.«

»Aber dann will ich noch zum Osterfeuer«, quengelt Renate. »Und vorher muss ich noch mal nach meinen Gästen in der Pension sehen.«

»Na ja, Renate«, Thies deutet Richtung Kühltruhe, »einen deiner Gäste nimmt die Spusi dir ab.«

41

Eben war Mandy fast ein bisschen eingedöst. Sie weiß nicht recht, wie lange sie hier schon in dem engen Personalraum, der dem Café gleichzeitig als Vorratskeller dient, liegt. Das Kühlpack hat Robert ihr mit Klebeband auf ihrem geschwollenen Fuß fixiert. Seit sie die Beine hochgelegt hat, schmerzt der Fuß kaum noch. Durch die Kälte hat sie ein taubes Gefühl. Sie blickt auf das Regal mit den Großpackungen für die Gastronomie. Wirtin Bertha Bessen hat hier Zucker, Mehl und H-Sahne für diverse Kuchenschlachten gehortet, außerdem Riesenkartons Kakao, eine ganze Batterie Sprühsahne und zig Flaschen hochprozentigen Rum. Das reicht für etliche Tote Tanten, denkt Mandy.

Robert Rusk wirkt immer noch erhitzt, als er wieder den Raum betritt. Seine helle Haut hat Flecken und die roten Locken hängen ihm ins Gesicht. Die gestreifte Krawatte ist ein weiteres Stück gelockert.

»Na, wie geht es unserer Patientin denn?« Er bleckt die Zähne und greift erneut zu der Rolle mit dem Klebeband.

»Ich will mol versuchen, ob ich mit dem Fuß nisch vorsischtisch auftreten kann. Ich kann hier ja nicht ewig liegen bleiben.«

»Du bleibst schön liegen.« Rusks Stimme ist bedrohlich leise. Seine Augen flackern. Mandy macht Anstalten sich aufzusetzen. Sie wird von Robert sofort zurück auf die Liege gedrückt.

»Robert, was soll denn das?« Mandy wird unsicher.

Robert Rusk reißt Mandy den Kühlbeutel von ihrem geschwollenen Fuß und pfeffert ihn wütend einmal quer durch den Vorratskeller. Was ist plötzlich in den netten Herrn Robert gefahren? Der Kellner drückt sie rabiat auf die Liege. Mit einer Hand hält er sie fest, in der anderen hält er die dicke Rolle mit dem Klebeband. Das Ende des Klebebands klemmt er sich zwischen die großen weißen Zähne. Mit der anderen Hand zieht er das Band mit einem Zischen von der Rolle.

»Robert, du bist wo närsch?« Aus ihrer Eislaufkarriere kennt Mandy ja die ungewöhnlichsten Therapien bei Verletzungen. Aber das hier hat mit medizinischer Erstversorgung nichts zu tun. Das kann der viermaligen sächsischen Meisterin im Eistanz niemand erzählen.

»Ich werde dich jetzt mal richtig verarzten.« Er packt ihre Füße und wickelt energisch das Klebeband darum. Sein Atem geht dabei heftig und stoßweise. Speichel läuft ihm aus dem Mundwinkel.

»Au, du tust mir weh, hör auf damit.« Sie will sich aufrichten, aber Robert drückt sie sofort wieder auf die Pritsche. Wie besessen wickelt er ihr fast die gesamte Rolle Klebeband um ihre Knöchel.

»Au, sach amol, bei dir schäbbords wo! Isch will zum Orzt!« Mandy stöhnt.

»Ein Arzt? Wozu brauchen wir beide denn einen Arzt? Der liebe Herr Robert macht das doch alles!« Rusk lacht hysterisch auf und scheint kurz vor dem Durchdrehen zu stehen. Mandy wehrt sich verzweifelt, aber ihre Füße sind jetzt gefesselt und machen es ihr unmöglich, sich zu bewegen.

»Ihr brecht euch die Beine und lasst mich alles machen. Das könnte euch so passen«, keucht Robert. Er schwitzt in seinem Kellneranzug. »Der Robert ist ja da. Und wenn es dann nicht recht ist, dann schlagt ihr mich mit euren Gehstöcken und Krücken. Robert, hast du alles erledigt? Robert, ist dein Schlips richtig geknotet? Robert, bring mir was zu trinken. Robert … Robert … Robert … Ich hasse euch! Ihr seid doch alle gleich.«

»Robert, mein Gudsdor, du meinst nicht mich. Du meinst deine Dande.« Auf einmal fällt es Mandy wie Schuppen von den Augen und sie begreift, was mit ihrem Kellnerkollegen los ist. Als einmal wieder keine Gäste im Café waren, hatte ihr Robert seine unglückliche Kindheit bei seiner gnadenlosen Tante in den grausigsten Details beschrieben.

»Robert, du willst disch an deiner doden Dande rächen«, versucht sie ihn zur Vernunft zu bringen. »Ich bin die Falsche. Desdorwäschn musst du mich freilassen. Und zwar sofort!«

»Verdammt, halt dein dummes Maul!«, keift er sie an. Eine verschwitzte rotblonde Locke fällt ihm ins Gesicht. »Ihr Weiber seid doch alle gleich!«

»Was hab ich denn mit deiner Dande zu tun?«

»Hab ich es dir nicht gesagt. Du sollst dein dämliches Klatschmaul halten!« Er drückt ihr seine Hand auf den Mund.

»Du kannst mich hier nicht verstecken«, presst sie zwischen seinen manikürten Fingern hervor. »Spätestens morgen früh kommt Frau Bessen und entdeckt mich hier.«

»Niemand wird dich entdecken.« Jetzt bleckt Robert Rusk zur Abwechslung mal wieder die Zähne. »Ich hab eine andere schöne Unterkunft für dich. Da ist anderswo grade ein Zimmer frei geworden.« Er grinst sie irre an.

Mandy windet sich unter seinem harten Griff. Ihr wird schwindelig. Die Zucker-Großpackungen, Sprühsahne-Dosen und Rumflaschen drohen aus dem Regal auf sie herabzustürzen. Die Aufschrift »KAKAOPULVER. *Beste Qualität für puren Genuss*« verschwimmt vor ihren Augen.

42

»Ja, das ist Doris«, stammelt Udo und starrt fassungslos in die Kühltruhe. »Und ich hab ihr noch gesagt, sie soll ihren Anorak überziehen.« Udo Schmelzer ist vollkommen durcheinander.

Thies erklärt sich das mit dem Schockzustand. Angehörige von Mordopfern können zunächst in eine Schockstarre fallen, weiß Thies aus seinem Profiling-Seminar.

Gerichtsmediziner Carstensen und KTU-Mann Börnsen sind sofort aus Kiel angerückt und durchkämmen gemeinsam mit dem dänischen Kollegen Morten Jensen den Keller des Reusenbüller Krogs. Börnsen stellt etliche Alufolien mit Essensresten, drei kleine Papierfähnchen mit den dänischen Farben, zwei Nachttöpfe, eine Modelleisenbahnschiene und fünfzehn Einweckgläser Sauerfleisch, Jahrgang 2007, sicher. Bei der Durchsuchung von Röpkes Schlafzimmer stoßen die KTU-Leute außerdem auf eine ganze Kollektion von Nordfriesland-Schlipsen.

Udo Schmelzer sitzt mittlerweile schon wieder vor der Fredenbüller Wache in seinem Auto und weiß nicht recht wohin. Drinnen befragen Thies und Nicole derweil Renate und den verhafteten Horst Röpke. Nicole hat die Pritsche in der Zelle für Röpke freigemacht. Ihr blauer Seesack lehnt jetzt an der Pinnwand mit den Verdächtigen.

»Ja, Frau Stappenbek, dat tut mir ja leid, aber wie gesagt, ich bin diesmal vollkommen ausgebucht«, entschuldigt sich die Pensionswirtin bei Nicole, die während ihrer Fredenbüller Einsätze bisher immer bei Renate untergekommen ist. »Diese Doris braucht dat Zimmer zwar nich mehr, aber ihr Mann ist ja noch da.« Renate wirkt im Augenblick alles andere als traumatisiert. »Das kommt spääder«, meint Morten Jensen mit dänischem Akzent. »Manchmal erst nach Wochen, wenn du aus die Keller wieder raus bist.«

Gerichtsmediziner Carstensen hat Renates Bein notdürftig verarztet. Er hat ihr zumindest einen neuen Verband und eine Tetanusauffrischung verpasst. Renate hatte sich strikt geweigert, ins Krankenhaus zu fahren. Sie will doch unbedingt noch zum Osterfeuer. Vorher hat sie Thies und Nicole die Vorkommnisse im Keller geschildert. Die Ermittlungen hat das allerdings nicht viel weitergebracht. Ihren Peiniger hat Renate nicht zu Gesicht bekommen und auch die verzerrte Stimme aus dem Faller-Bahnhof hat sie nicht erkannt.

Jetzt fährt sie Morten Jensen zum Osterfeuer. Sie konnte es gar nicht abwarten, ihren Landfrauenfreundinnen von der spektakulären Gefangenschaft zu berichten. Thies hat sie nur widerwillig gehen lassen. »Wenn dat mit deinem Bein schlimmer wird, dann fahr ich dich nachher noch in die Klinik nach Husum rüber.«

Inzwischen nehmen die beiden Polizisten den verhafteten Horst Röpke ins Kreuzverhör. Die Handschellen haben sie ihm momentan abgenommen.

»Ich hab mit der ganzen Angelegenheit nix zu tun«, beteuert Röpke. »Dat muss 'n Missverständnis sein.«

»Herr Röpke, bei Ihnen im Keller liegt eine tote Frau in der Kühltruhe, wir haben die Pensionswirtin Renate Fedders bei Ihnen gefunden.« Die Kommissarin sieht ihn eindringlich an.

»Horst, wie kommen die Frauen zu dir in 'n Keller?«, drängt Thies.

»Keinen blassen Schimmer«, brummt Röpke. Er tut so, als würde ihn das alles nichts angehen.

»Aber du musst doch wat mitbekommen haben«, hält Thies ihm vor. »Renate ist doch auch nich grad leise. Die hat da im Keller neben deiner Eisenbahn doch bestimmt einen Mordsrabatz gemacht!«

»Der Keller is doch im Hinterhaus«, mault Röpke und droht dabei fast einzuschlafen.

»Aber es ist Ihr Keller«, schnauft Nicole. »Und es ist Ihre Modelleisenbahn, unter der wir Renate Fedders vorgefunden haben.«

Röpke zuckt mit den Schultern.

»Horst, dat is deine Anlage, dat musst du zugeben. Du bist doch hier der große Modelleisenbahner. Dat weiß doch jeder.« Für Thies liegt der Fall ziemlich klar.

»Ich weiß nich, wat die Frauen bei mir zu suchen haben. Ich war seit Ewigkeiten nich hinten im Keller. Meine Bahn hab ich längst nich mehr in Betrieb, und meine Truhen laufen seit Jahren schon nich mehr.«

Sonderlich beunruhigt wirkt Röpke irgendwie nicht. Als wäre ihm gar nicht ganz klar, was ihm hier vorgeworfen wird.

»An deiner Stelle wär ich nich halb so entspannt. Das geht nich nur um Renate und die Frau in der Truhe. Außerdem sind da noch die beiden Frauen bei Schlotfeldt in der Gülleanlage, eine Tote in der Sauna auf Römö und eine vermisste Frau hat der dänische Kollege noch gar nicht gefunden. Horst, dat is 'ne Serie! Ganz klar! Und du bist gerade unser Hauptverdächtiger!« Thies kommt allmählich in Fahrt. Nicole wirft ihm einen kritischen Blick zu. Aber der Fredenbüller Polizeiobermeister lässt sich davon nicht irritieren.

»Horst, mal 'ne Frage zu deiner Kindheit«, setzt Thies ziemlich unvermittelt an. Nicole guckt missbilligend. »Dat war doch … wie soll ich sagen … na ja, nich so schön. Du bist doch ohne Eltern aufgewachsen und hast doch keine glückliche Kindheit gehabt? Oder?«

Röpke sieht Thies verstört an und zupft an seinem verfilzten Haarkranz herum.

»Du bist doch von deiner Tante großgezogen worden, oder? Und die soll ja ziemlich rabiat gewesen sein.«

»Wat hat denn meine Tante mit der ganzen Sache zu tun?«

Die Kommissarin wechselt leicht entnervt das Thema. »Wo haben Sie sich denn Ihr blaues Auge zugezogen?«

»Ja, dat ist halb so schlimm.« Röpke windet sich.

»Mag ja sein, aber ich will wissen, wie Sie dazu gekommen sind.«

»Blöd gefallen.« Röpkes Blick ist schon anzusehen, dass das nicht stimmt.

»Hör auf! Red doch nich rum, du hast doch eine verpasst bekommen!«, geht Thies dazwischen.

»Hat sich Ihr Opfer gewehrt?« Nicole macht eine Pause. »Herr Röpke, wir finden das sowieso heraus.«

»Ja, nee, ich hab Besuch gehabt«, gibt er zu.

»Ja, von wem?!«, blafft Thies ihn an. »Meine Güte, müssen wir dir denn alles aus der Nase ziehen?«

Röpke ist immer noch mit seinem Haarkranz beschäftigt. »Nachdem ihr da wart, stand Schlotfeldt abends vor der Tür … mit seinem Holzknüppel.«

Thies macht eine Handbewegung, dass er weitererzählen soll.

»Weiß auch nich, dat ging wohl noch mal um Birgit Böhnke und um die Schweine mit der Pest.«

»Und dann hat das gleich einen auf die Zwölf gegeben?«

»Na ja, da rechnest du doch nich mit, wenn du abends gemütlich vor ’m Fernseher sitzt. Schön ›Dalli Dalli‹.«

Thies und Nicole sind skeptisch. »Herr Röpke, könnte das nicht alles auch anders gewesen sein? Eines Ihrer Opfer, Renate oder auch Doris Schmelzer, hat sich gewehrt und Ihnen mit irgendeinem Gegenstand ins Gesicht geschlagen? Haben Sie vielleicht auch Mandy bei sich im Keller gehabt? Die vermissen wir nämlich auch.«

»Mandy? Wer is dat denn nu schon wieder?« Röpke stiert die beiden fragend an.

»Dat is Klaas' neue Bekannte«, klärt Thies ihn auf.

»Klaas hat jetzt 'ne Bekannte?«, fragt Röpke interessiert nach.

»Komm, Horst, jetzt nich vom Thema abkommen.«

»Also, mit Mandy, oder wie sie heißt, kann ich nich dienen. Und, wie gesagt, ich hab bei mir unter der Wohnung noch 'n kleinen Keller. Ins Hinterhaus, da komm ich gar nicht mehr hin.«

»Als wir eben bei Ihnen eintrafen, standen Sie aber in dem Keller direkt vor der Kühltruhe«, hakt Nicole nach.

»Dat war wegen der Telefonanlage«, erklärt Röpke. Thies und Nicole sehen ihn fragend an. »Dat is noch die Anlage vom alten Krog. Ich seh dat vorne bei mir in der Wohnung, dat blinkt, wenn von einem der anderen Apparate telefoniert wird.«

»Wenn Sie da sonst nie sind, wie kommen dann die ganzen Verpackungen aus der ›Hidden Kist‹ zu der eingesperrten Renate in den Keller?« Die Kommissarin erhöht mit ihren Fragen den Druck auf Röpke.

»Und du hast in ›De Hidde Kist‹ massenhaft zu essen bestellt«, ergänzt Thies.

»Is dat neuerdings verboten?«, knarzt Röpke. »Thies, du sitzt den ganzen Tag in ›De Hidde Kist‹.«

»Hat sonst jemand Schlüssel zu diesem Keller?«, fragt Nicole weiter.

»Nee, der Krog ist ja seit Jahren dicht«, stellt Röpke unmissverständlich fest.

»Das heißt, früher hatten auch andere einen Schlüssel?«, fragt Nicole nach.

»Na ja, klar, dat Personal.« Der Krogwirt hält kurz inne. »Birgit Böhnke, Robert Rusk, der war ja jahrelang bei mir als Kellner.«

»Haben die vielleicht heute immer noch einen Schlüssel?«, will Nicole wissen.

»Birgit Böhnke kann mit meinem Kellerschlüssel nu nix mehr anfangen und Robert ist ja jetzt im ›Wattblick‹ ...«

»›Wattblick‹?!« Nicole ist alarmiert.

»Mandy!«, platzt es aus Thies heraus.

Die beiden Polizisten sehen sich besorgt an. Thies kramt sofort das Handy aus seiner engen Polizeijacke und wählt die Nummer von Klaas. »Is sie inzwischen wieder aufgetaucht?« Thies schüttelt den Kopf, während Klaas ungewöhnlich wortreich und hektisch aus dem Telefon herausschrillt. »Kurt Krösing sagt, sie hat angeblich 'ne Fußverletzung.«

43

»Was fällt euch blöden Gänsen eigentlich ein! Jetzt kommt ihr alle gleichzeitig mit euren kranken Füßen angelatscht!« Robert Rusk hält Mandys beide Handgelenke fest umklammert. »Ich hab bald keine Postkarten mehr!«

»Was 'n für Postkarten? Was gwaddschn du?«, schnauft Mandy.

Rusk drückt ihre Arme auf die Liege. Er kniet halb auf ihr. Die roten Flecken haben sich jetzt auf seinem ganzen Gesicht ausgebreitet. Robert schwitzt.

»Lass misch sofort loous!«, schreit Mandy. »Was ist denn plötzlisch in disch gefohrn?« Sie ist jetzt panisch. Bisher hatte sie das irgendwie für einen blöden Scherz gehalten. Aber allmählich bekommt sie es mit der Angst zu tun. »Was soll das? Willst du misch hier einsperrn?«

»Stell dich bloß nicht so an, du dusselige Schnepfe!«, zischt Rusk. »Ich war meine halbe Kindheit im Keller eingesperrt.« Er sieht mit starrem Blick an ihr vorbei zu dem Regal mit den Vorratspackungen.

»Was kann isch dafür, dass deine verrückte Dande disch im Keller eingesperrt hat.« Mandy versucht sich aus seinem Griff zu befreien, aber er krallt seine manikürten Finger immer fester um ihre Handgelenke. Sie will ihn mit den Beinen wegstoßen und versucht vergeblich die Knie anzuziehen. Das Klebeband um die Fußfesseln hindert sie. Das geschwollene Gelenk schmerzt. Die betäubende Wirkung des Kühlpacks ist verflogen. Im Gegenteil, es kommt ihr jetzt vor, als würde der Fuß glühen. Mandy wird schon wieder schwindelig. »Deine verrückte Dande ...«, stammelt sie. Mehr bekommt sie nicht heraus.

»Lass, verdammt noch mal, meine Tante aus dem Spiel!«, schreit Rusk. Er hat jetzt Schaum vor dem Mund. »Ihr wollt doch alle dasselbe!«

»Hör uff jetzt und lass misch sofort loouss!« Mandy schnappt hektisch nach Luft.

»Lass misch sofort loous!!«, äfft er sie höhnend nach. Das Sächsisch verunglückt ihm gänzlich.

Da versteht Mandy langsam keinen Spaß mehr. Seit sie im Westen ist, spürt sie hinter ihrem Rücken immer wieder dieses blöde Grinsen wegen ihres Dialektes.

»Ei verbibbsch!«, kreischt Robert jetzt in friesischem Sächsisch. »Blöde Sachsen-Henne!« Mit einer Hand lässt er sie los und lockert mit der anderen hastig seine Krawatte mit den Nordfriesland-Farben.

Mandy spürt jetzt die geballte Wut in sich aufsteigen. »Du gehörst doch in de Glabbse!« Sie nimmt all ihre Kraft zusammen und stemmt sich gegen seine Umklammerung. Sie bekommt ihre Hände frei und stößt ihn von sich. Rusk, der halb auf der Liege gekniet hat, kann sich nicht mehr halten. Er greift mit einer Hand nach Mandys Pullover, droht fast hinzufallen und Mandy dabei mitzureißen. Aber die resolute sächsische Meisterin kann sich losmachen und springt von der Liege. Mit den gefesselten Füßen kann sie allerdings nur hüpfen. Mehr als zwei zaghafte schmerzhafte Hüpfer bringt sie nicht zustande. Robert Rusk rappelt sich sofort auf und greift sie mit beiden Händen. Er schleudert Mandy wie mit einem Wurfsalchow durch die Luft. Sie ist ganz erstaunt, wo Herr Robert, der sonst nur die Kännchen und Kuchenstücke stemmt, diese Kraft hernimmt. Da landet sie auch schon in dem Regal mit den Vorratspackungen und fällt mitten zwischen die Zutaten für die Toten Tanten. Eine Kakao-Großpackung zerreißt, zwei Dosen Sprühsahne fallen scheppernd zu Boden.

»Robert, lass misch! Isch hob nen gabudden Fuß!«

»Das ist es ja!«, schreit Robert außer sich. »Was müsst ihr dämlichen Kühe euch alle auf einmal die Beine brechen?!«

»Der Fuuß is nisch gebrochen«, protestiert die Eisprinzessin.

»Halt endlich deine blöde Klappe!«, fährt Rusk sie wütend an. Er zieht sich den Schlips unter dem Kragen heraus. Mit einer routinierten Handbewegung schlingt er die Krawatte um Mandys Hals. Darauf war sie nicht gefasst. Sie reagiert zu langsam, schnappt nach Luft. Es riecht nach Kakao. Mandy rudert in alle Richtungen mit den Armen, sodass zwei Flaschen Rum aus dem Regal stürzen und auf dem harten Boden zersplittern. Rusk greift die beiden Enden der gold-rot-blau gestreiften Krawatte über Kreuz und zieht zu.

»Hilfe! Nein!« Mandy stößt einen gellenden Schrei

aus, der augenblicklich zu einem Würgen wird. Es riecht nicht mehr nur nach Kakao, sondern vor allem nach Rum. Die Farrah-Fawcett-Welle fällt ihr ins Gesicht.

Robert zieht die Krawattenschlinge enger. Mandy japst nach Luft. »Gr-r-r-hilfe!!« Sie ist kaum mehr zu verstehen. Sie rudert noch einmal mit den Armen neben sich. »G-g-g-r-r-r-r-r-r!!« Mit der rechten Hand erwischt sie die aufgerissene Kakaopackung. Sie ist kurz davor, das Bewusstsein zu verlieren, aber ihr gelingt es, die Packung zu greifen. Rusks Griff lockert sich kurz. Das ist der Moment, in dem sie ihm aus der zerrissenen Tüte eine Ladung Kakao ins Gesicht schütten kann. Überrascht lässt der Kellner sein Opfer ganz los. Blitzschnell reißt Mandy mit ihren langen Fingernägeln aus dem »Salon Alexandra« die Packung weiter auf und streut Robert eine zweite Ladung Kakao in die Augen. Sein verschwitztes Gesicht, die wilden roten Haare, der ganze Kerl ist mit einem Mal komplett mit Kakaopulver überstäubt. Kurzzeitig ist er blind und muss vor lauter Kakaostaub husten. Aber dann hat er sich wieder gefangen und hält die Schlipsenden sofort wieder in den Händen. »Warte, du dumme Nudel!«

Verzweifelt greift Mandy jetzt eine Flasche Sprühsahne hinter sich aus dem Bord. Die Sahne kommt sofort zischend herausgeschossen und trifft Roberts Gesicht. Sie drückt ihm zwei satte Portionen Sahne auf seine Augen. »Hier gommt Sohne zum Gagau!«, krächzt Mandy.

»Du bist ja verrückt, du wild gewordenes Sachsen-Huhn!« Mit einer Hand versucht sich der Kellner die Sahne aus dem Gesicht zu wischen. Mit der anderen hält er jetzt beide Schlipsenden, die immer noch fest um ihren Hals geschlungen sind. »Scheiß Sahne!«, schreit Rusk. »Spritz nur damit herum! Der Herr Robert kann ja nachher alles wieder sauber machen!«

Die erste Dose Sprühsahne ist leer. Mandy will hinter sich eine weitere Dose herausziehen, doch diesmal erwischt sie eine Rumflasche. Kurz entschlossen schlägt sie der Flasche am Regalbrett den Hals ab und schüttet Rusk den gesamten Inhalt über Kopf und Klamotten.

Durch die Rum-Dusche ist Rusk die Sahne aus dem Gesicht gespült und er kann wieder sehen. Hektisch zerrt er an beiden Schlipsenden, die um Mandys Hals hängen.

»Das hast du dir so gedacht, du dämliche Schnepfe, mir zum Abschied eine Tote Tante servieren.« Mit gebleckten Zähnen hängt er über Mandy. Seine Haare kleben nass auf der Stirn. An seinem Gesicht läuft ein Fleckengemisch aus Sahne und Kakao herunter. Rusk grinst irre und zieht die Krawatte fester. Mandy ringt nach Luft und rudert hilflos mit den Armen.

In letzter Sekunde fällt ihr etwas ein. Es gelingt ihr, mit der linken Hand in ihre Jeanstasche zu greifen. Sie spürt das Metall ihres Sturmfeuerzeugs. Vor ihren Augen droht alles zu verschwimmen und sie bekommt kaum noch Luft. Nicht mal ein »Ggrrrr« bekommt sie heraus. Wie in Trance zieht sie das Feuerzeug aus der

Tasche, lässt den Deckel aufschnappen und dreht an dem Zündrädchen. Sie spürt an ihren Fingern die Flamme und hält Rusk das Feuerzeug an sein Rum getränktes Jackett. Es wird augenblicklich noch heißer.

Für einen Sekundenbruchteil starrt er sie ungläubig an. Dann steht der Kellner in Flammen. Die Schlipsenden gleiten ihm aus den Fingern. Hektisch schlägt er mit den Händen auf seine Kleidung, um das Feuer zu ersticken. Aber dadurch facht er es erst recht an. Mandy, die keuchend Luft bekommt, tastet nach einer zweiten und auch noch dritten Flasche hochprozentigem Rum, schlägt sie auf und spritzt sie Rusk über sein Kellnerjackett. Auch der verschüttete Rum auf dem Fußboden zwischen den Glassplittern entzündet sich. Dann stürzt Herr Robert, am ganzen Körper lichterloh brennend und wild mit den Armen fuchtelnd, aus dem Personalraum die Treppe des »Café Wattblick« hinauf.

44

Der Mond steht als riesige milchig leuchtende Scheibe über der weiten Landschaft. Mittlerweile ist es fast dunkel. Nur über dem Meer liegt noch ein letztes rötliches Schimmern. Der große Holzhaufen des Osterfeuers ist mittlerweile entzündet und brennt lichterloh. Die Flammen erobern sich prasselnd und zischend das Zweigwerk, die ausrangierten Möbel und Holzpaletten. Der auffrischende Westwind facht die Glut an. Ein Holzstuhl ist glühend mitten im Feuer zu erkennen, bis das rot leuchtende Gerippe in sich zusammenfällt. Die Flammen züngeln eine Weile um die Strohpuppe, die über dem Haufen schwebt. Dann fängt auch sie Feuer und flackert leuchtend vor dem Nachthimmel. Die fliegenden Funken gehen in eine Rauchsäule über, die der Wind ins Landesinnere drückt.

Die Osterfeuergesellschaft hat sich rund um das Feuer gruppiert. Die Gesichter leuchten rötlich. Auch die Lämmer auf dem Deich verrenken ihre wollenen Hälse zum Feuer und bestaunen aus sicherem Abstand, wie die Koteletts ihrer Artgenossen auf dem Grill vor sich hin brutzeln. Kurt Krösing sitzt auf einem mitgebrachten Campingstuhl vor dem Feuer. Klaas vertritt Thies am Grillrost. Mehrere Würste sind ihm schon verkohlt. Von Slow Food kann keine Rede sein. Klaas ist nicht ganz bei der Sache. Er macht sich zunehmend Sorgen um Mandy, die immer noch nicht aufgetaucht ist. Und dann zeigt Heike plötzlich Richtung Parkplatz.

»Renate?!«, ruft sie ungläubig. Die Pensionswirtin humpelt, von Morten Jensen gestützt, auf die vor dem Osterfeuer versammelte Gesellschaft zu.

»Hast dat ja doch noch geschafft«, krächzt Piet Paulsen.

»Ja, Piet, dat war knapp. Aber Osterfeuer muss ja, nä.«

Von ihren Landfrauenfreundinnen aus dem »Salon Alexandra«, von Heike und allen anderen, wird Renate mit großem Hallo empfangen. Und sie muss auch gleich in allen Einzelheiten von ihrer Gefangenschaft im Keller des Reusenbüller Krogs, von der toten Doris in der Kühltruhe und der spektakulären Verhaftung Horst Röpkes erzählen.

»Wir haben uns schon dat Schlimmste ausgemalt.« Dörte macht ein besorgtes Gesicht und schenkt ihr einen doppelten roten Genever ein.

»Dat war auch nich' ganz ohne«, bestätigt Renate. »Ich war ja die ganze Zeit angekettet, und dann immer seine Stimme aus 'm Bahnhof.«

»'ne Stimme aus dem Bahnhof?« Heike, Marret und Alexandra blicken verwundert.

»Dat is der Schock«, flüstert Heike den anderen zu.

»Nee, dat war Röpke«, korrigiert Renate sie. »Aber immer mit verstellter Stimme.«

Ihre Freundinnen sehen sie mitfühlend an. »Ich kann mir vorstellen, was du durchgemacht hast«, flötet Dörte mitfühlend.

»Was ist mit deinem Fuß?«, fragt Alexandra.

»Der hat sich böse entzündet.« Renate verzieht das Gesicht. Dabei merkt sie nach der geglückten Befreiung und ein paar Schnäpsen ihren entzündeten Fuß kaum noch, sondern genießt es, im Mittelpunkt zu stehen.

»Hier, Renate, hast erst mal 'ne Wurst.« Klaas greift mit der Grillzange eine Nürnberger vom Rost. »Du musst ja völlig ausgehungert sein.«

»Ach was, die Verpflegung war sehr gut!«, wendet Renate ein, als käme sie grade von einer Pauschalreise. »Da kann ich nich klagen. Dat Essen kam aus ›De Hidde Kist‹.«

»Wie bitte?« Antje ist entsetzt. »Essen von mir aus 'm Imbiss? Dat kann nich sein!« Die Umstehenden staunen.

»Doooch! Aber ich will dir was sagen, du hast in so einer Situation gar keinen rechten Appetit.«

Antje blickt leicht beleidigt. »Bei mir im Imbiss verkehren doch keine Frauenmörder!«

»Antje, was deine Kundschaft so treibt, das hast du nich in der Hand.« Renate und ihr Retter Morten Jensen trinken den Genever mittlerweile aus Pappbechern. Insbesondere die Frauenriege aus dem »Salon Alexandra« ist erleichtert, dass der Star ihrer Telefon-Hotline wieder da ist. Die Fredenbüller hängen Renate an den Lippen. Und zwischendurch erzählt der mittlerweile schwer beschwipste Dänenkommissar den Damen vor dem prasselnden Feuer von Würgemorden in der dänischen Sauna und anderen schaurigen Fällen aus seinen verschimmelten Kellerakten. Die Stimmung ist regelrecht ausgelassen. Nur Postbote Klaas wird immer bedrückter. Auf seinem Grillrost verwandeln sich Heikes vergessene Tofu-Schaschliks allmählich in Kohle.

Doch von einem Moment zum anderen sind Renates und Morten Jensens schöne Schauergeschichten nebensächlich. Auf dem Deich, ein ganzes Stück hinter dem Osterfeuer, ertönt ein gellender Schrei und auf einmal erscheint ein fackelndes Licht. Es sieht aus wie eine Zirkusnummer, wie ein Stunt im Kino oder ein riesiger Feuerwerkskörper zu Silvester. Aber es ist ein lichterloh brennender Mensch, der mit wild fuchtelnden Armen und laut schreiend auf dem Deichrücken Richtung Schleuse rennt.

»Dat is doch der Ober aus 'm ›Wattblick‹«, ruft Antje.

»Herr Robert? Nein! Ausgeschlossen!« Marret hat Zweifel.

»Wieso brennt der denn?«, will Piet Paulsen wissen.

»Wo ist Brandmeister Thormählen?«, ruft Kurt Kösing, der von seinem Campingstuhl aufgesprungen ist.

Uwe Thormählen steht mit einem Bier in der einen und einer Wurstschnecke in der anderen Hand neben dem Feuer und blickt ratlos auf den brennenden Kellner.

»Das ist der Herr Robert! Eindeutig!«, bestätigt der Schleusenbeamte Krösing.

»Los, Uwe, löschen!«, drängt Alexandra.

»Ja, wie denn?« Feuerwehrmann Thormählen ist wie versteinert.

»Das ist ja schrecklich!«, stöhnt Dörte.

»Was ist hier bloß wieder los in Fredenbüll?«, fragt sich Polizistengattin Heike.

»Eben hat er mir mein Bier gezapft und jetzt …« Kurt Krösing sackt sprachlos in seinen Klappstuhl zurück.

»So einen Fall hatten wir in Dänemark auch noch nicht«, stellt Morten Jensen mit schwerer Zunge und ausgeprägtem dänischem Akzent fest.

In dem Moment kommen auch Thies und Nicole in Thies' Escort mit mobilem Blaulicht durch die Schleusendurchfahrt vor dem »Café Wattblick« gebrettert. Das Feuer, der brennende Ober und das blinkende Blau formen sich zu einer bizarren Inszenierung. Das Martinshorn des Polizeiwagens und die vom Prasseln des Osterfeuers unterlegten Schreie des Kellners hallen durch die österliche Nordseenacht. Und dann stürzt sich Robert Rusk mit einem lang gezogenen »Aaaahhhhhh« und einem Zischen in das eiskalte Wasser des kleinen Schleusenbeckens.

Ein kollektives Raunen geht augenblicklich durch die gesamte Osterfeuer-Gemeinde. Der Polizeiwagen bremst mit blockierenden Rädern zwischen Schleuse und Badestelle. Die ersten wollen gerade zum Kanal laufen, als sie Mandy auf der Deichkrone entdecken, die freudestrahlend auf sie loshumpelt. Alle starren ungläubig auf die reichlich mitgenommen aussehende sächsische Eisprinzessin.

»Mandy!«, schreit Klaas, der die ganze Zeit eine angebissene Grillwurst in der Hand hält.

»Klooos!!«, hallt es durch die helle Mondnacht.

45

Das diesjährige Osterfeuer blieb noch lange Gesprächsthema in Fredenbüll. Nach seinem Sprung in das Schleusenbecken des Neutönninger Kanals wurde Robert Rusk von Brandmeister Uwe Thormählen, der ihm wagemutig hinterhersprang, aus dem Wasser gezogen. Schleusen- und Wasseramtmann Kurt Krösing gab vom Campingstuhl aus fachdienliche Hinweise. Die Fahrt im Notarztwagen ins Nordseeklinikum Husum überlebte der halb verbrannte und zur anderen Hälfte ertrunkene Kellner allerdings nicht. Die sechste Postkarte des Kartensets mit einem Stich vom »Nicolaifleet beim großen Hamburger Brand von 1842« wurde ebenfalls halb verkohlt und vom Wasser aufgeweicht in der Innentasche seines Kellnerjacketts gefunden. Feuerwehrmann Thormählen kam mit einem solventen Schnupfen davon. Mandys Bänderdehnung war nach ein paar Wochen vergessen. Seit dem Tod von Robert Rusk ist die vierfache sächsische Meisterin im Eistanz Oberkellnerin im »Café Wattblick«. Sie ist allerdings auch die einzige Bedienung.

Ein paar Wochen nach den Fredenbüller Vorfällen meldet sich bei der Polizei in Neumünster ein gewisser Kevin Kramer. Er präsentiert den Beamten eine verblichene Postkarte aus dem Jahr 2007, auf der Birgit

Böhnke die Beziehung mit ihm beendet und ihre Auswanderung ankündigt. Die verdächtigen Einmachgläser, ebenfalls Jahrgang 2007, aus dem Keller des Reusenbüller Krogs wurden bei einem Großeinsatz von Mitarbeitern des Veterinäramtes Nordfriesland in Schutzanzügen sichergestellt. Es handelte sich dabei tatsächlich um Schweinefleisch.

In der Wohnung des Frauenmörders Robert Rusk hat die Polizei eine beeindruckende Sammlung von orthopädischen Schuhen, Stützstrümpfen, Krücken und anderen Gehhilfen gefunden. Auch sonst herrscht in den Fredenbüller Kellern inzwischen reges Leben. Horst Röpke hat seine Modelleisenbahn reaktiviert. Statt ›Dalli Dalli‹ zu schauen, lässt er die Schnellzug-Dampflokomotive mit Schlepptender und fünf Schlafwagen kreisen und übt dabei Bahnhofsdurchsagen. Thies hat im Keller seiner Wache die Sammlung alter Akten aufgestockt und außerdem eine kleine, aber feine Bibliothek mit Fachliteratur zum Thema Profiling eingerichtet.

Nicole Stappenbek brachte im August den kleinen Finn zur Welt. »Habt ihr gesehen? Der Kleine hat auch diesen Strubbelspoiler und den Kuhblick«, meinten Marret und Sandra. Aber da hatten sie sich getäuscht. Doktor Niggemeier ist der Vater. Zu dem Entschluss, für Nicole und ihr gemeinsames Kind seine Familie zu verlassen, hatte sich Teljes Klassenlehrer allerdings nicht durchringen können. Nicole ist also tatsächlich alleinerziehend. Sie befindet sich gerade in der Elternzeit, will aber mit reduzierter Stundenzahl und der Hilfe eines Au-Pairs möglichst bald ihre Tätigkeit in der »Mord Zwei« wieder aufnehmen.

Renate hat bei »Gastro-Quick« fünf neue Kittelschürzen bestellt. Seitdem trägt sie in ihrem Bed and Breakfast und zur Nachtschicht im »Salon Alexandra« statt Muschel- jetzt Seepferdchen-Muster. Die »rassigen« Damen aus der Region können sich vor Anrufen kaum retten. Kürzlich brach die Telefonleitung zusammen. Die meisten Anrufer wollen sich von den Damen allerdings gar nicht »auf Touren bringen« lassen, sondern nur mal Renates rollendes R hören. »Angelique« Irina Bereschnaja macht im Jobcenter Flensburg gerade eine Umschulung zur Telefonistin. Tadje trifft sich neuerdings öfters mit Tjark im »Café Wattblick« und Mandy legt Shakira auf. Telje ist stinksauer und Schleusen-Pensionär Kurt Krösing inzwischen ein glühender Fan der kolumbianischen Sängerin. Nach Einser-Noten in Darstellendem Spiel und Nordfriesisch im letzten Zeugnis will Tadje jetzt unbedingt zu Telje und Tjark aufs Gymnasium wechseln.

Als Heike Detlefsen beim Aufhängen einer Lampionkette für das große Sommergrillen von der Leiter stürzt und sich dabei den Fuß bricht, dreht sie komplett durch. Bei ihrem Transport ins Krankenhaus bestand sie auf Polizeischutz. Während ihrer Rekonvaleszenz durfte Thies kaum aus dem Haus. Mit Gipsfuß auf dem Sofa sieht Heike im Fernsehen in einer weiteren Folge der »Gänsehautnacht« Hitchcocks ›Frenzy‹, in der ihr seltsame Namensähnlichkeiten mit den Fredenbüller Mordfällen auffallen. »Wenn sie den im Frühjahr gezeigt hätten, wären wir mit dem Fall schneller durch gewesen«, stellt Thies fest.

In der »Hidden Kist« gibt es die Tote Tante auf Wunsch neuerdings auch flambiert. Das Flambieren übernimmt Mandy höchstpersönlich mit ihrem Sturmfeuerzeug.

Piet Paulsen bleibt skeptisch. »Pass mal bloß auf, min Deern, dat du unsern Postboten nich abfackelst. Tote Tante, dat is ’n ganz gefährliches Getränk.«

Tote Tante

Um die Herkunft des nordfriesischen Getränkes ranken sich die tollsten Geschichten. An der Kaffeetafel anlässlich der Beerdigung einer Tante Elfriede auf der Insel Nordstrand nahm auch der strenge Pastor teil, der allzeit vor den bösen Folgen des Alkoholgenusses warnte. Er bekam einen normalen Kakao. Für die anderen Gäste wurde ein Schnapsglas Rum im Kakao unter einer Sahnehaube versteckt. Auf Föhr wird eine andere Geschichte erzählt. Demnach soll eine tote Tante in einer Kakaokiste von Amerika in die Heimat verschifft worden sein, um dort beigesetzt zu werden.

Zutaten für eine Tasse:
1/8 l Milch
1 Teelöffel echtes Kakaopulver
1/2 Teelöffel Zucker
2–3 cl 42 %iger Jamaika-Rum
1–2 Esslöffel geschlagene Sahne
Schokoraspel zur Dekoration

Kakaopulver und Zucker in die erhitzte Milch einrühren, den Rum anwärmen, in eine große Tasse gießen und mit dem Kakao auffüllen. Mit Schokoraspeln dekorieren und schnell servieren, bevor die Sahne zerläuft. Nicht umrühren und durch die Sahnehaube trinken.

Lätje et de smååge (Wohl bekomm's)!

LESEPROBE

ISBN 978-3-432-21672-0

1

Die Nordsee leuchtet unwirklich türkisfarben wie die Karibik. Das Gelb der stählernen Anlegerbrücke glimmt in der Abendsonne. Dahinter über der See türmt sich eine tiefschwarze Wolkenwand.

»Voll unheimlich«, findet Tadje.

»Fettes Gewitter.« Klassenkamerad Lasse zieht sich die große Wollmütze halb über die Augen. Tadjes Zwillingsschwester Telje schiebt sich die große runde Nickelsonnenbrille mit den blauen Spiegelgläsern ins Haar und kneift die Augen zusammen. »Hm, voll dunkel!«

Die 10a der Theodor-Storm-Schule wartet aufgekratzt am Anleger in Dagebüll auf die Abfahrt der Fähre zur herbstlichen Klassenfahrt nach Amrum. Die Eltern haben ihre Kinder mit dem Gepäck zum Anleger gefahren.

Referendar Manuel Scholz, mit dem gleichen geflochtenen Bärtchen und Piratentuch wie Johnny Depp in ›Fluch der Karibik‹, wird von einer Mädchenclique belagert.

»Läuft bei dir!«, ruft der Junglehrer einem der Schüler zu. Sophie, Silja und ein paar andere schmachten den Captain Sparrow in der Lehramtsausbildung an. Sogar ihre Smartphones sind im Augenblick abgemeldet.

»Schon mal einer von euch da gewesen … auf Amrum?« Manuel Scholz zieht sein Piratentuch stramm.

»Der Strand ist echt krass breit!«, verkündet Gina-Marie mit großen Augen, als könne sie es selbst kaum fassen. Silja, Sophie und Leonie werfen abwechselnd die Haare. Die goldenen Sternchen und der Strass auf Leonies neuen weißen Chucks blinken in den letzten Sonnenstrahlen.

»#pirates-off-amrum«, tippt Sophie einen Hashtag in ihr Telefon.

Junglehrerin Vanessa Loebell, die als Aufsicht für die Mädchen mitfährt, wirft ihnen einen giftigen Blick zu. Absolut lächerlich, wie dieser Pirat im Beamtenverhältnis auf Probe in seiner blöden Pluderhose zwischen den halbwüchsigen Hühnern herumtänzelt, denkt sie. Dann streicht sie die Haare, die im Abendlicht rot glühen, unter den Kragen ihrer nostalgischen U-Boot-Lederjacke aus dem Zweiten Weltkrieg. Vanessa Loebell, die Betonung liegt auf der zweiten Silbe, darauf legt sie großen Wert, schlägt den Kragen hoch und blickt entschlossen dem über der Nordsee aufziehenden Unwetter entgegen.

»Ey, Digga, echt krank, das Wetter, Digga«, nuschelt Ove seinem Kumpel Torben-Hendrik zu. Im Gegensatz zu den Mädchen mit den einheitsblonden langen Haaren haben die Jungen eindeutig die interessanteren Frisuren. Lasse trägt Dutt, meist unter einer Wollmütze versteckt. Tjark hängt die komplette Frisur vor den Augen, dass er kaum etwas sehen kann. Über Oves kahlrasierten Kopf dagegen zieht sich nur ein kurzgeschnittener Haarstreifen, der wie der Rest einer Teppichfliese aussieht.

Pearl, die eigentlich Petra heißt, sitzt, wie immer in

schwarzen Klamotten, ein Stück abseits auf einem überdimensionierten Seesack und blickt aus ihren Mascara umränderten Augen missmutig über die See. Sie zupft gelangweilt an ihrem Lippen-Piercing. Bones, ihr einziger Freund in der Klasse, ebenfalls von oben bis unten in schwarzen Klamotten und mit schwarz geschminkten Augen, schlurft zu ihr herüber und schnippt eine brennende Kippe ins Wasser. »Das Glück sei uns hold, bescher uns guten Wind und massenhaft Gold.« Er verzieht seine Mundwinkel zu einem schiefen Grinsen. Seit einiger Zeit spricht Bones mit Vorliebe in Zitaten aus Robert Louis Stevensons ›Schatzinsel‹ und nervt damit die ganze Klasse, außer Pearl.

Elternvertreterin Frau Lammers-Lindemann ist mit Klassenlehrer Doktor Niggemeier im aufgeregten Gespräch. »Herr Doktor Niggemeier, Sie hatten mir aber versprochen, dass das Schullandheim auch einen veganen Speiseplan bietet.«

»Das bekommen wir alles hin, Frau Lindemann.« Niggemeier nickt ihr aus seinem üppigen Karl-Marx-Bart heraus freundlich zu, verzichtet aber auf den Doppelnamen der engagierten Mutter. Er ist vor allem damit beschäftigt, seine Schüler zu zählen.

»Anna-Lena hat eine Strandhafer-Allergie und sie ist Veganerin!«, verkündet die Elternvertreterin mit ernster Miene.

»Ich weiß«, nickt Niggemeier. »Sie wird schon nicht verhungern.«

»Na, Sie sind gut!« Frau Lammers-Lindemann ist empört und zieht energisch den Rollkoffer ihrer Tochter zu sich heran.

Die Eltern sind aufgeregter als ihre Kinder und würden sie am liebsten bis auf das Schiff begleiten. Niggemeier kennt das Phänomen nur zu gut. In der Schule haben sie jetzt für die unteren Klassen eine Kiss-and-go-Zone eingerichtet, um die übermotivierten Eltern zumindest aus dem Unterricht fernzuhalten.

Auch der Fredenbüller Polizeiobermeister Thies Detlefsen hat seine beiden Töchter zur Fähre gefahren. Die bis dahin immer etwas dösige Tadje hat nach zwei sensationellen Einsen im Zeugnis in Darstellendem Spiel und Nordfriesisch im letzten Jahr wie verrückt gebüffelt und den Sprung in die gymnasiale Oberstufe der Husumer Theodor-Storm-Schule geschafft. Die Zwillinge sind wieder in derselben Klasse. Thies ist heute allerdings nicht recht bei der Sache. Während seine Töchter auf dem Anleger zwischen ihren Klassenkameraden umherschwirren, steht er neben seinem verrosteten Escort mit der verunglückten Polizei-Lackierung. Mit einem Ohr hängt er am Autoradio. Durch das geöffnete Seitenfenster gellt die Bundesliga-Konferenzschaltung nach draußen. Der HSV führt in München kurz vor der Halbzeitpause sensationell mit 1:0.

Auch die Diskussion zwischen Klassenlehrer Niggemeier und der Elternvertreterin wird immer lebhafter. Inzwischen stehen mehrere Schüler mit ihren Rollkoffern um sie herum.

»Und sagen Sie mal, Doktor Niggemeier, was ist eigentlich mit Drogen?« Elternvertreterin Lammers-Lindemann wird immer aufgeregter. »Sie haben den Schülern ja wohl erzählt, dass Sie auch schon mal …

gekifft haben?« Das Wort geht ihr nur widerwillig über die Lippen.

»Deswegen steht das Drehen eines Joints aber noch nicht auf meinem Unterrichtsplan, verehrte Frau Lindemann.«

»Aber Sie spielen doch in dieser Band und da … na ja, das ist ja hinlänglich bekannt …« Frau Lammers-Lindemann sieht jetzt aus, als wäre sie selbst auf irgendeinem Trip.

»Nun hören Sie aber mal auf.« Langsam wird der freundliche Niggemeier ärgerlich. »Ich kann Sie beruhigen.« Sein Ton wird hämisch. »Alles vegan. Und außerdem: Nach einer neuen Studie aus den USA hat Kiffen keine Auswirkung auf die Entwicklung der Intelligenz von Jugendlichen.«

Tadje, die danebensteht, sieht ihren Klassenlehrer mit großen Augen an. »Echt jetzt, Doktor Niggemeier? Kiffer sind gar nicht intelligenter?«

2

Die Stammbesetzung in »De Hidde Kist« ist vollkommen aus dem Häuschen. Ungläubig starren Klaas, Bounty und der Schimmelreiter von Stehtisch Zwei aus auf den großen Flachbildschirm neben der Dunstabzugshaube. Antje lässt die Grillzange sinken. Schäfermischling Susi legt den Kopf schief und gibt ein erstauntes Jaulen von sich. Der HSV hat in München nach einem unberechtigten Elfmeter das 2:0 geschossen. Der Mittelstürmer der Hamburger hat den Ball einfach mitten ins Netz gedroschen.

»Volle Kanne!«, entfährt es dem Schimmelreiter Hauke Schröder. »Gibt's doch gar nich.« Mit offenem Mund starrt er auf die Zeitlupenwiederholung.

Postbote Klaas zeigt wortlos auf den extrabreiten grün leuchtenden Bildschirm. Er kommt in seinem HSV-Schal mächtig ins Schwitzen und hat bereits einen roten Kopf. Althippie Bounty sitzt mit aufgelöstem Pferdeschwanz da. Nur Piet Paulsen wundert gar nichts. Der ehemalige Landmaschinenvertreter hat schließlich in einer Sportwette einen 3:0-Auswärtssieg des HSV in München getippt.

Dafür haben ihn seine Freunde schon für verrückt erklärt. »Jetzt dreht er endgültig durch«, hatte Klaas gemeint. »Piet! Die Zeiten von Horst Hrubesch sind vorbei.« Jetzt zückt Paulsen triumphierend seinen

Wettschein und ordert bei Antje eine Runde. »Drei Genever! Und ein Tor fehlt noch!« Er zeigt mit auffordernder Geste auf den Flachbildschirm.

»Sach mal, Piet, wie kommst du darauf?«, fragt Klaas, ohne seinen Blick vom Bildschirm zu lösen. »Kann doch nich angehen.«

Paulsen mustert ihn provozierend über die schwere Gleitsichtbrille hinweg.

»Die good vibrations sind jetzt auch bei Piet angekommen«, gluckst Althippie Bounty.

»Hast einen von Bountys Keksen eingeworfen?«, johlt der Schimmelreiter.

»Das sind energetische Schwingungen«, erklärt Bounty mit ernster Miene.

»Elektrowellen?!« Unter seiner Lederweste läuft Piet Paulsen ein kurzer Schauder über den Rücken. »Neeee, dat war 'n Tipp von Knut Boyksen … weiß auch nich, wo er dat herhat. Er hat da wohl jetzt irgendwie 'ne neue Informationsquelle. Keine Ahnung.« Paulsen kippt den Genever und bleckt die zu groß geratenen dritten Zähne.

»Dat ist doch Schiebung«, blökt der Schimmelreiter. »Dat sind doch alles getürkte Spiele und frisierte Zahlen.«

»Komm, Hauke, dat Einzige, wat hier frisiert ist, is der Motor von deinem Mustang.« Klaas lockert den voluminösen schwarz-weiß-blauen HSV-Schal. Piet bestellt die nächste Runde. Der Backfisch in Antjes Fritteuse verbrutzelt, aber die Stimmung steigt.

Als Thies Detlefsen vom Anleger in Dagebüll zurückkommt und bei seinen Freunden im Imbiss eintrudelt, haben sich die Rothosen in einen Rausch gespielt, unterstützt von einem offensichtlich ebenfalls berauschten Schiedsrichter. Die Siebzigtausend in der Münchner Allianz-Arena und auch die Stammbelegschaft in der »Hidden Kist« kommen aus dem Staunen gar nicht heraus.

Während von der Nordsee ein Gewitterdonnern herübergrollt, fällt in München bei schönstem Wetter in der Nachspielzeit aus klarer Abseitsposition das 3:0.

Nordfriesisch-
Venezianischer
Kunstraub

Tatort:
Sylter Luxusimmobilie

Sylt-Krimis von
Dora Heldt

Leinen los
für Rufus & Ray!